U0611130

蚩尤残卷

抱月 著

辽宁人民出版社

© 抱月　2024

图书在版编目（CIP）数据

蚩尤残卷 / 抱月著 . —沈阳：辽宁人民出版社，
2024.6（2025.8 重印）
（青铜夔纹悬疑小说系列）
ISBN 978-7-205-11048-2

Ⅰ . ①蚩⋯　Ⅱ . ①抱⋯　Ⅲ . ①长篇小说—中国—当代
Ⅳ . ① I247.5

中国国家版本馆 CIP 数据核字（2024）第 044947 号

出版发行：辽宁人民出版社
　　　　　地址：沈阳市和平区十一纬路 25 号　邮编：110003
　　　　　电话：024-23284191（发行部）　　024-23284304（办公室）
　　　　　http：//www.lnpph.com.cn
印　　刷：固安县云鼎印刷有限公司
幅面尺寸：145mm×210mm
印　　张：9
字　　数：214 千字
出版时间：2024 年 6 月第 1 版
印刷时间：2025 年 8 月第 2 次印刷
责任编辑：赵维宁
封面设计：乐　翁
版式设计：一诺设计
责任校对：耿　珺
书　　号：ISBN 978-7-205-11048-2
定　　价：58.00 元

目　录

楔子一　蛇灰蚓线

1953 年，是农历癸巳蛇年。蛇年在地支中排第六，这是按照农历年十二生肖的顺位排出来的。老辈子人的传统，管蛇叫"小龙"，不知道是为了避讳什么。

秋天时节，满胡同的草木和花香，有的人家小院里的石榴也红得令人心动，加上尘土里隐含的阳光的味道，散发出元朝建朝以来经久不衰的宫阙气质。

天气一好，市面上的人就多起来。送水的车，拉骆驼的，打小鼓的和走街串巷叫卖柿子、苹果和莱阳梨的水果小贩挤满了各个胡同。

彼时，四九城（北京城旧称）鲜货水果的售卖，是有果局、果行、果挑之分的。果局是打清朝就有的，都是做名誉字号的规矩买卖，不肯砸招牌，也不玩"猴子顶灯"和"换货"的把戏。果挑则是下街串胡同的水果小贩，大致上分为"京挑""乡挑""山背子"。

果局和果行是看门脸、看规模；果挑，是看个人的打扮样貌，街面上的老街旧邻一打眼，就知道来的小贩果挑是属于哪种。

水果正当令儿时，"山背子"素日里卖的是深州蜜桃，"京挑"以卖杏居多，"关公爷""老爷脸""北山土杏"都是寻常可见的水果。"乡挑"则在意的是甜果香瓜，"蛤蟆酥""白羊犄角蜜"都是主顾家得意的鲜货。

随着鲜果子的气息和摇铃铛的货郎走过胡同和街角，周遭人的脸上都开始挂上了喜气，一眼看去，胡同大道上众人走在路上的精气神儿倍儿足。毫无疑问，这是四九城北里最令人心醉的季节。

和这些个热闹甚至有点儿喧嚣吵闹的地儿不大一样，在后海的一处胡同里，有点儿偏僻的位置，人烟寡至。

这条胡同的最深处，有几户人家，都是深闭大门。坐北朝南的位置上，有一处宅子。宅子并不大，是三进的院子。这时候，院子门里面站着三个人。一个老妇人，眉毛紧锁，一脸的霜雪之气。边上是一个中年管家模样的瘦男人，还有一个二十出头的姑娘家，看眉眼，应该是开了脸的小媳妇。

这户人家，从住处来看，透着股莫名其妙的气息，用老北平人的话说，说富不富，说贵不贵，搞不清是啥路数。不过，这个老宅子，肯定不是他们家祖上传下来的。毕竟，有清一代，宅子的建造是有规制的。什么人家住多大的宅子，他们这样的做派规矩，一看就不是大户人家的后裔。

日上三竿以后，光影寸移。正当时令的老日头挂在天正中，俨然是过了火气，看上去便有点儿蔫头耷脑的，连带着树木的叶子和枝丫，都皱得干巴巴的。

眼见着这处老宅子的大门，"吱扭"一声，悄然而开。显然，这门久不开闭，有些锈蚀。不过，这门的开启显然是有准备的。门一开，胡同里的人居然就多了起来。

不远处，脚跟脚儿，来了几个人，看穿着打扮，是一伙子"山背子"。三人成伙，五人成群。这伙人，个顶个脚步轻快，虽是走着来的，脚步倒腾的频率却是极为迅速。穿着朴素却步伐稳健，明眼人留神到他们的脚步落地时的轻重缓急，便已经知悉这些人绝非寻常之辈。

胡同里变得异常的安静，昔日繁华与灯火楼台的景象，早已消失无踪。

这会儿子，逢人必叫的邻居家的恶犬转了性情，突然间像是锯了嘴的葫芦，只张嘴，却没有出声。一直盘踞在老宅子阴凉地中，柳荫墙头下的那两只黑猫，却在大白天显了身形，温柔秀气劲儿全然不见，只是自己个儿立着那双异瞳，凶神恶煞般警惕地看着四周。

一行人为首的是一个老人，他将身上的一个背篓交给宅子的主人。宅子的主人表情凝重，十分郑重地接过背篓，掀开篓盖，看着里边两张粉雕玉琢的脸，这背篓中竟然睡着两个婴儿。

老人眉头紧锁，说道："我要离开了，不知道什么时候还能回来，或许，不一定回来，不过，这两个孩子，你要养大他们。五年之后，我会安排人带他们走。告诉上房屋子里的那位，我和他之间的事，已经是旧事了。我不想带到他们兄弟这一代，新中国了，不是过去的样子了，我和他都想的太平盛世，这一回终于来了，我也该离开庙堂了。我就不见他们夫妻俩了，昔年的恩怨，都已如过眼云烟，却无法化解消除得干净，这是不能勉强的。不过，五年后，我会打发人来，包裹下面有药面儿，温水泡开，一日三遍沐浴用的，药方子，药面好配，主要的几味，京西的山里都有，我有图的，具体的方剂，记在包袱皮上了，会背"汤头歌"的小伙计，就能够抓药。你带个话给上房的人，那个女人不会来找他们夫妻俩了，我之前做的事，有对不住他们夫妻俩的地方，这里谢罪了。"

说到这，老人家身形陡转，手中多了一个物件，放手向空中一扬，一把白花花锋利的小刀半悬空中，疾速飞旋，老人手臂上扬，迎着锋刃，挥动了一下，半截尾指，坠落在泥土地上。

一行人，潮水一样涌来，顷刻，又恰如潮水一般退去。时间，一下子就像被拉长的影子，浸染在苍黄残败的楹联上，有些苍凉的意味。

日转黄昏，胡同里空荡荡的，令人发慌，举目看去，只剩下紧闭的老宅子大门，和黄土地上半截插在泥土中的尾指。

胡同的逼仄弯曲处，幽深和空寂。慢慢地，平地泥土上逐渐隆起了一个土包，土包越来越大，有点儿像京城荒郊野地里的乱坟头。

猛然间，坟头炸裂开，一个硕大的头颅从坟头中探出来，继而一个矮小的身躯，爬行而出，冲着老宅子的大门，阴森森地怪笑了几声。那声音，非男非女，有点不像人类的动静。

黄昏抵临，天空中又出现了一团乌漆漆的云，这个不成人形的东西，飘忽间消失在半空中。

这一夜，大雨降临。整个胡同里都是漆黑一片，这一切，似乎都在莫名中预示着什么样的事情即将发生。

五年之后，这两个孩子，被分别带走。

楔子二　神话宗门

　　星斗轮转，光阴迁徙。时光在不知不觉中又过去了十六年。

　　有的时候，世界上看似从未有过交集的两个点，在莫名中就会出现私底下的牵连。在中国西南的一处大山中，在海外北美的一处五星级酒店的最高层中，世人根本无法联想到一处的两个场景里，竟然发生着同一件事。

　　两个相貌几乎是一模一样的老人，分别对着两个相貌一样的少年，正在一脸严肃地讲述着几乎完全一样的陈年旧事。

　　"我要说的是，我们这一家一门的历史承袭和这一门的由来。"

　　老人说到这儿的时候，声音稍微减缓了一下。

　　"这些事儿，听起来离奇、诡异，坦率地说，这些我也不能完全相信。现在科学昌明，你当成传奇故事来听即可。我可以告诉你的是，你不是独子，几千里外的地方，还有一个长得几乎和你一模一样的孩子，此刻，正在像你一样，认真严肃地在一个老人面前听故事。"

　　说到这儿，老人的脸上不再严肃，恢复了以往的面部表情。并额外说了一句话："那个孩子面前，也有一个和我一样的老头，跟我长得一模一样。

　　"我该从什么时候说起呢？"

老人一脸肃容，近乎刻板的脸上，带着隐隐的光泽。

他嘴里嘟囔着，不确定的时间，应该是一百年以前，反正这是一个传说，不用有严格的时间线。

或许，是为了沉浸到这个当年的气氛中，老人事先让家中的仆人燃着了一炷香，用以安神静气。

少年一脸崇敬的样子看着自己的叔公，他知道，自己一直期待的这一天终于要来了，这是解开自己身世之谜和了解家门历史的日子，这样的机会，几乎是他从记事的时候就开始期盼的。

叔公的语气始终是平缓的，和以前一样。

他似乎是脱离了烟火气的人物，讲述的是与自己无关的一段历史。

话说清朝末叶，朝廷势颓，国力衰微，各种乱象频出。市井山野，庙堂江湖之中，风云突变，龙蛇潜出，窥视人间。

故老相传，我们所在的这一宗门，就是这个时候重现江湖的。要是说起这个渊源和历史，十分古远。

据说，黄帝执政时起用风后收服蚩尤后，将蚩尤放逐，其所存依仗的上古仙遗的九大神器和拥有驾驭万物生灵的半部"神传之书"皆归于风后。也有史学家说，蚩尤实际上是被诛杀了。马王堆三号墓出土的帛书上有明确说法，曾假托黄帝之名的有能氏首领公孙帛，将蚩尤以巨型木枷囚禁，并剥下他的皮做成箭垛子，供人射箭，还剪下蚩尤的头发，作为"蚩尤旗"高挂起来，算作羞辱，用蚩尤胃袋做球让众人来踢。尽管如此惨烈，但蚩尤一脉的杂学并没有因此而消亡。

其后，有人承袭了蚩尤一脉，将一些奇物异宝收录神传之书，藏于山海之间，书中据说还有邪灵之术、长生之道，并以"蚩尤残卷"命名。

上古神话之中，蚩尤是人神一体的代表。无论相貌身材还是做事手段和方式，都大大地迥异于众人，有着极端魔幻的特质。

他曾经纳九州各类神兽、异物、青铜神器等归于自己麾下，以控人之心脉神术，窥天地凌厉之法，暗自驾驭灵兽，除妖降魔，驱邪灭祟，被世间江湖称为"驭物人"。

不过，南宋崖山之后，蚩尤这一门算是绝迹江湖，直到大明嘉靖年间，才隐约有庙堂传闻，说嘉靖帝身居后宫，以青祠供奉上方，修道时偶遇"蚩尤残卷"彼时的掌控人。

其后，随着大明国力渐渐衰落，"蚩尤残卷"所谓的后裔传人，也逐渐隐没于大千世界，这一传闻不了了之，并未再度出现。

江湖庙堂市井，已然将这一门逸闻奇事归入神话传说之中，远涉上古，无从考据。

有人认为，这一门脉，已经再无传人留存世间。谁承想，到清末民初，山河色变，外寇入侵，生灵涂炭。"蚩尤残卷"作为旷世奇书，重新在庙堂江湖上有了下落。

传闻，"蚩尤残卷"中记载了很多异宝的藏身线索，那里面有许多上古神传之物，具体是什么、有什么功效，没有人清楚。

到现在，我们搜寻整理出来的档案、口述实录和野史传说中，不乏荒诞和离奇诡异之说，倘若真的公之于众，不足以令人信服。

不过，有一些事情，确实是发生过的，毋庸置疑。

明朝靖难之役后，永乐皇帝朱棣的黑衣帝师姚广孝和后来的嘉靖皇帝都是这类传闻奇说的痴迷者。据说，他们这些人也搜寻到一些有关蚩尤残卷中记载的宝物，还有的得到了一些"蚩尤残卷"中的异物的助力。到了清雍正年间，这些江湖上的传闻，被秉性孤傲、处事风格冷酷的皇帝强行压制住，禁止再传播。

以至于后世的人说起此事，都觉得那些事都不一定是真实存在过，仅仅是神话传说而已。

"就是这些？故事呢？这也不像故事呀。"

少年的脸上带着疑惑和不解，相隔万里的人，似乎有心灵感应一般，对着讲述的老人抬起了头，这一刻，要是有人能够用摄像机拉近距离拍摄下来，便会发现，两个孩子的相貌，还是有微微不同的。一个眉毛上有一个小小的"旋"，呈弯曲状，另外一个则是自然舒展开来的。

这一点，跟两位老人极为相似，他们两个人之间也有微妙的区别，一个左眼皮上面有一个米粒大小的脂肪颗粒，一个却干干净净、清清爽爽，脸上什么也没有长，皮肤光滑得很。当然，倘若闭上眼睛，外人知道这个小差异的时候，才能够留意到这一点，否则，即便是熟悉的人，两兄弟若是不说话，或者是有意掩饰，对方也是无法分辨出他们兄弟之间的差异的。

换句话说，这兄弟，是可以互为替身的，哪怕是见过的人，也都没办法认定其中谁是谁。

"先说一下宗门里的规矩，我对我讲述的这些事情的真伪，是不作评判的，有些过于诡异离奇的内容，你可以认定为超自然现象，亦可作为神话传说来看待，不过在我来说，我只是在讲述宗门中的陈年旧事。

"这是我们这一门脉老宗主留下来的，我们这一门脉不叫门派，叫门脉，我们的这一门脉，也没有掌门，而是叫执掌人，我们有一家目前已经歇业了的古董铺子，叫'水心斋'。"

说到这儿，两个老人的脸上都带着一丝崇敬和神往的样子，似乎，进入了时间的深处。相隔万里的两个孩子，这时候几乎同时闭上了眼睛。

声音重新响起，似乎，已然不是刚才老人自己发出来的略带慈爱的声音了。

"我们要说的这一切，都是从一家当铺开始的。这个当铺的名字，叫'四海当铺'。说起当铺，即便是现在的人也并不陌生，可以算得上是一个比较古老的行当了。你在我之前讲授的杂学知识中，是有学到过相关的知识和隐语的，不过，别的当铺'当'的是物品，换回来的是金钱。我这里说到的当铺，当的是姓名，换回来的是各种不一样的承诺和条件。"

第一章 舍身当

一张脸，陡然间出现在当铺的柜台前。吓得柜台后面当铺的小伙计浑身上下一哆嗦。

按理说，这当铺的柜台高约丈余，守的是祖辈的规矩制式，一般人的个头，再怎么跷脚都得仰视，不可能看到柜台里的人，谁料想，这个人的出现，竟然打破了规矩。

以往，按照当铺的柜台高度，为的是让前来当货的人仰头恳请收纳，这就叫在势头上压人一头。这下子，反倒是前来当东西的人，在气势上占了上风。

小伙计虽然受了点儿惊吓，可并没有乱了心神，他知道，自己所在这当铺的根基，几乎没有什么是不能应对的。一想到这儿，他就稳住了心神。毕竟，这是一间特殊的当铺，有别于其他。

短暂的寂静后，柜台内外的人，小伙计和来当货的大汉，都没有吭声。

柜台上面是拇指粗细的铁条，把柜台上不想让人看见的那一部分，隐约地隔开，外面的人轻易也看不到柜台里面，拇指粗细的铁条，就像牢牢的牢狱之门，封闭了里外的空间。柜台里面隐约透出来的灯光，是刚刚兴起的电灯，这在当时，还属于稀罕物件儿。

"当什么？"

好像是忍不住了，柜台里的小伙计终于冒出来一句，声音没有了以往的傲慢，小伙计加倍提起了精神头，他明白，柜台外的这张脸，绝对不是轻易可以对付的。

大汉要典当的物件，不可能是世间寻常的黄白之物。他来过两次，每一次都是带着惊世骇俗之物。

头一次，是"东海龙涎香"，第二次带来的是"九幽生梦椅"。换走了两件老东家用以镇店的宝物。至于是什么，那时候刚被收养的小伙计并不太清楚。他只是依稀记得，那都是很多年以前的事儿了。而且他知道，每次一有人来，要当什么、换什么，是没有人能够想得到的。

小伙计名叫张本见，他所在的这家当铺，字号是"四海当铺"，还有个俗名叫"四海收"。说的是典当之人，哪怕是拿来再稀奇古怪的物件，"四海当铺"也会不惜花上大的本钱，将其收进来。

所以，这"四海当铺"还有个额外的叫法，叫"天地不收"。意思是除了天地，别的皆可收纳。不知道，眼前的这一位，这次要当的是什么物件。

"当什么？当多少？"这时张本见再次发声了。这一回，他的声调略微提高了一下，好像是怕对方听不清楚。

"当人。"

来人说这话的时候，声音并不大，是同样的冷静平和，好像这句话已经是说习惯了一般。

"当谁？"

张本见追问了一句。

"我这条命。"

张本见问得轻松，大汉回答得随意，好像他压根儿没拿这条命当回事儿。

张本见听大汉说完这句话，一下子就傻了眼。他万万没有想到，来人要典当的，竟然是他自己的这条命。

不过，毕竟是在"四海当铺"做伙计的，见过大阵仗，来人的这句话虽然令人觉得不可思议，但对于张本见来说，也仅仅是略微地迟疑了一下。

稍后，张本见就沉下心神，反问了一句。

"你要铺子出什么？"

这句话表明，"四海当铺"是来者不拒的，来当东西还是当人，哪怕是再稀奇古怪的典当物件儿，"四海当铺"都接得住。

之所以问来人要铺子里出什么，那是因为"四海当铺"里的人都知道，遇上这类稀奇古怪的人，通常都有一些特殊的要求和嗜好，他们要的不是普通的黄白之物。

张本见知道来的这大汉不是俗人，他推断，来人肯定不是奔着金银珠宝来的，在他看来，那些俗物的价值都是有限的，抵不住这大汉的性命。

不过，尽管如此，张本见的内心还是有一些惊恐和不安。他隐约觉得，来人似乎跟自己的身世有关。

这个戴斗笠的人的真实身份到底是什么，张本见在眼下是无从获悉的。他的心里虽然疑窦重重，但面部表情始终没变，两只眼睛紧紧地看着对方。

看穿着打扮，戴斗笠的大汉粗犷骁勇，倒像是常年混迹于江湖市井中的人物，这一次他来典当，显然并不是为了金钱，他要的东西，必定也是价值连城、世上罕见，而夹带着的，是对当铺的影响和威慑，他的背后，显然是有人在操控。可他要是来找麻烦，是冲着谁呢？张本见暂时是弄不清楚的。

大汉似乎感受到了小伙计的犹豫和迟疑，所以没有直接说出来，而是摇晃着脑袋，将斗笠上的蜡染布条转动了起来，像是在叙述着什么。

一看到那蜡染的布条，张本见的脑子顿时清醒了许多，十年前，自己从死人堆里爬出来的时候，也曾见过这一顶斗笠和蜡染的布条，虽然，那时候张本见年龄太小，还记不住更多的细节。

会是当年的那些人之一吗？灭门之惨，张本见一想起来，后脖梗子一直到脊梁沟，全都一阵阵发凉。

他在自己心里发问，自己身处的"四海当铺"真的只是一间市井中平平常常的当铺吗？要是那样的话，那么，眼前发生的这一幕怎么解释？

一涉及自己的身世，张本见有一种莫名的忐忑不安。他隐约觉得，自己的身世好像是跟上古时神话中的人大有渊源。

"难道？"

张本见心里想到了这件事的时候，手掌中都是渗出来的汗水，还夹杂着一种莫名的刺激和兴奋。

他知道，这"当命人"的出现，十有八九是和自己的身世有关的，头两次，他年纪小，没有亲身经历，这一次，他碰上了，绝对不能放过。

张本见天生就有极强的预知能力，在他看来，这个大汉的屡次出现，应该是跟自己有着千丝万缕的勾连的。

大汉说他要"舍命当"。要换的就注定不是简单的钱，而是"青铜面具"和百两黄金，从排位上看，"青铜面具"才是重点，而百两黄金，不过是配搭罢了。

"山雨欲来风满楼啊！"

张本见长长地叹了一口气，他从"当命人"刚出现的一刻，就已然预料到，这后面的事情肯定不会太简单。

看情形，还会有更大的事情发生，因为，大汉要换的是"青铜面具"。

从打记事儿起，张本见就知道，自己的身世中隐约有"蚩尤残卷"的影子，不过，他从死人堆里爬出来的时候，就决心忘掉这个。谁承想，围绕在自己身边出现的事儿，却总是离不开"蚩尤残卷"。而"青铜面具"刚好跟"蚩尤残卷"是密不可分的。

张本见在"四海当铺"十年，当铺里的人和外来当货的人，时不时就能够牵扯上他的身世之谜。

对于张本见的身世之谜，老掌柜的在以往倒是没说过什么，张本见知道自己的身世，是从一位摆"青蛙阵"的老人口中得知的。

那个当年曾经告诉过自己身世命相的人，曾经在摆青蛙阵的时候，对张本见说过，他骨骼清奇，身世不凡，血脉不一样，必成大器。

真要是那样的话，是不是自己就可以不在这地方当小伙计了？一想到这个，张本见就知道，从今往后，自己兴许真的会有出息的一天。别看外面的人都管他叫小朝奉，他自己是知道自己吃几碗干饭的，小朝奉，不过是对张本见的尊称，他眼下，还只是东家和老掌柜眼皮底下伺候人的小伙计而已，是上不得台面的小角色。

"他要当什么？当多少？"

沙哑的声音，从张本见的身后发出，掌柜的终于露面了。

掌柜的是徽州籍贯，也是从伙计做到了司理，再坐到朝奉的位置上的。

当铺这一行生意，他全门清。

"四海当铺"规模虽然不是城里数一数二的，可是，在这里做掌柜的，一坐就是十二年，也是有大本事的人。

虽然看起来，这家当铺规模并不算大，他一个人身兼数职，又是朝奉又是司理，还顶着掌柜的这个名号，没点儿真本事是驾驭不了的。

掌柜的人看起来很敦厚，相貌和个头不是太起眼儿，手面却大得很，在这个当铺做大掌柜，其权力有多大，这不是外面的人能想象得到的。

待遇有，风险自然也有。别的朝奉看走了眼，赔的是钱，这里当铺中的朝奉要是一不小心看走了眼，丢掉的是则可能是自己和家人的性命。

虽然，这样的事有可能十年都不会出现一次，但是，一旦出现，人就废了。

算起来到今天，是掌柜的在这家当铺干满十二年的最后一天。他此刻的心情，换做外人是完全无法理解的。按照规矩，这里的掌柜的干满十二年就要换人交接，而新掌柜的必须是原掌柜的生肖属相的下一个生肖属相，也就是说如果原掌柜的属虎，新掌柜的必须属兔。不知道老东家是不是找到了。要是真的兑现了当年的许诺，大掌柜的就可以去养老了。谁知道，在这个节骨眼儿，这个大汉又来了。

在这之前的几次，他每次都觉得惊心动魄，有死里逃生的感觉，不知道这个人这一次的出现，会不会带给他更大的祸患。

面对柜台外能看见戴斗笠却看不到完整脸的这个人，大掌柜的终于开口了，他说话的语气很平和，没有了当铺朝奉对当东西的人惯常傲慢的挑高音、拉长声。

"我知道，你是在找那件东西，你的当，我们接了。'青铜面具'由我们负责找，这需要花费几天的工夫。除此之外，你额外还要了黄金。光是筹措这些黄金得预备三天，三天之后，你再来，到那个时候，咱们人钱两清。以身舍命当，我们不敢不接，到时候，命留下，金子你带走。"

说完这些话，掌柜的不再开口，眼睛都不看对方一眼，直接闭上了嘴，眉头也紧锁了起来。这样的话无可辩驳，毕竟，这不是散碎银两，确实超出了"四海当铺"的财力范围。这个人从来不会让对方还价，不过，这一次，掌柜的知道，对方肯定会答应。

掌柜的是信天命的，他自己十分清楚，以自己的能力、目前的修为，是绝对无法控制住眼前所遇到的这一切的，他只能尽力稳住心神，令全身都进入一种松弛的状态。不过，这一切貌似很平常，却陡然间起了变化，在这个人头上的斗笠缓慢地抬起来的时候，掌柜的和小伙计张本见的周身一下子就觉得寒意透骨，忍不住打了个冷战，不由自主地把左手掌从袖子里伸了出来。掌柜的把左手伸出来，他的左手的中指上，戴着一枚看上去既像木头又像石头的扳指，这是一种比沉香木更久远的木头，明眼人一看就知道是石化木。

"为什么会这样？"

戴斗笠的人很显然不相信眼前的事实。

这说明，掌柜的中指上戴着的石化木扳指，显然起到了掌柜的想要达到的效果和作用，看来当年那个给他这枚戒指的人，并没有欺骗他。

懂行的人都知道，扳指最初是用于射箭时的护持饰物，是出于对手指的保护。

　　掌柜的也不知道这个戒指究竟意味着什么，他遵循老东家教给他的办法，戴上了那个扳指。

　　在这之前，掌柜的这条命和过去的十二年的运气都是老东家给予的，他没有理由不相信对方。

　　果然，这石化木的扳指起了作用。"舍命当"的大汉，给了回应。

　　"三天，三天太久了，不过，既然你手上戴着这件物件，我不能不给面子。我走了，那个东西，三天过后我会来取，我知道还会有人盯着那东西，可是，我舍命要了。"

　　戴斗笠的人说完这话，三步并作两步迅速地脱离了掌柜的目力所及之处。

　　从开始走进当铺的大门，到掌柜的出来跟张本见对话包括与戴斗笠的人交谈，总共的时间不到一刻钟。

　　这个大汉究竟是谁？戴斗笠的人三步并作两步走出去的背影，让人想到了，风雷激荡、山雨欲来风满楼的感觉。

　　戴斗笠的汉子出去后，掌柜的和张本见一言不发，就那么呆呆地坐着，他们两个人都知道，各自的心里，都藏着不愿意让对方知道的秘密。

　　"不好了，不好了，杀人了呀！"

　　"四海当铺"门前的街上，突然奔跑过来一个中年男人，嘴里扯破了喉咙地发出凄厉的叫声，这个男人，当铺的掌柜的和张本见全都认识，是隔壁香炉街水井巷口上卖大饼的山东大汉，平时看上去孔武有力，据说是练过三脚猫四面斗的庄稼把式。

　　能让这样一个练过把式的山东大汉恐慌得乱了心神，嘴里发出凄厉的叫声，简直就是件不可思议的事情。

掌柜的和张本见不约而同地奔到街上。不知为何，隐约间，他们两个人都联想到了刚才戴斗笠的那个人。

令人恐怖惊悚的事情确实发生了，掌柜的和张本见的眼中，出现了极为惨烈的一幕。

刚才在"四海当铺"里气势汹汹的主儿，那位戴斗笠的粗壮大汉，身子斜斜地躺在大青石板上，鲜血溅了一地。更令人不可思议的是，这个戴斗笠汉子的人头，竟然在刹那间，就在众目睽睽之下，凌空飞起，激射旋转间飞入了大街侧面的一所高墙深院的大宅子内。

张本见还没寻思过味来，掌柜的已经看清楚了，那处宅院，是本城有名的富户、做过一任道台的井大人家的后宅。

事涉异常，掌柜的看见眼前这一切，脸上不由得露出了惊恐的表情，他知道，这个戴斗笠的人的出现，包括刚刚发生的当街害命案子，与自己所在的当铺之间，是脱不掉干系的。

"该死的'青铜面具'，为什么那么多人都要舍命得到？都说和那个记载着宝藏和长生之道的书有关，莫非世间真有'蚩尤残卷'？"

戴斗笠汉子的出现，掌柜的并没有吃惊，他知道，对方是为了"青铜面具"而来，却万万没有想到，光天化日之下，戴斗笠的人死得竟然如此惨烈。

掌柜的虽然不知道为什么会出现这样的场面，可是他晓得，这件事并不会因为戴斗笠的人的死而结束。极有可能，新的祸患正悄悄地来临。

很可能就是由于这个缘故，掌柜的脸上，露出不自信的表情。在张本见看来，以往的时候，掌柜的都是不紧不慢，稳得很。

眼下惶恐的样子，令张本见十分费解。他不知道，此刻掌柜的内心焦虑已经完全覆盖了他的脸色，试图沉稳下来几乎没有可能。接下来会怎么样？此时的掌柜的一言不发，只是冷着脸吩咐张本见，今天提前上板关门。

这可是张本见打学徒起，从来没有听说过的事情，张本见顿时瞪大了自己的双眼。这个戴斗笠的人是谁？张本见心里画了一个魂儿。

一想到这儿，张本见的后脊梁直到腚沟子，一阵阵地发凉，不免在自己心里反复问道，自己所在的当铺真的只是一间市井中平平常常的普通当铺吗？

要是那样的话，眼前发生的这一幕又该怎样解释？再一想到自己的身世，张本见有一种莫名其妙的忐忑不安。

"难道？"

张本见内心想到了一件事，那就是，自己以后还会不会遇到那个人，还有他摆的青蛙阵。

想到此，张本见又有一种莫名的兴奋。他不知道以后，还会有什么大事情发生。掌柜的倒是没说过什么，但那个当年给自己看过命相、断过身世的人，在其摆青蛙阵的时候，还真的说过，眼前的这一幕，包括"舍命当"和当街杀人一定会发生，只是刚才那情景，张本见被那个人的气势给吓住了，并没有立马想起来这些。

要真的是那样的话，是不是自己就可以不在这地方当小伙计了？张本见心里这样想着，不知不觉一阵困意来袭，赶紧找到床板，很快便昏睡了过去。

第二章　七鼠抬棺

午夜子时。距离"四海当铺"不太远的地方，突然传出来一阵莫名其妙的声音。没有人知道，这是什么人或动物发出来的声音。

自从这声音响起，街市上各家各户的买卖铺户都关门闭户，不再外出。有人说这不是人类能够操控并发出的声音，也有人私底下躲在门缝里面瞄着外面的大街上，暗地里偷看。却发现，自从这个声音发出来以后，立马有无数个看不清面容的类似小老鼠的东西出现在街市上，并慢慢悠悠地晃动着。

偷看的人发现，这声音并没有经常出现，但只要这个声音一出现，那种东西就会应邀而至，不知道是那声音引出来的那种东西，还是那种东西带来了那种瘆人的声音。大家称这个奇怪的现象为"七鼠抬棺"。

这声音之前出现过两次，这回是第三次。街市上关门闭户的人家，还是能够猜想到接下来会发生什么。

第一次和第二次出现时，先后死了两个人，都是这条街上有名有号的主儿。

第一个死的是开肉铺和饭馆子的刘大疤瘌。人虽是有钱人，活得却是粗狂得很。三言两语不对付，立马就操刀砍人，凶神恶煞一般。第二个丧命的是当过库丁、跳过宝案、开过赌局的马三。"七鼠抬棺"这一劫，他们谁都没有躲过去。

据说，看见"七鼠抬棺"的人，就会被来自幽冥间的鼠神诛杀。这个传说其实自古就有，不过只在当地小范围传播，知道详情和内里究竟的人很少。

"大半夜里，老鼠上街，这是要出邪事儿啊。"

城里的老人们听到夜里出现的怪异现象，议论纷纷，脸上全都带着无比的惊恐。他们知道，在早年间，这样的事情，是会带来祸患的不祥之兆。

这一城的人，不会也是遇到了坎儿上了吧？

本地的民间老百姓管遭遇难心事、劫难的事，都叫坎儿。意思是说，到了这一步，就是一道坎儿，能迈过去，才有性命可活。很快，城里谣言四起。

"本见。你听说没有，城里大街上出了档子稀奇的事儿！"掌柜的看着在床上缩成一团的小伙计张本见，语气中带着一丝寒意地问了一句。

这句话听起来没啥太出格的地方。可是，机灵的小伙计立马就发现了不对劲的地方。

自打自己被掌柜的从死人堆里扒出来，已经十年了，自己也可以跟着老掌柜的上柜台，伺候生意，掌柜的可是从来都没正眼看过自己一回，这一回，掌柜的居然破天荒地叫了自己的大名。

不过，张本见打小就出现在市面上，看惯了世道人情，见人就能懂得人家的意思，虽然身世凄惨，可是，这机灵劲是足够的，他一看掌柜的这样说，马上知道，这是人家要对他说私房话。

"老爹，您老说的是后面三彩巷口新来的那个唱大鼓书的妞，还是白纸灯笼胡同里面的崔寡妇家的狗又叫了一宿？"

掌柜的长年独居，店里家里只是一个人，小伙计这是故意拿他逗闷子。不过掌柜的却没介意，只是继续跟他聊闲话。

没听几句，张本见就发现了，眼下掌柜的跟自己说话，要比以往客气得多，这叫张本见反而有点儿不大自在。

张本见知道，此刻的老掌柜肯定是心里装着什么事儿，才会如此地说话，但张本见自己并不想把这事挑明。

"你知道街上出现了‘七鼠抬棺’那样妖异的令人惶恐不安的事儿吗？"

掌柜的说的这句话，张本见听明白了，他点了点头，脸上表现出了有些恐慌的样子。随口问了一句："怎么会出现这样的事儿？掌柜的，以前您听说过吗？"

"没听过，我想，接下来铺子里是不会太平的，肯定会有稀奇古怪的人出现。"

果然，没出三天，有人上门来了。这个人看穿着打扮，一点儿都不稀奇古怪，只是，他的行为令人费解。

这个人来到"四海当铺"，告诉正忙着的小伙计张本见，他打算要用自己身上的衣服换一点儿粮食吃。小伙计觉得有点儿不可思议，当铺当衣服的倒是有，他们这一家却没有这个规矩，至于说要换饭吃，更是令其摸不着头脑。他不知道该如何答复，只能是告诉自己的东家来应对。

没想到，到了后院一说这事儿，东家一口拒绝了。眼前的事情这么多，"舍命当"的事还没处理利索，哪有闲心管这个烂事。

没想到需要典当布衣的那个人微微一笑，留下一句话后便转身而去，其余的什么话也没有说。

临走出当铺的大门时，那个人说了一句"雄鸡曜日，七鼠抬棺，一灯不灭，万户无眠"。

这几句有点儿像谶语，跟"莫道石人一只眼，挑动黄河天下反"差不多，隐隐地让人感到不安。

说完那句话，那个人转身而去，瞬间了无踪迹。小伙计张本见和掌柜的都愣住了，可是并没有深想，以为这就是一个人想在这店里头坑蒙拐骗一点儿粮食，荒年里头，粮食才是最贵重的东西。

没想到的是，这事儿才过去三天，县城里便出了大事。

县城里，围绕着布铺，陆续开始有人死掉。这令街坊邻里都傻眼了，有些不知所措。

最开始的诡异一幕，发生在大白天正晌午，在"四海当铺"所在的这处闹市的空地上。

午时正是客人最多的时候。这空地上，不知啥时候来了九名赤膊大汉，每一个大汉都极为高大威猛，看上去有点儿让人不舒服的感觉。不舒服的感觉不仅仅是看上去，而且还一点一点从眼睛里直接过渡到内心深处。那种不舒服的感觉，不大好形容，真要说起来的话，似乎是带着煞气和寒霜。

老城里的人，相互间都有些面熟，而这九位长相奇特、面孔陌生的大汉贸然出现，自然令人生疑。

更让人目瞪口呆的是，这九名大汉的肩膀头上面，都蹲着一只长相雄奇威武的大公鸡。

周围的老百姓都看得目瞪口呆，大晌午的，竟然都觉得有股阴森森的寒气扑面而来。

十字大街正中心出现的这九个大汉，尽管大家路过都能看见，可老百姓谁都不愿意走近。

县城里的人都知道，那个十字路口十分诡异。平常很少有人到那小空地上走动的原因，是那个地方据说是当年闹战乱的时候，官匪两家时不时就杀人的地方。

这县城里的人，有的去过京师，管那地方叫小菜市口。据懂得风水算命的陈半仙儿说那地方带有冲煞之气。要么是大太阳当空，闲人到了那个地方会看到鬼影幢幢，要么一个活气十足的人走在那里，也会看不到自己的影子。

小伙计受掌柜的指派，悄然无声地走到小广场附近，从不远处暗中窥视四周的景象。他发现那地方，九个大汉胳膊上的雄鸡每一个鸡头上都长了血红血红的鸡冠。雄鸡的腿也异常粗壮，个头儿也比普通的鸡大，看样子不是等闲人家养的那种溜达鸡，一定是来自域外的稀奇品种。

这九个大汉分品字形站成三堆儿。每一个人站在那里，就像扎根了一般。外人看上去，那九个大汉眼中都空洞洞的，好像是看不见东西一样，脸上面目毫无表情，还泛着铁青色。

回到店里，小伙计张本见把这一切都原原本本地讲了一遍，临了，还没忘问了一句："他们到底是什么来头？这么瘆人。"

掌柜的沉吟了一下，小心翼翼地说道："肯定是冲着我们家的，他们这一出把戏，行道里叫'镇煞'。"

第三章　盲仙直断

小伙计张本见有些疑惑不解。

掌柜的低头看了他一眼，低声说道："你觉得他们这几个人有什么不一样的地方？"张本见摇了摇头，又点了点头，想说话却没有张开嘴。

"是不是他们每个人都像没有活气的石头雕像？"

小伙计回忆了一下他们的样子，果然如此，这大白天的，这几个人怎么看上去死气沉沉的，有一种像冰冷死尸的感觉。

掌柜的有些不放心，于是就跟着小伙计张本见偷偷地来看。

不过掌柜的打小见到的怪事就一直不断，这个还真没有吓住他，还打算找出点儿什么不一样的地方。

没过去多久，大概也就是一刻钟的时候。突然之间，一个大汉肩膀头上的雄鸡凌空飞起，欲飞上小广场上的那根旗杆。刚扇动了几下翅膀，也就是刹那间，凌空出现了一道白光，于是，雄鸡竟然在半空中哀号一声，从半空中掉了下来。

一道鲜血从半空中飞射而出，就跟下雨了一样。一下子令张本见和掌柜的浑身上下都淋上了鸡血，吓得他们浑身冷冰冰的，顿时改了之前不慌不忙的样子，瞬间竟然手足发麻，不能言语。

大白天的还没到下午申时，天光竟然昏暗了许多。周围店铺里围过来的好几个人，全都傻了眼。

躲在角落里的掌柜的和张本见相继变得昏昏沉沉的，进入了一种自己都说不清楚的状态。很快，他们从头到脚都冷冰冰的，人就像没有了活气一般。

店里的东家闻讯赶来，对周围看热闹帮忙的邻居店铺和店里的伙计说，这才半天的工夫，他们是出了什么事？

这时伙计就把大中午刚过的时候他们在外面看热闹的事儿，说给了老东家。老东家也感觉到有些不可思议。

好在老东家心神并没有慌乱，一看店里的人出了这件邪气的事儿，立马就想到了那个在街上算命相面批八字的陈半仙儿，连忙招呼人去请。

陈半仙儿听到这个信儿，立马赶来用手号了号两个人的脉。

"我的天爷呀，不得了，这两个人是冲撞了邪物，一时半会儿就会成为活死人，人还没死就会被装进棺材埋到土里。"

陈半仙儿把话说到这份上，一边的伙计和东家都不免打了个冷战。他们谁都搞不懂，为什么会出现这样的怪事。

陈半仙儿看眼前的众人都傻了眼，沉吟了一会儿，才接着说道："这也就是我，还知道点门道，换别的人，门都摸不着。二人是中了别人的招法。大体上来讲，江湖上暗算于人，常常用三种形式。一种是借刀杀人，一种是整蛊下降头，还有一种就是关相传音。这个关，是关公关老爷的关，却跟关老爷无关。

"好些年没见到这等邪法了，怎么会在眼前这个小地方，出现这样的邪法呢？"

陈半仙儿的眼睛原本空洞洞的,但那一瞬间,陈半仙儿的眼睛里好像吐出了小火苗。好像他的眼睛并不瞎,而是能看得见世间很多的善恶邪正。

"那这回这九个人是怎么回事?"东家急切地问了一句,他似乎没啥心思去耐心听陈半仙儿说下去。

陈半仙儿长长地叹了一口气。摇晃着脑袋说:"你们是不是得罪什么人了?"

老东家回头看了看一边围着的几个伙计和周围的邻居,说道:"不可能吧?"

"怎么不可能?"

陈半仙儿这会子直接地反驳了老东家一句,却是没人敢搭茬,都被他的气势给压住了。

陈半仙儿摇晃着头说:"眼前这档子事儿,出得不是偶然,依照我看,你们店铺肯定是得罪人了,我看他们在小广场设立的风水阵眼,是一把锥子,锥子尖正对着的方向,是带着血光和煞气的。依我看,这锥子尖所对的位置,就是你们这里。"

老东家还没说话,旁边有人插嘴问了一句:"陈半仙儿,你眼睛不是不好使吗,这个时候怎么居然看出来锥子尖所对的位置了?"

陈半仙儿嘿嘿冷笑道:"你就是一个吃货,除了吃饭你还明白个啥?你不清楚吗,看不见也分很多种,我这并非是出生就看不见的天盲,还留存着一丝一毫的光亮,自然能看得出锥子尖所对的位置。"

"啥叫天盲?"一边的邻居,不解地问。

陈半仙儿摇晃着脑袋,头上那根辫子来回摆动着,一副洋洋自得的样子。天盲是打胎儿里带来的,自然是生下来就是什么都看不见。

"那你呢？"那个人接了一句下茬。

"我陈半仙儿，是后天得了疾病导致的，当时因为家境贫寒，治疗不及时才看不见的，但我依然能看出大姑娘小媳妇的丑俊，而且谁也别指望用假票子糊弄我。我这是跟你们说的实话，别听有的人说，什么算命的人肯定会遭受天罚，都有点儿六识不全的残疾。其实，说这些话的人，对于卜卦是一窍不通的，懂得点源流的，也不过是一知半解。

"六识不全，不是受了天罚才不全的，而是因为这一行，起先从收徒的时候，就有这样的规矩。当师父收徒弟的时候，专门就选这样的人为徒，这是行善和帮衬。盲人因为眼睛看不见，或是不能完全看见，不是明目人，自然而然就用心专一。

"我对着光亮是能看到一些轮廓的，虽然是很模糊瞧不大清楚。然而那几个大汉肩膀头上立着的雄鸡，眼看就非凡品，我大约也能看得见它们的轮廓。再有，那九个大汉所站立的品字形的位置和架构，明显的是一种阵法的蓄势待发，只是，眼下你们大家都不懂罢了。我从我师父说的那些阵法中反复推演，才发现，这应该是凤凰曜日。

"各位老少爷们儿或许会说，分明是九只大公鸡，怎么变成了凤凰？那就得耐心地听我说说这个事的来龙去脉。

"咱们大家都知道，这十二生肖里有很多都是我们所知道的走兽飞禽，龙凤却是谁都没有见过的。十二生肖里有龙，但没有凤。

"也有人说，用鸡代表凤都是民间的习俗，来自于上古时期的神话。十二生肖里面原本是没有凤凰的，只有鸡是在生活中有的。所以，用鸡代表凤凰。还有一种，就是十二生肖中有，在生活中却没有的，那就是龙。这是对应的后话了。

"十字路口，小菜市口，这九个大汉，是分品字形相对而立的。你们就是不懂得风水，也都能够看出来，他们虽然都是大活人，但旁人一眼看过去，周身上下却都不带一丝的生气。不用问，这全是受了高人提点的。

"他们站不到这一块堆儿，就是要做一个阵法，阵法所针对的就是你们这一家店铺，故此我才问，有没有得罪什么人，更明白点儿说，就是过去这几天，有没有来过奇怪的陌生人。也就是以前从来没看见，只是在最近才出现在你们店里的客人，在店里当东西，或者发生了什么纠葛？"

把这话挑明了，陈半仙儿就停住了声音，闭口不言。

老东家反复想了一下，突然说道："我倒是听说了，有一个老客到过我们店里，是从来没见过的生客。他那一天来，本来是想通过我们店，用衣服换一些粮食，只是后来我们不知道他要干什么，就拒绝了。"

老东家这么一说，陈半仙儿恍然大悟："那你们真的是没换？"

老东家摇摇头说："掌柜的当时拒绝了，掌柜的和这个叫张本见的小伙计，都说这个人看上去不大对劲，我就没多问。"

老东家的这一番话，还没有都说完，一旁的陈半仙儿已然把头摇得像拨浪鼓一般，冷冷地笑道："你们坏就坏在这件事上。要是答应他这件事儿，也就偃旗息鼓、善罢甘休了，要是没有答应这件事儿，他们接下来操作起来，会十分令人头疼。老东家啊……"陈半仙儿说到这，居然不说话了。

张口话说一半，最是闹心。老东家甚是无奈，眼巴巴地看着陈半仙儿，就等他指出个道道来。

"我这是不敢坏了行规！"

陈半仙儿面沉似水，冷冷地笑道："你能不能坏了行规，我不知道。

可是我觉得在现在兵荒马乱的时候有人上门讨饭，要善良点儿才好。积善人家庆有余，门口贴对子，这是老话呀，你们不会没听说过吧？这下子好了，你一口拒绝了，换作平常人也就罢了，如果赶上像这位老客一样，那么接下来的报应很快就会到来。他们这一门我说不好，不过有了‘凤凰曜日’，那么出现‘七鼠抬棺’也就不远了。恐怕接下来你的左邻右舍包括你在内，都会遇上推挡不开的麻烦事。"陈半仙儿说完这些话，摇了摇脑袋说了一句"善财难舍"。

陈半仙儿这番话一说完，周围明明是看热闹的人也都傻了眼。

这些人惊愕发傻的原因在于，陈半仙儿并不清楚这几天店铺周围陆续发生的事儿，他一个失目人，闭口瞎说，竟然能把眼前刚发生的事儿，复述得一模一样，怎能不让人心生疑窦？

盘点一下事情的经过，先是店铺里来了陌生的外边人，接着就出现了"凤凰曜日"，那么，到了晚上，指不定出啥邪性的事儿，这些人守家待地的，能逃到哪里去？只能是咬紧牙关，一个个活生生地硬挺呀。

哪个人不怕死，虽说都是烂命一条，没事都觉得自己是条血性汉子，可是真要是到了这节骨眼儿上，没准就兴许是贪生怕死的主儿。

陈半仙儿好像是看明白了这些，嘴角歪歪地笑着说："依我看，这对面的九个大汉，这样的古怪装束，绝对不是什么善茬，一准儿会引来一场祸端，各位趁早能躲多远就躲多远，还真的不要不信邪，因为，这几个人就是邪性人。恐怕是真的盯上了这店铺和周围的邻居，打算玩把大的邪性事儿。"

说完这话，陈半仙儿的眼睛空洞洞的，令人害怕，水没喝烟没抽，直接出大门，扬长而去。这做派，真的是让在场的人都大吃一惊。大家伙儿都知道，这陈半仙儿是见钱眼开的主儿，到了这节骨眼儿上，明明可以诈出大钱来，怎么突然就耍上了这一手，干脆什么都不要，对钱财没有了兴趣？这样一转身扬长而去，可不是他素来的行事风格，看起来，眼前的一场祸患，是真的没跑了。

老东家没吭声，做了半辈子买卖，世面也是见过一些的，自然不会被眼前的一两件事吓唬住，陈半仙儿说得吓人、邪乎，可是在老东家的心里，还是有些斤两和对付的办法，只是，一时半会儿，他还没有办法确定下来。

老东家突然开口了，他说得情真意切："老街旧邻，你们多保重了，这一场祸患，是我们店铺里边的这两个人惹下的，我只能是一个人扛了，伙计愿意留下来的，也都躲到我西边城里的宅子那去，别在这店铺里了，万一动了刀兵，伤了性命，可是不得了，别的先都撤出去，等这事过去，风波平静了，咱们再聚。"

说完这话，一挥手，老东家指挥着伙计，把店铺的门板全都装上了。然后独自一个人守在店铺里，赶走了伙计和街坊邻里，然后躺在这床榻上，守着旁边昏睡不醒的掌柜的和张本见两个人。

天光逐渐暗淡下来，虽然是秋天，可是日头还是毒辣辣的，挂在半天边，不想滚回家去，玉兔也还没有驾着车升起来。

老东家一个人背对着床铺上的两个活死人，一声不吭，面目表情好像是进入了凝神闭气的阶段。

第四章　水夫子

　　足足过了大半个时辰，老东家猛然间站了起来，脸上的神情像是换了一个人，他原本瘦弱的身子骨，也慢慢地变得壮硕起来。不知道的，一定以为老东家是吃得太多，肥胖了不少。

　　这会儿子，老东家的动作不再是畏畏缩缩，而是健步如飞，他独自出了店铺的后门，走过院子窄窄的月亮门，去了后院。隔了不到一炷香的工夫，老东家从月亮门中重新现身，已然是另外一个人的样子。这时候的老东家，身上居然穿着一件类似于道袍的衣裳，浑身上下紧邦邦的，像是充满了气体，举手投足间，竟然带着仪式感，要是有明眼懂行的人见到，自然是知道，这一脉是源出川西道门，后来在贵州十万大山里绵延生根的"水门"。

　　说起"水门"，江湖上鲜有人知悉。他们这一门中的人，不履红尘，不在世俗中出现，讲究的是隐。偶尔有江湖中大佬说起来时，大多将其跟道家的水法一脉联系在一起。这水法是道门法坛、傩坛常用的一种法术，过去地域封闭性强，在流传不广的情况下，是人们在长期的劳作中汲取原始祭祀法，并在古村落中流传的门脉，又结合了道门秘传，修习出的实用性颇强的秘招。私底下，这门中人被尊称为"水夫子"。

　　说起这水法，也是寻常人等并不知晓的秘密传承，精通者极为稀

032

有。水是原始万宗祭祀中的八大仙家贡品之一，水能清净浊垢，除氛解秽，可周流十方，广神供养，禀阳明之正气又凝太阴之真精，故取水为圣物。

这"水夫子"一脉，平生将水当作一个别样的炼丹炉，把夫子的精气、先天的真气、祖师的灵气融会于一体，从而玄妙无方。

老东家这一身打扮暴露出，他竟然是水夫子，这可是谁都不知道的秘密。

这一门向来低调行事，不想出世，偶尔有不得已的时候，才出现在外界，这一门的人大都为了掩护自己的身份，穿着类似于道袍的服装。这一门的门人就是昔日被尊称的"水夫子"。

现如今，老东家知道当铺里面出事了，自己就起了杀心。他知道，这一定是那伙人不想放过自己的举动，什么用衣服换粮食，都是借口，包括陈半仙儿，也不会是等闲之辈。

他们是冲着那些宝贝来的，"蚩尤残卷"的名头太大了，他们是不肯放手呀！陈半仙儿在自己这个地方出现了几年了，他应该是来摸自己底细的人，不过，老东家知道，这个陈半仙儿，并不姓陈，他原本是叫"废舍"，眼下，他摸到了底细，却叫不准，只好用这九个大汉明目张胆地挑衅。一想到这里，老东家的脑子里就出现了一行字，陡然间，老东家的手里竟然出现个大碗，这大碗里面竟然凭空出现了一碗水，谁都不知道，他从什么地方，弄了这样一个大碗。

一般人看见这第一幕，都会觉得古怪异常，说透了，也就没啥稀奇的地方了，这其实和道门的招法有着异曲同工的地方。

其实，这也是借了道家的外壳做掩护，他所用的都是自己师门的秘传绝学。老东家这一门叫"天水门"，据说是古代川西的氐族人，融通了道门的法术后天修习成的。

三国时，蜀国大将军姜维镇守玉垒关，后改了关名，与氏族的头领交好，他的后裔得了氏族这一脉大祭司的神传，这一法门才暗中传入中原汉民族所在之地。

"天水门"的修习是化繁为简的，从老东家手里的大碗就能够看得出来。这应该是一个诡异神秘的仪式，老东家显然要显露出自己的师门绝学了。

这个城中，很多人都知道"四海当铺"，可是没有人知道老东家的真实身份，也不知道，竟然还会有仇人找上门来跟他寻仇。

别人不知道，老东家自己是知道的，眼前的那九个大汉，和上门打算用衣服换取粮食的中年人，明显是一伙儿的，他们不是想换布、粮食，是想逼自己出来，逼出"蚩尤残卷"。

老东家端起身边盛满水的大碗，一仰头，把好大的一碗水一气儿喝完，喝得干干净净。最后一滴水喝干净的时候，老东家一抬手把这个大碗，直接扣在掌柜的和张本见躺着的卧榻旁边墙上的一块木板上。

说来也是古怪，那个大碗竟然一下子就粘在了木头板子上。只见，老东家的身形微微蹲起，双目瞪得溜圆，肚子里仿佛充满了气体，然后猛然抬头张嘴，瞬间几股水流激射而出，喷射向床榻上的掌柜的和小学徒张本见。

刹那间，光影迷离斑驳，好像是带着五彩的光晕，不到一刻钟，这床榻上的人就都醒了。睁开眼睛说的第一句话竟然是："我饿了，这是在哪里呀？"

老东家不作声，只是一伸手，手里又多了一个小碗，小碗里也盛满了水。老东家三下两下地把水灌到这两个人的嘴里，然后把手掌中的小碗也让他们吃了下去，让人觉得不寒而栗。

"好一个九龙分魂水！见识，见识了！"

就在此刻的窗外，一个冷漠苍老的声音响起，这一句说完，人就远去了，他丢下的另外一句是："百兽出山，万灵妖起，'蚩尤残卷'不交出来，你是对付不过来的！"

随后，门外传来的又是一连串得意洋洋的大笑声。

小学徒张本见懵懂地睁开眼睛说："老东家，这是谁在门外呀？"

老东家面容严峻，如临大敌，郑重地回答了一句："许久未见的一个老朋友，非得盛情邀请我去做一件事，我之前是不肯答应的，所以躲在这里不肯见他。没想到，我的行踪泄露，这才找人逼上门来，你们看见的九个大汉和雄鸡，都是针对我来的，没事了，打明儿个起，这买卖，关店上门板，生意不做了，你们也各自投亲奔友，与此无关。"

翌日清晨，街坊邻里就传出来信儿，半夜里，城里闹了邪事儿。

有人看见百兽出山，老鼠在前，后面跟着一溜儿稀奇古怪的小动物，有黄鼠狼，也有雄鸡，还有长虫、青蛙和兔子，它们整整围绕着县衙门转了大半夜，一直到了鸡鸣五鼓，这些个诡异的野兽鸟禽才悄然散去。

"以后咱们怎么办？"

掌柜的醒了后，没有像小伙计张本见那样不停地问东问西，只说了一句话便沉默无语，这说明，掌柜的虽然不知道东家的身份和真实经历，可对眼前出现的这些个事情，他并非一无所知。

老东家摇了摇头："先等等看吧，这样的事情，不是我一个人能够左右的。要知道，这些人来了，不达到目的是不会罢休的，他们的残暴凶狠，你们还没见识到。"

"天哪，怎么会这样，东家你怎么招惹他们了。"

"他们想要的是'蚩尤残卷'，不过这事情与你们无关，我自己一个人扛！"

谁都没料到，老东家嘴里竟然冒出来这样的话，让人摸不着头脑。

老东家的话说完了，店铺掌柜的和张本见都愣住了。

"你们先走，不要回来了，那钱箱子下面，是我给你们准备的盘缠，有散碎的铜钱、银子和银票，按照在柜上的年头，你们各自分了吧，具体的数额，事先都已经计算好了。

"路面上是不太平，这帮人肯定把这里围起来了，不过这些小钱，他们还看不上，你们大胆地走吧，再不会有啥性命之忧了。这一点我敢肯定。咱们东伙一场，这就是你们将来起家或是养老的本钱，不要说出在这里看到的一切，切记切记。"

老东家说完这一切，目光有些呆滞，显然，他在思量着怎么解决接下来的难事。

小伙计张本见瞪大了眼睛，不敢出声，他实在是不知道该说些什么。

"你走吧，那里有十两银票，还有点儿散碎银两，你拿上，找个地方自己重新学生意。你不是个俗人，身世也是大有来历的，我觉得跟那部'蚩尤残卷'渊源甚深，你早晚要长大的。"

说完这些，老东家挥了挥手，说："走吧，从大门走，放心，他们什么都能看见，就是你从老鼠洞里面爬出去，他们也不会疏忽的，不过，你们是死过一次的人了，这一次出去，没人会拦截你们的，这也是他们的规矩。"

掌柜的沉默了半天，只是说了一句："那我们走了！"

话说完，头也不回就走出了大门，剩下小伙计张本见傻傻地站立在旁不出声。

"你怎么不走？"老东家的话里面带着些许的无奈。

"东家，我真的不知道该去哪。"小伙计张本见低着头，有点儿憋屈。

"是啊，你打小就被掌柜的和我收留，当初掌柜的从死人堆里把你扒出来是我的主意。外面的事儿你知道得太少了，这样，你也出去，要是三天之后，我这当铺还没开门，你就不要回来了。"

"要是开门了呢？"

老东家惨然一笑说："要是开门了，你就是掌柜的，小掌柜的。"

老东家说完这话，挥了挥手，示意小伙计张本见出去。

很快到了夜里。张本见其实没有走远，只是躲在不远处偷看着当铺左右的动静。

"后来呢？"

听故事的人追问了一句。

第五章 奇人奇遇

一脸严肃的老人，继续讲说宗门的传说。

别看小伙计张本见这小子年岁不大，可是，他的机敏聪慧还有身上的禀赋，的确不一般。也正是因为这个，三天之后，小伙计张本见回到了"四海当铺"，救活了身受重伤的老东家。

一息尚存，脑子还好使。老东家知道，眼前要是想渡过这一难关，只能是借用这小子之力了。"舍身当"已经出现，"舍命"的大汉已经失去性命，可是，"舍身当"却无人可派，去落实这桩买卖了。

老东家当机立断，生死之间，将寻找"蚩尤残卷"下落的事，托付给了小伙计张本见。

"舍命当"中舍命的大汉，不是冲着金银来的，他是冲着"青铜面具"而来，而"青铜面具"则是传说中找到"蚩尤残卷"的首要条件。

"蚩尤残卷"是本书吗？张本见听到老东家口中嘟嘟囔囔说出来的话。

"也是，也不是。"

老东家却没有心思辩白，到了这个地步，老东家的心思里，全都陷入对"蚩尤残卷"的恐惧之中。

奇人自有奇遇。

张本见在这件事后，受了老东家的点拨，修习了一身奇门绝技，于是一段奇遇自此展开。

宗门神话讲说到这儿，无论是讲述的老人，还是聚精会神听着的孩子，都陷入了良久的沉默中。这里面的宗门旧事极为诡异，近乎虚构的传奇和神话了，不过，既然是自己这个门脉的传说，当年口口相传这些旧事的人，想必有着良苦用心。

相隔万里的老人和聆听的少年，互相之间似乎是有着一定的默契的。两位老人不约而同地都说出下面的一段话。

简单扼要地说一下后来的事儿，都是我们这一脉宗门，也就是"蚩尤残卷"传人的祖师爷本见老祖的逸闻传说。不一定都是真实发生的，却也不一定都是虚构的。姑妄言之，姑妄听之。

据说，那个邪门的势力，后来血洗了那条老街，张本见在老东家挺身而出的庇护下，留存了一条性命。他从掌柜的那里获悉，当年店铺的老东家，后来当铺的掌柜的，包括他的祖上，都是跟"蚩尤残卷"里的上古宝藏有着千丝万缕的联系的。

为了承袭先人的重托，绰号"小朝奉"的张本见祖师开始追寻"蚩尤残卷"中青铜异宝的下落。

从那时起，本见老祖一生先后经历无数离奇诡异之事，他之所以成名，是由于破解了"灯窝儿"奇案。

这"灯窝儿"是当地城中人才能懂的土话，其实，就是到了掌灯之时，是这座城池最可怕的时候，会有妖魔出现，侵害人间。"小朝奉"识别出这其中其实暗藏玄机，是有人故意设计的弄妖撞鬼，他开始凭借本事，斗法九类妖门。

一战成名后，被本城大财主韩大户找上门来，请他为自己的三姨太看"邪病"，张本见午夜守护在房中，发现了有妖人利用傀儡技法指引"长虫纸人"偷偷潜入三姨太房中，试图杀人，并且将要嫁祸于大夫人和韩大户的儿子。

识破这个诡计后，张本见谢绝了韩大户招自己做赘婿的机会，离开了这座城。他遵师门之命，行走江湖，历练自己，顺长江而下，入川蜀。没想到江上船遇到了旋涡鬼见愁，船漏了，张本见上岸，在一处不知名的山上遭遇盗墓的土夫子，搬山卸岭人，下了"九龙背纤"风水大墓。因祸得福，得到了"催眉镜"。这"催眉镜"据说是当年西汉张骞自西域得来，据说是一个人数极少的部落首领自上天得到的宝物。上面有"西域幻术师"雕刻出来的夒纹"纹咒"，在特定的地点用特定的仪式，照着这个"催眉镜"，可以照见自己的前世今生，还能够预测吉凶祸福，所以，这镜子也叫"催眉镜"。

无意间得到了"催眉镜"后，张本见离开了那处不知名字的高山，继而竟然发现暗中有人尾随而至。张本见和对方经过几次斗法比拼，逐渐熟悉，那个人原来是一位方外的女子。而世人所知的方外其实还有内方外和外方外的区分。内方外其实是有了地仙境界修为的人独立存在的一个空间，外面人不知道这是什么年代的人为了什么样的目的建造的。外方外也就是修为者以不同手段建立的洞府洞天。这个女子叫端木浔，据她自己所说，她其实是商纣王的后裔，祖上因为上古封神之战后，对世事红尘了无牵挂，进入方外修行，一直在寻找"催眉镜"。

张本见觉得，这个端木浔应该是苏妲己一脉。不过，他疑惑的是，苏妲己传说中有妖狐的媚术，这女子却长相俊美端庄。端木浔的解释是，苏妲己死前对在自己身边伺候的族群后裔人等提出了不一样的要求，要以端庄修行于世间，自毁媚术。这"催眉镜"其实就是苏妲己留下来的家族之物。张本见没有多想，以他之豪情，将"催眉镜"赠与端木浔。

端木浔根本没有想到张本见竟然如此坦诚，对自己毫无保留，便真心对真心，八两换半斤，如实地说出了这个"催眉镜"的用途和秘密，反倒是让张本见大吃一惊。

两个人在一起商议了许久，方才想出一个笨法子，那就是，为追寻相关的秘密，两个人来到了边陲的草原之城。

没有想到的是，在这个小县城里，竟然邂逅了张本见当年的贵人——那位"摆青蛙阵"的老人。这是一个独特的老人，他白天街头卖艺，晚上走街串巷打小鼓收旧货，偶尔还会出现在县城里的"鬼市"。

张本见在"鬼市"上无意间发现了老人的诡异举动，那就是老人竟然会"蚩尤幻象"中的幻术。

正当张本见打算当场相认的时候，张本见的身边竟然出现了一个四十岁左右的阴柔男子，这个人猛然一脑袋扎在了张本见的身上。

街坊地保带着衙门里的人来验尸，仵作说，这个人招惹了不该招惹的东西，怀疑是张本见动了手脚。于是，张本见被人带到了衙门里的大狱之中，也就是俗称的"六扇门"。

六扇门是旧时对衙门口的江湖叫法。青龙门、白虎门，都是令人闻之色变的。官府衙门里有六扇门和六扇门中的捕快，令人魂飞胆战。不过，对于张本见来说，未必就是坏事。毕竟，奇人自然有奇诡的遭遇。

张本见孤身一人到了深牢大狱之中，结识了一众奇人，这些人中有乌云奶奶、天狼之刃、唐长虫等人，他们的出现，真的是让人长见识、开眼界。

到了深牢大狱里，张本见才知道，这些人都是被人控告陷害进来的。看情形，是有人已经知道了"蚩尤残卷"的下落，也知道了失落的青铜锁匙的下落，是跟这草原上的古代废墟和地下暗河有关。所以他们开始对张本见原本打算请出来帮忙的人下手了。

张本见隐约知道，这些人极有可能是跟废舍有关。他们或许是已经知道了"蚩尤残卷"的下落，所以对张本见窥视已久，废家是工匠出身，精通机关消息埋伏，虽然不在宗门中，却对宗门中的事情了如指掌。

他们最终窥视的是"蚩尤残卷"，并希望从这些地方，找到失落的"蚩尤残卷"。

深牢大狱内，几拨奇人在这里有意无意地聚集，破界之余，竟然发现这深牢大狱的下面是一个虚空大洞，几个人从深牢大狱的大洞中逃出生天，才发现大洞下面居然是一处铜鼎窟。

这个地方有高人判断，就是九龙背纤之地，被称作"地眼"，地眼中有铜鼎窟。

第六章　铜鼎窟

入了铜鼎窟的人，从外面一路勘探下去，发现这下面另有玄机，是大洞下面附带着小洞。再深入搜索，竟然在浮土堆下面，发掘出来一具尸体，穿着十分诡异，身上有铜链条捆绑，其他部分竟然被桃木符文雕刻的不知道什么材质的东西包裹。铜鼎窟的上方，是一盏类似千年不灭的长明灯，众人进去后，灯突然间亮了起来。

千年古墓之中，竟然隐藏有一只眼睛，始终死盯着众人，张本见和众人各个施展手段，却被一只眼睛用不知道的方式降服。

他们知道，这地方要比死亡更可怕。

随后，这铜鼎窟之中竟然出现了从未见过的"大荒经"中的怪兽，墓道中的画壁上的怪兽竟然活了，还可以厮杀伤人。

众人被一一击伤，又出现一位身份不明的乌云奶奶，这乌云奶奶是世袭的神婆萨满，她用了一袋子"药粉"救下了几个人的性命。几个人在乌云奶奶的带领下，以"偷天换日"的手段逃出了铜鼎窟。到了最后关头才发现，这出口之处竟然是"血封之地"。"血封之地"就是阻碍世人进入的陷阱。

出了"血封之地"，乌云奶奶带着张本见来到契丹石头房子，石头房子是"停尸之地"，张本见这才明白乌云奶奶原来是擅长萨满下药和催眠之术的通幽人。

　　被乌云奶奶一番催生之后，张本见发现，自己脑子里很多已被删除的记忆又能重新恢复，只是若隐若现，并不完整。

　　为了寻求自己身世之谜和在通幽中遇到的困境，张本见不顾乌云奶奶的劝阻，独自一个人在石头棚子下过夜，子夜时分又遇到了困惑，最后，魂魄被突然出现的老鼠群咬伤，幸亏乌云奶奶及时出现，用了"天雷咒骨"的吼叫功夫，才唤醒了张本见。

　　张本见重新合拢了脑子里深藏的碎片记忆，恢复了幼年时的记忆，在那里，他发现了"蚩尤残卷"在"草原海子下面"的秘密。

　　不过，他并没有提出这些，只是说，彼时是乱世，这些东西不适合出世。

　　边陲草原，风云际会，各路人马都想拉拢张本见进入自己的一方，张本见却毫无踪迹地消失了，有人说他去了"黄神庙"附近的"九重地藏塔"，在草原上与有名的世袭门脉"天狼之刃"结为兄弟，将"蚩尤残卷"藏于上古禁忌之处的"血封之地"。

　　从此以后，世间已然没有谁知道张本见的下落。不过，江湖中还是有人知道，他的衣钵传人是南宫家，南宫家创立了一个古董铺子叫"水心斋"。

第七章　水心斋

故事讲到这儿，说与听的人，全都陷入静默之中。

相隔万里的两位老人，各自讲完了自己所知道的有关"蚩尤残卷"的神话传说跟宗门间的关联。

"叔公，就您刚才说的这些个事儿，怎么跟《封神演义》《西游记》《酉阳杂俎》这些传奇志怪小说没啥区别呢？太相似了，依我看这些个事儿分明就是神话传说。当然，相比起小说中的人物，还是不够生动，我觉得更像是民间传说。我看过古希腊神话跟上古的五帝传说，这些极具神话传说色彩的内容中，还掺杂着志怪笔记和唐人传奇的意趣，《酉阳杂俎》《容斋随笔》《月微草堂笔记》里面不乏这类故事。我想，是不是当年祖师爷看过这些？"

少年的语气很直接，这在别的宗门里，敢当着师门长辈说这一番话，是无法想象的。不过，在这儿，都是正常的。"蚩尤残卷"的承袭者，最大的特点就是敢于挑战，这里面也包括挑战自己的宗门。没有人知道，当年的祖师爷张本见，为什么会制定了这样的门规，他可能根本不知道，这一切到底意味着什么。

"看来，你动脑子了，我可以肯定你的说法，你质疑得极好！"老人和少年之间的对话，互动意味浓烈，并且都带着幻想色彩。这世界，好像有命运之眼，在不同的时空指导着这世界中的人的对话。

海外的一处人迹罕至的老旧建筑中。

"叔公，我不相信这些都是真实的，我相信这里面有绝大一部分，甚至是百分之九十以上，都是带有杜撰性质的文字，正像您所说的那样，这些都是神话传说。"

叔公点了点头。

他的脑袋上的白发有点儿显现了，比起年轻时的他，身材虽然没有苍老和萎缩，可是他知道，这些传说有可能真的是传说，是神话一样的传说。

"我也不大相信，但我敢肯定的是，这里面有一些东西，确实是或者曾经是存在过的。"

说这话的工夫，老人的手在半空中凭空一抓，不知道怎么的，手中竟然多出来一个玻璃杯子。更为奇特的是，杯子里有水，水的上面，竟然冒着红色的火焰，老人的手指头缓缓地张开，杯子一下子坠落到地上，少年的眼睛一眨不眨地看着，但跌落到地面的杯子却没有发出任何的声音。

那个本应该发生的清脆的玻璃碎落的声音，并没有在预期的时间里发出，少年的眼睛眨了眨，地上还是空荡荡的，干净得一尘不染。

"这是玩的什么魔术？"

在海外生活的人，对文化的渗透是不可避免的。

少年的话好像是提醒了老人，老人迈步走向房间的酒柜边上，轻轻地拉开了酒柜子的玻璃门，他低声示意："勇儿，你把这杯酒拿出来，喝下去，在南宫家族中，这一杯酒是成人酒。"

少年站起身，走到酒柜前面，这个时候他才发现，这个酒柜里，竟然凭空多了一杯酒，正是刚才他看到的那一杯酒。

"勇儿，在我们遥远的东方故乡，也就是我们的祖国，你还有一个和你长得一模一样的哥哥。"

这个孩子叫南宫勇。看到南宫勇有点儿吃惊的样子，大叔公继续说道："你没有听错，他就是你的孪生哥哥。你们出生的时间相差了一分三十六秒，他应该也在这个时间，和你一样，喝了同样的一杯成人酒。"

"我哥哥在哪儿？"

刚刚讲述过宗门神话的老人，这会儿默默地抬起头，向遥远的方向望去，似乎，他的眼睛能够穿透云层和岁月，看得见遥远的东方，看到那一处他曾经和自己的弟弟生活过的地方。

中国境内，西南的一座大山中，一个老人和一个少年端坐对视。他们的衣着并不华丽，朴素至极，都是那种传统的黄绿蓝，可是，精神气质却极为高古。

"我也不清楚，他们是在哪个国家，不过我知道，这些年，他们可能比我们更不容易，亟须落叶归根，他们以后一定会回来的，那个时候，你们兄弟二人一定会见面的。只是，我们设想的'水心斋'古董铺子会不会开，我们也无法预知。"

少年安静地点了点头说："我懂，叔公，我知道这些年我所学的古董鉴定和武功江湖术，都是为了那一间古董铺子的重新开张，只是，我不知道，我是不是能够支撑起来。"

"兄弟齐心，其利断金。这句话，你听说过吗？"

老人看着对面的少年，接续说："你一定能够做得到的。"说完这句话，老人的身子微微一侧，一只鸟从老人的背后飞起来，这只鸟，像一个灵活的小精灵，飞上飞下，瞬间，令少年起了捕捉之心。

少年的身子向前，一个探身，身形凌空步虚，双手抖动，一条白色的布匹，在半空中抖开，像一张巨大的网，捕捉着那一只鸟。

"很不错，只是你现在的身手，还需要借助'外物外力'。"

老人的话似乎是提醒了少年。

"我会做到空手入物的，二叔公。"少年的脸上，呈现出一丝坚毅的神情。说着这话，少年的手动了一动，一行字出现在对面的墙壁上，墙壁上是雪白的，这是很多人都无法理解的，好在这时候，房间中只有少年和老人。

"二叔公，你看到了吗？这是我自己练成的，我是按照你留给我的那些残缺的竹简上的文字拼接出来的。我知道，您说过的那些都是从青铜的铭文中破解出来的。"

随着少年的沉稳的陈述，墙壁上的这行字，不知道什么时候跳动了起来，像一群幻象。老人盯着墙壁上的幻象，小声说道："我修习这个功法有小成绩的时候，已经二十六岁了，你整整比我提前了十年。"

少年的脸上没有任何的表情，按照常理来说，这是和他的年龄不相符的。不过，对于老人来说，这一切都是在他的意料之中的。如果"水心斋"的传人对于自己的一点儿小成就就沾沾自喜，那样的话，怎么能在宗门里面去承担重担？

"二叔公，您这几日讲述的宗门中的既往传说都是真的吗？我怎么觉得，都是神话。"少年的眼睛忽闪着，睫毛有些长，看上去像女孩子的眼睛。

被称作二叔公的老人听了少年的话，没有马上回答，而是扭动了一下并不健硕的身躯，头轻轻摇晃了一下，似乎是缓解一下自己颈椎的疲劳和不舒适感。

“你能有这个看法极好。家族一脉，向来在传承宗门规矩和由来的时候，难免会陈述到这些年宗门曾经发生过的神异之事。甚至，语涉神话传说和不可思议的怪诞逸闻。我少年时就没有你们兄弟的这种见识，直到人到中年，才有一点儿想通、想明白的地方。那你怎么看这些传说和逸闻呢？”

启发，是最好的教育方式。好的思维模式，都是由启发引导形成的。老人显然深通此道。

“我觉得，这些都是传说，是用来掩盖宗门真实情况的。在这些传说出现的早期，或许是用于恐吓对手的方式，祖师爷和南宫无量这些人，起到了推波助澜的作用，用以神化宗门。当然，也不能说，这些都是没有影子的事儿，不过，这里肯定是有人借机渲染了什么。有一些事情，极有可能是真实发生过，只是在人物和事情的经过上，被替换和更改了。我们后世的人，应该是以理解的角度加以辨识，这样看起来，应该是原始的模板被人为夸大了而已。”

少年的回答，没有字斟句酌的刻板僵硬，也没有过多的修饰。在阅历丰富的老人听来，此时少年的语气虽平稳，声音的调值却压低了半格，听得出，少年这一番叙述是明显的底气不足，这不是气脉呼吸的问题，而是他确实没法证实和相信那些个传说的真实程度，没有在历史中发生过，纯属无稽之谈，才是他认知范畴内的感觉。

他本人当然希望那些宗门的事情是真实的，不过，这些神话传说般的宗门陈年往事，却带着一丝荒诞不经的色彩，这就难免令人心生疑窦。不过，又碍于自己身为宗门后裔，一味地反驳这些，难免有大逆不道的嫌疑，所以不敢轻易断言，或者是直抒胸臆。

这一番话说下来，少年的脸上带着一丝尴尬，他不知道二叔公听后会有什么样的反应，不过他已经做好了吃鞭子的心理准备。

二叔公手上是有一条鞭子的，不知道是用什么动物的毛发编织而成，从配饰上看，那个鞭子的把柄上，有着青铜器上的花纹，看上去年代久远，不知道是不是宗门传下来的旧时老物件。鞭子的长度是一丈左右，这是算上鞭子的把柄的长度。实际上，这个鞭子，叔公平日里是不经常使用的，一般是被搁置在叔公从不让少年进入的一处山房中。只有到了年节祭祀祖先的时候，叔公才会将鞭子供奉在祖宗的牌位前。

不过这一次，少年想错了，叔公并没有拿出来那只鞭子，也没有任何不满意的表情，他只是稳稳地站立在那个位置上，面朝墙壁，轻轻地说了一句："或许，你是对的。不过，你想的方向是错的，这个，我已经想了几十年了。"

说到这儿，老人看了一眼少年，抬起手，指向另一面墙壁上的地图，轻声说道："那边，是我们接下来要去的地方，你抓紧时间，熟悉一下那里的情况，我们要过去转转。"

少年点了点头。

他自己知道，老人布置事情，都是极有分寸的，在什么样的时间节点做什么事儿，他心里门儿清。

"你可以动用'玄'字格局里的卷宗了。"老人的这一句话，令少年的眼睛里发出来一道异常明亮的光芒。

"水心斋"南宫家的宗门传人拥有"四大号房，八字格局"，里面都是宗门数百年来遗留下来的文献史料。

"天地玄黄，宇宙洪荒。"这是八字格局的整个序列的排列称谓。当然，还有更高一层的"水心斋"中的顶端秘闻，那就是四大号房。四大号房中有什么，少年暂时是一无所知的，他只知道这四个字，指的是

"虚、无、空、寂"。不过据说,那要等到"八字格局"都修习圆满了以后,才会有资格触碰。

"我什么时候可以修四字号房中的内容?"说完之后,少年的头微微低下,他知道,这绝对不是他在这个时候应该提的要求。他只是想,自己从现在开始,已经要踏入成年人的门槛,要有独立执掌"水心斋"的能力了,这样说起来,自己有这种想法,叔公是可以理解的。

果然,少年这一次的提问,并没有被叔公训斥,老人只是独自站立在窗子边上,看着窗外的满城烟火,有点儿心事重重的样子。这绝对不是叔公以往的神情和态度。

"或许,你是会有这个机会的。"

这个少年叫南宫骁。而这个被南宫骁叫作二叔公的清瘦老人,这一刻好像是想到了什么。他背对着南宫骁的身影都散发着无穷的力量,就像海浪一样。

两位老人分别与两个十六岁少年宗门谈话后,又过了十二年,来到了1981年,农历辛酉年。此时距离1953年的癸巳年,已经过去了二十八载了。

"鸟又飞起来了。"

京西,一处隐蔽的大山深处,一处残败的古庙遗址处。

"倦鸟归林,叶落归根。"

这是一老一少的对话。年长者在六十到七十岁之间,年少的是三十岁左右。

老人的身材清瘦,一脸的严肃,一般来说,这个年纪的老人家大多喜欢蓄须,据说当年的老规矩,三十而立,三十留胡子,人到了三十岁以后,就会留一择胡子,似乎是为了起到端庄仪容的目的。不过,眼前这位老人却没有一丝一毫的龙钟老态，身子骨的清爽利落劲儿，不亚于任何一个三十岁左右的壮男。他们站在这一处遗址之上，面容严肃，好像是正在举行一种特别郑重的仪式。

一周之前，他们才回到京城。他们的目的，似乎跟另外那两位有关联的人是一致的，都是要回到京城，回到那个胡同之中，重启"水心斋"古董铺子。

"年初的葛洲坝大江截流的消息你看到了？"

"我记得是元月四日。我见到报纸上的新闻了，在那条消息刊发后，我也看见了三月底的那个消息。"

"嗯。关于开展多种经营的那个，我觉得，是时候了。"

"大约是三个月前，世界两端的已经二十八年没有碰面的一对兄弟，通过一次电话。"

"好的，他们会见面的。"

没有人知道，为什么这么多年过去了，这两位老人在国际电话中的交流竟然如此短暂。昂贵的国际长途电话费，显然不是阻止他们叙旧的理由。彼时，都在通过电报和邮政信函通联的人们，还不能够理解这两位老人真实的心境。

"水心斋"的字号，在自己的有生之年，还能够重开吗？

这是两位老人内心最大的问号。不过这一切已经是过去式了。现在，他们都已经到了京城，到了他们眼中的四九城。

第八章　南宫纸

一张纸，泛黄的古纸，搁在桌子的正当中。桌子的对面，端坐着的是两个年轻人。要是在几十年前，这两位年纪接近而立之龄的人，恐怕早已经蓄须，留上胡子了。

"快三十年了，我们终于见面了。"

两个孪生兄弟，竟然如此沉稳地坐在一起，就像毫无关联的一对商人。他们的眼睛里面都像是藏着什么，不过外人是无法揣摩出这里面隐藏着的秘密的。少年老成稳重，这是谁都羡慕的。

"'水心斋'要重新开张了，我们说一下宗门里的规矩。"

南宫骁率先开口了，他之所以开口，不是因为要占据主动的位置，而是因为，按照宗门的规矩。

身为兄长，事必承先。他要担负起这间古董铺子中的责任，重任在肩，不是推脱的时候。

"你先说，门里门外，都是怎么划分，我一切听哥哥的。"对面的南宫勇，这个时候的表情都在脸上呈现，庄重凝练的神情，看得出，他是真心实意地在聆听兄长的布置。

屏风之后，两位阔别近三十年的老人相对无语，他们知道，眼前的这一幕，究竟意味着什么。

"内守方，外执圆。我们做的只是找回那些遗失散落在世间的异物，寻找'蚩尤残卷'和祖师爷的下落，不辜负宗门重托。"

南宫骁的话，简短凝重。

他知道，自己所做的一切，不仅仅是宗门的嘱托，也是如自己叔公一辈子教诲自己的那样。

"乱世的黄金，盛世的古董，这眼前的一切，意味着那些宗门当年老祖期盼能够找寻出来的宝物，都能够回归宗门，献与国家。

"我听说，圆明园的一切器物，已经有人在搜寻了，我们宗门这些宝贝，不知道藏身在哪里，或许在不久的将来，我们可能会逐一地找到。"

南宫勇的一番话，令隔壁屏风后的两位老人不免有唏嘘之感。他们知道，当年为了守住这些宝藏器物，自己的宗门老祖和门脉下的一干热血之士是付出了怎样的代价的。十七条人命，就连宗门的祖师张本见，也已经失踪在那个虚廓之地。甚至这些宗门的后人，至今都不知道那个传说中的虚廓之地究竟是在何处。

"京城这摊子，我和大叔公可以布置稳妥的，门面地铺，已经看好了，这是当年族人祖辈留下来的一处祖产，现在回来了。只是当年设定的广告刊登出去，不知道会有多少人能够看得到，毕竟这么多年过去了，有些人是否还在，我们也无法预测。"

"那我和二叔公先去围猎一下。"

南宫勇知道，哥哥这些布置，是比较烦杂琐碎的，更适合性格沉稳、擅长大局的他的兄长——南宫骁。

"这张纸搁在了这里，这就是凭证和信物，南宫纸，这是一百多年以来，古董鉴定界最牛的信物，比某些拍卖行的名头都大得很，现在，有南宫这张纸在，'水心斋'的重开张之日就不远了。"

大叔公和二叔公同时出现在南宫骁、南宫勇面前，他们的出现，是具有庄重的仪式感的。桌子上泛黄的纸张，据说是印刷宋版书时使用过的纸张。八九百年的遗存，到了现代人的眼中，无疑是弥足珍贵的。

"祖师爷当年留下来的老物件不多了，这南宫纸算是一件，还有就是青铜镇纸了，不过，我们两个老家伙也已经是多年没见过了，是当年我们像你们俩的这般年纪时，偶然间才见到过一次。"

南宫骁、南宫勇两人同时抬起头，看着眼前的桌子上的这张纸，纸上有文字，有花纹，文字的意思南宫兄弟都知道，那是打小就背熟的，说的是"水心斋"古董铺子的规矩，不过，那些花纹看上去古朴和神秘诡异，不知道是何来由。

"纸张上面的那些个看上去眼花缭乱的花纹是怎么个来由？"

南宫勇凝神仔细地观察了很久，都没有看明白，纸上花纹的路数，这个和他以往对吉祥纹的研究，好像关联并不大，这才忍不住问了叔公一句。

"纹咒。"老人说这句话的时候，是一脸的严肃。

听到这个解释，南宫勇健硕的身子竟然轻轻地晃动了一下，这个习惯性的身体语言是南宫勇的弱点。当年叔公传授他知识技艺的时候，是对他告诫过多次的，可惜的是，南宫勇这个动作好像是胎里带的身体语言，始终没有更改过来，这在以后的探险生涯中，毫无疑问，是一个严重的缺点和破绽。

看见南宫勇这个动作反应，叔公的内心有一些紧张，他知道，"纹咒"这个词，南宫勇是从南宫家的陈年老档案中查询过其含义的。最早可以上溯到汉代的"巫蛊之术"，也就是传说中汉武帝的"木人俑"谜案。

"这个花纹，就是青铜夔纹，在以往发现的一些商周时期的青铜器上，这种青铜夔纹陆续出现，并不鲜见，宗门老祖本见老人将此夔纹命名为我们这一宗门的吉祥护持之纹，当年，就是为了护持这些华夏民族老祖先留下来的宝藏器物，老人家才神秘消失的，生死未卜。"

昔年旧事，讲说至此，大叔公的眼睛竟然是湿润的，这让南宫勇的心头一热，他知道，这是老人真的动了感情，只是，大叔公很少讲述宗门神话故事之外的事情，也没有说起过老人清末民国以后的江湖之事。甚至，连自己的先人南宫无量，也就是"水心斋"古董铺子的创立者和本门祖师爷本见老人的师承渊源，都没有提及过。

至今，他和南宫骁都无法知悉南宫家族与大叔公、二叔公两位叔公之间的真实关系。

"青铜镇纸，今时今日不知道在哪里。我知道那个是'水心斋'的镇斋器物。要是重张老号，这个证物，是不是需要找回来呢？"

"我们要去的，不解决这些个问题，'水心斋'无法找到更好的方向，也就没有办法完成宗门老祖所传下来的宗旨。下一步，我和勇儿去'草原'。"

"草原？"

二叔公的这句话刚说出来，南宫勇已经心急地问出口。

"不要以为去草原就是去骑马吃手把羊肉，你还要有另外的心理准备，那就是，我们要去拿回来'青铜锁匙'。这个'青铜锁匙'跟其他宝物完全不一样，虽然距今已久，但还算不上价值连城。'青铜锁匙'的文物价值虽不高，可它在很多收藏家和文物贩子心中价值连城。"

"为什么会这样？"

南宫骁的话还没有问出口，大叔公已然开口回答了他心底里的疑问。

"因为这个'青铜锁匙'的用途不一般。可惜，当年我们南宫家只是得了其中的一半，'青铜锁匙'跟'虎符'类似，使用起来是需要合二为一的。当年，南宫家得到的一半却交给了废家。"

"那个物件很值钱？"

南宫勇的话从来都是这样的直截了当，因为这之前，他对叔公的印象是，即便说起来古物收藏，也很少提及物件的价值的。

"'青铜锁匙'跟'青铜面具'一样，都是找到'蚩尤残卷'的关键，所以，废家的人当年本来是受人之托，替南宫家暂时保管的，几十年后变了心，不肯心甘情愿地拿出来了。我们这次是去'九幽血池'取另外一半，并且要找到废家的人，拿回我们南宫家原有的一半。"

"古人说千金一诺，他怎么会生出贪婪之心，打算吞下？这不是坏了行业规矩和江湖道义吗？怎么会有这种人？"

老人摇了摇头说："你也是有些误会了，这种人怎么会缺钱。我估摸着，他应该是对那物件背后隐藏的'蚩尤残卷'中的那些个宝贝动了心，不是金钱的价值打动了他，是'长生无极'的神话传说，对其产生了极大的影响。"

"怎么会是这样？他们难道连一点儿科学常识都没有吗？"

南宫骁和南宫勇兄弟二人，几乎是同时问出来这句话的。只不过，南宫骁说话的语气是平静的陈述，南宫勇则是带着疑惑和反问。

"有，不过，是从他们自己的视角理解的，废大通这样的江湖人物，经历过太多的超自然现象，内心里自然渴望长生无极，所以才会搞成这样想问题做事的方向！"

叔公们说的话似乎有些隐晦，涉及以前旧时江湖上的事，是很难用现在的标准衡量的，更无法对当年南宫无量老祖的做法多加评论。

"从今以后，你们在闯荡社会的时候，还可能会见识到各种各样的人，废家的事不奇怪。不过废家的如意算盘打错了，他们不知道，这一次他们废家遇到的不是寻常的人家，而是遇到了'水心斋'南宫家的人。"

"那么，我们应该去哪里，去找谁拿回来那个'老物件'呢？"

二位被称作叔公的人，看着南宫骁和南宫勇兄弟的脸，轻轻说出一个特别令人吃惊的地方。

"那个地方有点儿远，是在'血封之地'的附近。"

"'血封之地'？"

南宫兄弟这个时候，脸上的表情都是极为惊诧的样子。

第九章　血封之地

南宫兄弟是无法理解什么是"血封之地"的。尽管这两位叔公平日里说过的话有些深奥难懂，不过从叔公嘴里听到了这个词——"血封之地"，他们兄弟俩便已经觉察出，这一次的出行不是一件简单的事情。

"你们没有听错，是鲜血的血，封禁的封。"

二位叔公不约而同地一齐盯着南宫兄弟俩看，样子怪怪的，看起来有点儿意味深长的做派。

他们好像已经看到了不久以后，南宫兄弟他们会遇到的那些个事情，那些个不得已而为之的事儿。

三天以后。

南宫勇还没有逛完京城那几处有名气的景点，就接到了二叔公的通知。立马出发，跟着二叔公去一趟草原。不过，在去草原之前，南宫勇跟着二位叔公先去了一趟北海公园。

"别一天到晚净想着逛景。"两位叔公说这句话的时候，就好像是南宫勇肚子里的蛔虫。自然，南宫勇自己也明白这个道理。绝对不是去游玩的，这一点，南宫勇自己还是知道的，他和二叔公的此行，是去寻找废大通在这之前留下来的线索的。

北海公园里的历史，几乎都是老北京人耳熟能详的。东邻景山公园，北连什刹海。面积极大，近七十万平方米。以北海为中心，辽、金、元在此建离宫，明、清辟为帝王御苑，是地地道道的古代皇家园林。

北海公园名气极大。最出名的就是九龙壁，还有一处就是铁影壁。

北海公园里的九龙壁上，补上的那只龙爪，就是废大通这一门的先人干的事儿，好像当初是做九条龙的烧制工艺的工匠打碎了一只龙爪，要是被发现，那可是欺君之罪，幸亏有人找到废大通的先人，一夜之间，雕刻出来现在后世人看到的这只龙爪。在匠人们的传说中，这个事是鲁班爷赏饭救了命，只有极少数的门脉中人才知道，这是废家先人们做的极为漂亮的一件事。

北海公园里的另外一件宝贝，是原本并不在北海的铁影壁。说起这铁影壁，传说甚多。

铁影壁的雕刻，前后各有一头巨兽。前面所刻应是一雌性狻猊，似狮子而又不完全一样。有人也称之为狮子，其实应以狻猊较当。此狻猊好像栖息在山林之中，在它的周围刻出山石和树木，山石和树木的面积虽不大，但是可表示它是在山林之中了。在它的前后和腹下，有三只小狻猊跟着玩耍，形象非常生动。影壁的背面，刻的也是一只狻猊。没有带着幼猊，姿态更为雄健，应是一只雄狻猊。过去也有人称之为麒麟。影壁的座子周围刻了一排天马装饰，展翅飞奔，相互连接形成一组花边装饰图案，雕刻技法极为精美。

这座铁影壁原非北海之物。据传说，它原本是元朝大都北门内一个寺庙或衙署前的东西，明朝初年因为要缩减北城五里，有人看到此物雕刻精美，故把它移到了德胜门内一个护国德胜庵的门前，在这里度过了五百多年的岁月。因为有了这一影壁之故，那个胡同也被叫作"铁影壁胡同"。

据说，20世纪40年代末期，城里头乱了，曾经有一个洋人企图把这座影壁盗运出国去，他出了高价想收买，但是被本城的老百姓严词拒绝了。为了防止类似事情再次发生，经过一些爱国人士的不断奔走呼吁和努力，当年冬天，才有人把这个影壁移至北海公园内保存。

不过，南宫勇在来之前，并不知道这个老物件是跟废家人有关的。

"当年，有洋人打算把铁影壁偷运出国，也是南宫无量老前辈指示我们哥儿俩和废家的人一同出马，联手阻止的，那件事当时京城里很多家族都出头了，齐心协力才留住了这件宝贝。也就是打那以后，原本和南宫家往来频繁的废家，因为废大通此次对阵伤了内里的经脉，为了疗伤，也为了保存南宫家的'青铜锁匙'，远走边陲草原。

"据说是隐居在那的一位蒙医高人，有种独门药物和针灸技法，能够让他缓解疾病发作时的痛苦。这件事我们也是后来才知道的。不过，这么些年过去了，各家都有各自的苦楚，无暇顾及他人，等我们这些老东西回到四九城才发现，废家不仅仅是废大通不在京城里了，就是废家的后人，也早就不在四九城里了。现在我们便是要去草原找他的后人。按照年纪上推算，他们这一代要比你们兄弟两个人都年长一些，大约是四十不惑的年纪。"

"为什么这次去草原，我去，大叔公和我哥哥不去？"南宫勇问出这一句。

这之前，南宫勇已经表示出自己的疑惑，他想不通，为啥和自己说废家的事儿的时候，二位老人让南宫骁回避了。

"这是上一辈老祖们预先布置安排的，有当时的社会背景，暂时还不需要你知道，因为有些事情，你可能接受起来比较困难。还有，这里要强调一点，并不是要对南宫骁隐瞒，你哥哥现在专心要做的事，是把'水心斋'重新开张的事情散发出去。毕竟，我们和这个世界失去关联已经几十年了，有一些老友和对手的消息已音信皆无，甚至说，我们想要找到的那些跟'蚩尤残卷'有关的器物，青铜和异物，都已经潜入世事烟云过往之中，我们要逐一打捞出来。每个人的精力和擅长的方向都不大一致，你更适合这个去'草原'的事儿，我这样说，你不管理解不理解，都不要质疑和疑惑了。"

说完了这些话，二位叔公当时都是面沉似水的状态。

南宫勇从来没有发现，自己有这种压力的感觉，一下子有些转不过来脑筋。

这之后，二位叔公还和他单独说了一些话，南宫勇听不懂的话，都是跟废家有牵连的事情。

"为什么要这样回避？"虽然不再询问，可南宫勇的脑子里还是有些混乱。

南宫勇一直在回忆，这些话都是二位叔公和自己说的，当时自己的哥哥南宫骁并未在场，这样的情况下，南宫勇觉得自己身上的压力有些大。

"为什么没有让我哥哥来？"

"他要处理的事情，并不一定比你将要面临的事情轻松，所以，他是不能够分心分神的。"

二位叔公的眼神中透着一丝狡黠的光，南宫勇看上去，有些木讷，不过在这一点上，他可并非是完全糊涂的人。憨厚，不等于他的内心是刻板和顽固不化的。他是能够从一些看上去极为微小的琐碎杂事中，洞察了解到一些更为深刻的东西。

"我们看过了，这两处还都是老样子，如果有了重新出现的标记，我们会查验出来的，当然不是在这上面做标记的，那些都是文物，我们自然是懂的，而是距这两处标记一定步数的位置，极为隐蔽的一种记号，这也是废大通从草原上的'码踪'高人那里学到的本事。这个就不细说了，以后会传授给你和你哥哥的，要说的是，没有新标记，这说明，废家的人并没有新的动向，我们可以断定，这一次，我们只能够去草原。虽然这之前，我们试图改变这一切，不过，北海公园中，我们能够找得到的线索，也都没有新鲜的改变，我们这一次还是得去。"

两位叔公说的话有些莫名其妙，不过，南宫勇居然一句话都没有问出口，这也是令两位老人刮目相看的。

看来，南宫纸现世，"水心斋"古董铺子重新要开业，南宫兄弟的心志也到了提升成熟的一步。

一夜无语，经过这些教诲的南宫勇，睡得居然很沉很深。看来，两位叔公看人的眼力，真的是很准，从没有差过。

这样的状态，不是培养就能够培养出来的，两位叔公都不是好通融的人，他们分别训练人的时候，人是很机械的。南宫家族的血缘，似乎还有着承袭。不是谁都能够承袭的，也许他们的家族天生适合做这个。

车是绿皮火车，几天才有一趟的那种，并且经常性地由于气候原因或者是一些没有理由的原因取消班次。

这样的车，坐的人并不少，大多是为了生计和省钱的外乡人，并且，火车的车厢内设施极为破旧，一路上还会走得很慢。

这样的车速，很适合南宫勇在车上沉思，慢慢地，一声不响、一声不吭地沉默，一点一点消化这些线头复杂的线索。

二叔公的眼睛半开半合，像是在打瞌睡，也像是在等待着什么。

南宫勇知道，二叔公修习的静气功夫已经到了出神入化的地步，他不会惊动二叔公的。他知道，只要是二叔公在自己的身边，那么就没有什么危险的事情和危险的人可以靠近自己。

在早年间，大叔公负责智，二叔公负责勇，才有了"水心斋"古董铺子的智勇双全的名号。这会儿，二叔公和大叔公培养自己的哥哥和自己，都有了智勇之力，可是自己这一边，还是靠近勇的时候更多一些。

"你在想什么？"

二叔公看着南宫勇有点儿沉默得近乎冷漠的样子，所以用低低的声音询问了一句，其实他在问之后从来没有想过，一天活蹦乱跳的南宫勇会有眼前的这种神情和态度。

"我在想，草原，'血封之地'，会不会与很久很久以前的那个人，那个被称作'英雄'的人有关？"南宫勇的话里面，隐藏着不止一处信息。他没有完全说出来，是因为他不知道，二叔公是不是会给自己这个答案。不过，他没有很在意这个。

二叔公稍微沉吟了片刻，隐隐中带着无奈和怅惘之情，继而，身形稍微侧了一下，点了点头，脸上的神色变得不一样了，他竟然没有像往常一样沉默不语，而是直接说出来南宫勇想知道的答案。

"要说这件事，其实也是十分诡异的一件事，那就是，废大通他们家族和'水心斋'的过往也算得上是一件传奇之事。"

南宫勇点了点头，问道："二叔公，我一直有个问题要问，废大通到底姓啥，废物的'废'吗？怎么有这么古怪的姓氏？"

"他真的姓废，废物的'废'。这个听起来是有点儿奇怪，我们当年刚听到这个名字的时候，心里也是犯嘀咕，可一时半会儿，还是没有人搞得懂，为什么有人姓这样的姓氏。不过，我查过他，他的的确确就叫这样一个尴尬的名字。"

"那他的后代叫什么？"

南宫勇边摇头边看着二叔公，有点儿不自信地说："该不会是叫废物吧？"

二叔公听过南宫勇的疑问，有点儿情不自禁地笑了笑，他重重地点点头，说："当年你的祖辈跟废大通说过，有关他后代的名字的事，跟你现在的神情一样，后来，我们调查过废大通的后代，果然还是用的南宫老先生说过的名字。"

二叔公的话引起了南宫勇的好奇心，他不知道，自己的祖辈竟然会关心人家孩子的名字。

"那叫什么呢？"

"一个叫废物，一个叫废点。"

"给儿子起名叫这个废物？"南宫勇有点控制不住，想笑出声来。

"另外一个叫废点，你更没有想到过是什么意思吧？"

二叔公摇晃着头哈哈大笑起来："废点，你想到过废物点心这句话吗？"

南宫勇听后，傻了眼。

他从来没有想到过，二叔公会这样开心地大笑，肆无忌惮地大笑。在他的印象中，那个不苟言笑的二叔公从来没有这样开怀大笑过，从来都是谨慎严肃的面部表情。

"如此看来，废大通倒是一个有趣的人！"

不知为何，南宫勇一想到废大通这一家人，脑子里就有点儿滑稽幽默的感觉，不过他刚刚想到"有趣的人"的时候，脑子一沉，缓缓地靠向火车的椅子背睡着了。

这一睡，就是整整几个小时，一直到天彻底地黑了下来。就连周边列车乘务员叫卖和送开水的声音，他都没有听到。

　　一个留着八字胡的小个子胖子，突然站到了南宫勇和二叔公的座位边上。

　　"起来，这是我的座位。"

　　小个子胖子没有任何的面部表情，他的眼睛瞪得很大，有点儿像铜铃铛。他的细微动作，表现出他不是一个脾气很好、易于打交道的人。

　　"朋友，你的票呢？"二叔公没开口，说话的是南宫勇。

　　这就有点儿搞笑的感觉，小个子胖子足有四十多岁的样子，南宫勇年轻，还不到三十岁，南宫勇的开口，一下子就摆出来自己是大哥的架势，这令周围坐车的人都有点儿出乎意料的感觉。

　　"你这小子怎么说话呢？"小个子胖子果然脾气暴烈，他说话的语气极冲，大有不服就干的意思。

　　南宫勇倒是表现得不慌不忙。他对打架，是有着重度依赖症的。在海外的时候，为了培养他的实战能力，二叔公的做法是，为南宫勇创造各类实战的机会。

　　从地下黑拳到"孤影"雇佣队，南宫勇在实战之中对阵过各类高手，具体到各种搏击和厮杀，包括火器军械的使用，更是穿过了无数的血雨腥风。手上若是没有血，身上若是没有挨过打，那就不要说自己擅长对阵和打斗。

　　街斗和战场，是搏击中最为锻炼磨砺人的。这是南宫勇在很多年后，回忆过往时，曾经说过的一句话。

　　"你小子这是不打算活了，敢跟我在这儿叫板！"小个子胖子挑在这个节骨眼，直接动手，他采取的就是开门见山、出其不意的方式。

一般人是很少敢在这个狭窄逼仄的空间里打斗的，尤其是这样快速行驶的火车之上。小个子胖子竟然率先动起手来，强龙不压地头蛇，看起来这个小胖子毫无疑问，肯定是当地混地面的，说起来肯定是地头蛇无疑了。

小个子胖子动手时没拿武器，他用的是拳头，拳头就是他的武器。

明眼人打眼一看就知道，这家伙是练过和打过实战的。一般来说，普通人相互攻击是打架，行家动手，则是打仗。

普通人打起来，甩出去的是巴掌，打到对方的身体上，选择的部位是脸，这个叫大嘴巴子。

以斗手为职业的，用的是拳头。拳头对人体的伤害程度，是要高过巴掌的冲击力的。当然，这里面没有把传统武术中的八卦掌、金刚掌、红沙掌、劈挂掌一类的秘练章法计算在内。

"手是两扇门，全靠腿打人。"不知道为啥，在一边坐着，靠在座位上闭目养神的二叔公这时候漫不经心地说了这样一句。

小个子胖子神情立变，眼睛不由自主地向南宫勇的下盘瞥去。还没等他反应过来，南宫勇的一只手已经拎起小个子胖子的后脖领子。

这下子，不只是令小个子胖子大吃一惊，魂飞天外，就连周围看热闹的人，也全都傻了。他们没有看清楚，南宫勇是怎样出手的，怎么一下子就拎起小个子胖子的后脖领子。简直是太不可思议了。

不过，二叔公的样子没有变，他的脸上还是那样平静，眼睛竟然没有张开过一次。

"你想怎么样？还要我的座位吗？"

南宫勇眯着自己的眼睛，看着小个子胖子，这会儿，他已经把小个子胖子按到了自己的座位上，对面是二叔公。

小个子胖子脸上除了是一脸的不相信，更多了一层不服不忿的神情，开口说道："你们使诈，要不是那老头故意使诈，我才不会被你抓到脖子的。"

二叔公笑了，闭着眼睛，他小声说道："你看你，输打赢要，一看就是混市面的，不过，混市面也是要有规矩可谈的。千万不要干越规则的事儿。"

这话声音还没有落地。有一个声音从车厢的另一头遥遥传来，一个穿着大花格衬衫的男人一晃一晃地转了过来。

看样子，这个中年男人不仅仅像是认识眼前这个小个子胖子，更有可能的是，这两个人恐怕是原本就相识的老熟人。

"老哥，这是你的徒弟还是家里的小辈，你们来草原，是不是要买羊呀？"

二叔公没开口。

一般来说，南宫勇惹的事儿，二叔公从来不插手干预，除非这个事是二叔公直接命令南宫勇出手的。那么，这一次，算吗？

"要不是那老小子使诈，我根本不能上这小子的当！"小个子胖子一边跺着脚，一边还在急吼吼地喊叫着，看样子，还是七个不服八个不忿。

闹到这节骨眼儿上，边上已有乘客在低声议论，夹杂着不知是谁说的"赶紧找乘警，要不，一会儿真动起手来，我们这些坐在跟前的都遭殃"。

中年男人显然是处理这类事情的老手，他双手向周围的人示意了一下，意思是，都别吵吵嚷嚷的，这个事他来处理，能解决掉。

这样的一个举动，南宫勇觉得有点儿熟悉，不过，他是一时半会儿还没有反应过来，倒是二叔公的眼皮动了一下，他似乎是听到了什么。他的耳垂动了一动，好像真的有了某种反应。

"你是罗老七。"二叔公的话声音极低，周围的人都没怎么注意到。独有那个中年男人和南宫勇，听得是一清二楚。

南宫勇知道，这是二叔公用的"传音"的本事，将声音限制在一定的人接收的范围内，所以才能够听得清。不过，对方这个中年男人，看上去瘦瘦的，其貌不扬，穿着一身草绿色的衣裤，是十年前的标准小城市工人的打扮，脸上也没有挂相，不是江湖人物，二叔公怎么会这样重视他？

"上万下坎，金鸽白鹰，我是老七。敢问您老人家，是哪一方神仙到了我们这小地方，打尖住店还是行商坐贾？"

二叔公睁开眼睛看了一眼南宫勇，眼神里的话很明白。那意思是，你来答对眼前这个人。

"四九关山，京字出头。我们是来收签的。"

南宫勇的声音极低，他上前紧贴着中年男人的身子说的，他的内功修为远不如二叔公，怕人多耳杂，让外人听去，引起不必要的麻烦，毕竟这处草原的地理位置比较接近边陲之境，一不小心，就有可能被各路人等怀疑上，犯不上。

中年男人这回一反常态地变了神色，脸上的表情似乎是很紧张，等到听了南宫勇低声说出来的话，脸上的表情陡然间又变得十分复杂，他一拍小个子胖子的肩膀，把他带到了一边，然后，规规矩矩地坐在了斜对着南宫勇跟二叔公座位的过道边上，他的屁股底下是一个大大的帆布袋子，里面鼓鼓囊囊的，不知道装的是什么东西。不过他的眼神里却放着光亮，好像是在表明他这个人被隐藏着的身份。

"抽根烟去。"

中年男人沉吟半晌，许久才丢过来一句话，这句话让南宫勇一下子就清醒了很多，原来车停下来了。

这是他没有想到过的事儿。

"车怎么停了？还没有到站。"

南宫勇这句话是说给二叔公听的。

二叔公点了点头，回了一句："是的，一到这地儿，车总是要停的，上一次，我记得停了许久，我也见到了不止一位老朋友。"

南宫勇知道，这可能就是绿皮火车的特点，他闭上嘴，不再询问。二叔公跟着中年男人下了火车，也就是一根烟的工夫，他们这些老烟民就都上了车，下车的基本上都是烟民，很少有妇女和儿童，不过，南宫勇无意间却瞥见一个穿着蓝色制服的女人，在烟民的行列里闪了一下，随即消失了。那个女人的面目，他没有看清楚，只记得头上戴着的一个红色围巾，十分抢眼。莫非，她也抽烟？

南宫勇仅仅是出于自己敏锐的洞察力，才留意到这一点不大一样的细节，不过这个时候，南宫勇的发现，仅仅是出于本能的敏感和观察能力，其实，他根本不知道，这个戴着红色围巾的女人对于自己的草原之行究竟意味着什么。

第十章　绿皮火车

"咣当，咣当，咣当。"

没有人研究过，为什么绿皮火车启动行驶时的声音节奏，会有那么大的声响，令人有跟着节奏想睡眠的感觉。是谁设计的，还是有意或无意间形成的？脑子里想着这些，又经过了漫长的等待和煎熬，就在接近极限的时候，南宫勇发现，绿皮火车终于缓缓地开动了。

绿皮火车开动的速度有点折磨人。就像看一部漫长且无比沉闷的长篇小说，无论你翻到哪一页，都是雷同的情节和对话。这个时候，南宫勇终于明白了叔公在海外对自己关于喧嚣环境的生存体验课是多么的必要：你要经历的是探险和不同环境下的适应程度体验，只有能够迅速地融入不同环境，并且能够理所当然地自如地生存，那么，你才有机会达到你想要的目的。

南宫勇调匀气息，睡了半夜，周身上下恢复了往常的状态，依然精力充沛。要知道，这个年龄的人，只要睡眠跟上，恢复身体机能的速度还是惊人的，更何况这是南宫勇，是受过长年专门训练的年轻人。

"到什么地方了，这儿是哪？"

漫长的旅途终于停靠了一站，车站不大，列车员播报列车广播说，要停一个多小时。因为要换道岔，加水，还要补充一些给养。

南宫勇看了一眼二叔公，二叔公的眼睛没有透露出什么信息，看来，这一切都是正常的事情，便放松了戒备的心理。

"下车去，抽根烟？"这是中年男人第二次过来让烟。

之前绿皮火车停靠，是临时停靠。二叔公并没有开口说话，人也没有动作。中年男人让烟，被拒绝，脸上却没有丁点儿的尴尬，脸皮也是够厚的。南宫勇当时心里是这么想的，不过没吭声，这是他在二叔公面前的一贯反应。

这一次，南宫勇不知道二叔公会不会答应对方。

中年男人看着二叔公，从上衣的天窗口袋里，掏出一个烟盒，红色的，比正常的烟盒硬，扁长。南宫勇一眼就认出来，这是飞机上发给乘客的纪念品烟。

二叔公给南宫勇讲过这种服装的样式和名称，在当时的小偷眼中，天窗、平台、大胯、里怀是指衣服的上面的兜、腰部兜、裤兜、上衣内里的兜。

人一般把很重要的钱物搁在里怀兜中，烟卷和火柴盒则放在上衣兜。这个人的烟卷不是纸烟，且放在天窗里，说明烟卷比较贵重。当然，他掏出来的火柴盒，是放在平台那个兜子里的。

南宫勇的脑子里想这个的时候，对面的二叔公和中年男人的姿势并没有改变，都在僵持中。一个客气地让，一个毫无表情，好像是在冷冷地对付着，不过不是用语言，而是用神态和表情。

这会儿的中年男人看上去脸上有点儿不大自然，他近乎谄媚地笑了笑，像是在征求二叔公的意见。南宫勇当然知道这个中年男人的意图，却没有心思搭理他。对于这样的场面，南宫勇见过不止一次。他是亲眼见过二叔公的江湖阅历和跟外面的各类帮派组织打交道的能力，自然不会担心眼前的这个人会对二叔公形成怎样的威胁。不过，他的脑子里似乎想到过什么，仅仅是一个念头，然后，这个念头就消失了，南宫勇努力地在想，却什么也想不起来了。这可是从来都没有发生过的事儿。

"下去看看，这会儿该是站点了。"

二叔公站起来，轻轻舒展了一下子腰身，胳膊向上举着，不过，他是一只胳膊举起来，另外一只胳膊并没有动，然后又分别轮换着向上举。

南宫勇当然明白二叔公这个举胳膊与手的动作为什么显得那样的古怪和有点儿滑稽，全是因为二叔公的双手从不会同时向上举，那样的话，就会形成一个空门，不利于防身。这可是二叔公一贯的做事方法，小心驶得万年船，谨慎为重。

南宫勇没有跟着中年男人和二叔公下车，而是看着二叔公跟着中年男人一步一步地下了车，然后站在站台上的阴影里吸烟。光线很暗，即便是站台上有夜晚照明的灯光，灯泡的瓦数还不够大，四十瓦上下，所以，即使在车窗的边上，隐隐地看过去，也不能看得太清楚。

不过南宫勇可以确定的是，二叔公是不会抽中年男人递过来的香烟的。这是他一贯奉行的老规矩。

时间过得有点儿慢。

南宫勇抬起手，看了看腕上的手表，这块表是他从海外回来时，二叔公送给他的礼物。牌子是老牌的劳力士。这个牌子在海外并不是顶尖的品牌，不过二叔公说，这个牌子在内地比较认，有些特殊情况下，是可以直接以物抵钱的。

夜视功能，是需要训练的。

手表的指针，指向凌晨子时。按照老理儿说，这是老鼠活动的时间，南宫勇甚至想到了当年祖师爷遇到过的"七鼠抬棺"，尽管那都是一些传说中的神话逸闻，不过想一想，自己这个宗门的旧时之事，还有这类诡异离奇之事，不免有些小小的骄傲和得意。

车启动了。二叔公和中年男人都没有上车。

南宫勇看了一眼拥挤的车厢还有斜对面已经鼾声如雷的小个子胖子，心里本没有多少担忧，当然，这并不是说二叔公的安全南宫勇不担心，但南宫勇对二叔公此前就养成的各类习惯的信任感还是有的。不过，没容南宫勇的脑子更多地推算，一个新发现却让南宫勇有点儿意外。那个戴红围巾的女人，居然坐到了中年男人之前坐的位置。

这样的变化，不能不说，是南宫勇无法相信的，在上一个临时停车的地方，南宫勇在下车的乘客中发现了这个戴红围巾女人，就觉得哪里有点儿不对劲，这会儿他的怀疑加深了。

不过，也在南宫勇怀疑的时候，这个女人又突然消失了，而二叔公却出现在南宫勇的对面。

怎么会是这样？刚才发生了什么？二叔公让人无法预知的事情，却是南宫勇永远无法企及的。

"你听过萨满崇拜吗？"

南宫勇点了点头，说道："萨满和古代巫术一样，也是有来历的。据说，这巫术来自舜帝部落。舜帝为了给老百姓生产食盐，满足黎民百姓的生计，就让他的一个儿子到巫咸国做了酋长，这里因为善于煮卤土为盐而得名。巫咸国的人右手操青蛇，左手操赤龙，地处大荒之中，它与巫即、巫盼、巫彭、巫姑、巫真、巫礼、巫抵、巫谢、巫罗称作十巫。巫咸国在安邑城南，传说有盐池，上承盐水，水出东南薄山，向西北流经巫咸山北。巫咸山在安邑县南。山西运城的潞盐历史在上古时期已有。运城之'潞'名，最早称'卤'，即产盐的'卤土'，这是老百姓在日常生活中发现的秘密。舜的儿子做了巫咸国的酉长后，他平日里经常带领巫咸国生产食盐。因为当地的巫咸人掌握着卤土制盐的技术，他们把卤土蒸煮，使盐析出，成为晶体，外人以为是'变术'。加上巫咸人在制盐的过程中举行各种祭祀活动，他们的祭祀还带有各种表演，并且附有各种许愿和祈祷的言语。最后，才开始各道工序，直至生产出白色结晶的食盐。这一整个过程，别的部落把它看成是在实施一种方术，于是，人们称这种会用土变盐的术为'巫术'。这就是'巫术'的来源。"

"这些都是传说中的事情，其实在现实中，有可能真的是存在的，不过里面的道理，不是谁都知道的。"

"您是说，刚才有人在这车厢里，布了这种阵法？可是，在大庭广众之下，这个人如此施展神技，是炫耀还是示威呢？"

南宫勇在心里默默地想着，并没有说出来自己的看法。

二叔公倒是活得通透，他微微地眯着眼睛，笑着说："这里面的关节和扣子太多，解铃还须系铃人，我想，那个人是个女人，年纪不超过五十岁，不低于三十岁，她的身材很标准，行动迅捷，相貌嘛，初看上去普通，可是只要仔细看看，就会发现她的与众不同之处。"

"什么样的与众不同？"南宫勇有些不解地望着二叔公，却没有在二叔公的脸上找出来任何的表情。

这是一贯如此的事儿，如果是平时，说到一些事情的时候，二叔公还有喜怒之分，可真的是具体的事宜，二叔公的这一张老脸上，是不会有任何的表情，让人从中可以判断出来的。

"她这个举动，不是示警，是在提示。"二叔公的话，有点儿过于含蓄。

"不是示警，是提示？"南宫勇摸了一下自己的后脑勺，活动了一下有些僵硬的脖子说："是提示我们，在草原，不能忽略她这样一个人，还是组织、团伙？"

"有些地域的民俗习惯就是如此，有些组织或者是团伙也是如此，他们是生怕别人不知道他们的势力范围和可以解决的问题。"

南宫勇有些半信半疑："那一手果然诡异得令人无法接受，不过众人之中，当众以怪力乱神，这可是江湖上的大忌讳，谁给了她的勇气呢？另外，这一手障眼法可是闻所未闻，令人无法相信。现在，还有人会这个吗？"

不知道为何，南宫勇竟然联想起叔公之前讲述的宗门神话了。莫非那个也是神话传说，在现实中，怎么会出现神话传说中的人和事儿呢？

二叔公倒是一脸的平静，说道："有人出头，这是好事，要不，我们找哪个去讨说法、讨要东西呢？我事先和你大叔公和南宫骁都说过，这一趟出来，不可能风平浪静，如果是一路上风平浪静，也未必是什么好事，从这绿皮火车上的事儿看，我们这一趟来得是对的。"

"为什么？"南宫勇是越听越糊涂了，他想不明白，二叔公说这些话的根据在哪里，这些事儿，根本就不是一条线上的呀，怎么会说遇到了麻烦还是好事？

看到南宫勇一脸不解的样子，二叔公笑了笑。他知道，自己说的这些南宫勇未必都能够理解，不过，二叔公自己知道，自己说的这些都是有根据的，有逻辑和推断的，绝对不是信口开河的胡说八道。只是，他现在还不想跟南宫勇都说得太明白、太清楚，这些是需要一个人自身的悟性的，要是这层意思都揣测不明白，那以后的事情会更难办。想要支撑起"水心斋"古董铺子日后的生意和日常的应对，是没有什么把握的。

　　毕竟，"水心斋"这家古董铺子做的事情，不光是古董上的生意，还涉及寻宝和大探险计划。他们的目的是寻找失落的"蚩尤残卷"中提及的宝物。

第十一章　草原之丘

"到地方了。"老旧的边陲小城，甚至都没有飞机场。

街道的逼仄和尘土飞扬的马路，让人想到过去的岁月。这里是不是跟 20 世纪 50 年代一样？小青年的脑子里画出了问号。

南宫勇对二叔公带自己来到这儿的事情有点儿想不明白。他不知道为什么要到这个遥远的边陲城市。

"我要带你来看看马市。"

"我知道马市，我看过这方面的资料，都是我们'水心斋'的内部档案。"

南宫勇说的这个"水心斋"的档案是老辈子传下来的，南宫家族最值钱的东西，就是在这里面。

据说，马市上有专门的骡马经纪人，称为"牙纪"，为买卖双方议价，同样是"袖中手谈"，也叫"捏码子"。

牙纪们都有丰富的相牲口的经验，掌握不少相马相骡的谚语。比如"耳朵插花，不聋便瞎""两眼暴红筋，不咬便踢人""马瘦毛长，马壮毛光"，等等。牙纪当着卖主的面，挑出牲口缺点，要求降低售价，然后用"捏码子"方式讨价还价。在草帽下或袖口中、衣襟里，用摸指头的方式来议价。各指单出或双出、齐出，或勾指、捏指，分别代表不同的数字。

"等一下呀，我想明白了，二叔公。"

南宫勇突然在嘴里冒出来这样一句，二叔公一愣。

"路上有麻烦，说明有人知悉我们来了，在不停地设置障碍，说明废家和草原上的人还在，我们不会扑空的。要是一路风平浪静，那也许是废家的人都没有承袭，结果，不敢想象。"

二叔公看了看南宫勇，轻声道："能想明白这一层道理，说明你还是有长进的。"二叔公的这一句夸赞的话，反倒是让南宫勇有些不好意思起来。

不过，他还是开心的，毕竟他一个二十多岁的人，还没有谈过恋爱，自然还保留着一丝童心童趣。

"二叔公，我们现在是在草原上，按照你的推断，已经有人准备和我们见面了，不过，见面的人一定是废家的人吗？"

二叔公摇了摇头说："稍微过一会儿我们再出去，我们马上要出站了，出站后，会有人来接我们的，不过不是废家的人，是我的一位多年没有见过的老友，我这次来，本来还会更早一些，不过现在也不晚，我主要就是花费时间在找他。没有他，我来草原也是没有把握的。"

出了车站，是一条宽敞的大路。

这时候是早上的九点多钟，太阳挂在天上，还有点儿朝阳的色彩。南宫勇跟在二叔公的后面出了车站，在检票口看见一个穿着灰制服的工人模样的人，一脸汗水，站在那朝二叔公和自己这边瞅着。

他的手里，拿着一个纸壳箱子，箱子上贴着一张牛皮纸，上面写着"接左伯父"这四个大字，大字是用蓝墨水写上去的，又用美术字的方式，描了一圈，形成了空心字的样子。

"你是葛日娜的儿子？"二叔公说话的时候，眼睛里带着一丝疑惑。

那个工人模样的汉子，年纪在四十岁上下的样子，远远地听到二叔公大声地问，连忙奔跑过来，口中用并不熟练的汉语打着招呼："左伯父，您老好，我是葛日娜的养子。"

南宫勇头一次听见人用这样蹩脚的汉语打招呼，客气的态度和尴尬的语法有些令人忍俊不禁，不过他知道，二叔公这个时候是不允许他放肆地笑的，就硬生生地咽了回去。

二叔公此刻的脸上笑开了花，好像换了一个人一样。这个来接站的中年汉子站在他们不远处，憨憨地笑着，就像见了自己家的长辈一样，先深施一礼，向南宫勇的二叔公表达着最淳朴的情感。

"来，你们认识一下，这是你草原的哥哥。你叫？"

二叔公的这句问话，整得南宫勇不由得乐出声来，才刚见面，连人家的名字还都不知道，就一副自来熟的样子介绍给自己。

"笑什么笑，你这小子，最近胆子超级大，莫非是不想认这个草原哥哥？"二叔公看着南宫勇，又扭头看着接站的汉子。

"左伯，我叫葛日根，我是孤儿，从小就没有见过父母，也没有人管我，我是葛日娜干妈收的干儿子。"

葛日根说到这，盯着二叔公看，有点儿像一个虔诚的信徒一样。

"你是少数民族？"

二叔公问了一句，葛日根憨憨地笑着说："我普通话说得不好，不过我是汉族，只是我从小就在草原上，我的各民族的语言都会说，我还会说'岩家古话'，那个是我擅长的，我娘让我来就是给你们带路的，我有力气，也有本事，会保护你们两个人和好几个人的。"

葛日根的普通话说得磕磕绊绊的，不大连贯，不过南宫勇和二叔公还是听明白了，他这个人是厚道淳朴的人，会草原上的摔跤，还修习过一些擒拿拳脚，长得孔武有力，才被葛日娜派来做二叔公和南宫勇的向导和保镖。但南宫勇搞不懂葛日娜和二叔公的关系，开口直接问又觉得不大礼貌。不过，葛日根是实心汉子，是做不来那种隐蔽躲藏的样子的，没一会儿，他就从一边开来了他的一辆车子。

车子是北京212吉普，葛日根跟南宫勇说，二叔公和南宫勇是他们家最尊贵的客人。这应该是当地能搞得到的最不错的车子了，南宫勇心里是这样想的，但并没有跟二叔公说。

葛日根到了跟前儿，二叔公和南宫勇上了212吉普，车子颠簸着，向边上的国道驶去，由于是在土道上，轧过了很多块还没弄平整的石头块。

车整整开了小半天，路上，葛日根的话并不多，不过，他给二叔公和南宫勇带来了风干的牛肉干还有奶酪。

还在一处小镇上，带他们吃了"锅茶"。吃之前，南宫勇是不知道此物为何的。锅茶其实就是一个锅子里放了好多草原上当地的吃食，不过，南宫勇有些吃不惯，可南宫勇看二叔公倒是吃得兴致勃勃，有些近乎痴迷的状态。这样看来，二叔公也许之前就喜欢吃这个，没准还有过在草原上的一段独特的经历呢。

车子终于停了下来，这地方草生得茂盛，不远处，能够看见一处孤零零的矮山，确切地说这不算是矮山，而是一处山丘，或者说是一处经历过地壳运动，在不知道什么时期形成的凸起部分。

这个地方，距离南宫勇和二叔公下火车的车站，有很久的汽车车程，不过葛日根车技不错，一路上，也带了足够的风干牛肉干还有水。

水是装在特殊材质、有点儿像动物的皮制成的水囊中，圆滚滚的，看上去，有点儿胀的感觉。

南宫勇有点摸不着头脑，又不能够问。

二叔公好像是成竹在胸的感觉，他根本就没有开口问过葛日根这地方的名字和地理位置，他只是对着不远处的土堆和凸起的山丘表现出了浓厚的兴趣。

"那是什么？二叔公。"南宫勇神情略显紧张地问了一句。

这样的态度，感觉上像是南宫勇在试探着询问，其实是带着疑惑不解的。他不明白，二叔公千里迢迢跑到这个边陲草原是为了寻找什么。

这个草原，是平静、平淡无奇的。没有什么标志性的建筑物，也没有山脉和河流的走向分布。人到了这里，若是不熟悉当地的地理，很容易迷路的。并且，二叔公和南宫勇说，这地方有着极为古怪的地理现象，明明是一览无遗的草原，凸起的那个小山丘也并不高耸和明显，可是外来的人只要一站到那个小山丘的附近向上走，就会感觉到明显的晕眩和不舒服，这样的古怪事情，当年曾让外来的侵略者感到过异常的惊恐，他们惊呼，这地方是有神明的惩罚的。

自然，这地方是不分谁好谁坏的，南宫勇和二叔公到了这地方，也同样碰上了头晕目眩的事。

不过，二叔公好像事先就知道这个现象会发生。但是，他一点儿都没在意这个，只是说："我现在想的不是眼前的事儿，眼前这些事我是早就有了准备安排的，我担心的是你哥哥他们在京城里筹备'水心斋'的事情，不知道推进到了哪一步，四九城里是藏龙卧虎之地，我听闻，现在操持古董这一行的人，三教九流的人都掺和进来了，也有资本的注入，我想，海内外的人应该都有，看来是看好了这个场子里的钱生钱的前景。"

"那我们来这里，会不会也有对南宫家族和'水心斋'古董铺子感兴趣的人，赶到京城上门找大叔公和南宫骁？"南宫勇有些担心。

"看来我们老哥儿俩是没有白费心思。"

这句话，不知道南宫勇是不是听明白了。但从他脸上的表情看，显然是听懂了这句话更深一层的含义。这是他脑子活泛的地方，能举一反三，触类旁通。

二叔公目光直盯着南宫勇，又看了一眼远处的草原和那个凸起的山丘，目光中带着一丝无奈和怅惘，然后长长地呼吸了一下草原特有的青草味道的空气，缓缓地说道："怕是会有吧，其实，自从你们从海外回来，我带着你哥哥从西北进京，生意百态都兴起了，即便是'水心斋'不重启，也会有人找上我们的。有些事情即便是过去很久很久，都不会消失，有些人，一代一代的会把这些个微乎其微的小事传袭下来。我和你大叔公曾经很多年没有见面，不过，我们不还是为了'蚩尤残卷'的事回来了吗？"

听到这儿，南宫勇扭过头，看着不远处正在盯着日落发呆的葛日根，不知道他听见没听见二叔公的这一番感慨。

"二叔公，那你想他们现在在做什么？"南宫勇问。

二叔公显然早已经留意到了葛日根看着日落长久地发呆的样子，他却没有像南宫勇一样觉得好笑，稍微沉默了一会儿，二叔公摘下自己手腕上的一个戴了许久的看不出什么材质的手牌，郑重地递给了南宫勇。

二叔公嘴里说道："你手上戴着这个，会有用途的，那京城里的事，我想，他们从今天起，就开始折腾起来了，什么样的山猫野兽都会出现的，不过不用担心，你大叔公应对这个比我有经验，这次，之所以是我带你来，我和你大叔公之间是有重新设定的，你大叔公带着你一直在海外，我带着你哥哥一直在国内，自然互相之间有缺少磨合的地方，你们两个人的见识阅历也都各不相同，互有长短，只是论起来江湖经验，你比你哥哥还缺乏国内的实施磨炼，我带你来，就是为了补上这一课。你哥哥则会跟着你大叔公历练一下自己的短板，他还没有到海外去过，这是需要补上的。"

说到这里，二叔公在自己随身斜挎的一个皮质挎包中，掏出来一只手电筒，他挥了挥手说："走，我们看看葛日根给我们准备的草原上的第一个简易蒙古包。"

南宫勇笑了，他跟着大叔公在海外的时候，很少看到老人家有这样轻松的状态，这样一来，他的心情也是轻松了不少。

第十二章　疑踪谜影

二叔公说的没错。他和大叔公事先的预见，都一一应验了。

自从大叔公、二叔公两位老人回到四九城，对他们感兴趣的人，对他们行踪追踪了几十年的人和家族，都陆续出现了。不止一个，也不止一家。

其实，这些事的发生，在二叔公带着南宫勇上火车之前，就已经启动了。

二叔公带着南宫勇离开京城的第二天，自然不会知悉京城里面发生的事情。

四九城里，由于南宫家和"水心斋"古董铺子即将重新露面，原本就跃跃欲试、活力显现的古董和收藏市场已经有了山雨欲来风满楼的感觉。可谓是暗潮汹涌，人心难测。

那些人一直都在暗处，但消息是灵通的，内在的关系盘根错节，已然到了令人无法想象的繁杂地步。南宫兄弟的相聚，他们关注的不仅仅是"水心斋"古董铺子，更关心他们百年前就开始的那个神秘和近乎神圣的计划，是否可以在这一代人"水心斋"古董铺子的执掌者——南宫家族的手上完成。

和"水心斋"古董铺子有关联的一个人和一件事，已经在南宫家新租住下来的那条胡同的附近发生了。

下午的时候，京城二环以内的一个胡同深处，一个封闭的小院落前来了一辆特别的车。

车的特别之处是，车子的标识不是街面上日渐增多的外国奢华高端的牌子，而是京城人常常能见到、出现了几十年的普通红旗车，并且，不是后出来的新款，而是老款中在世面上不常见到的那种，当年和伏尔加并驾齐驱，是长安街上惯常见到的交通工具。

这车从外观上来说，远远地看上去似乎很新，就跟没开多久一样。不过走近了，懂行的都会发现，这车尽管擦拭得锃光瓦亮，也掩饰不了老旧的款式。

这片胡同周围的住户，极少见到出行的人，也没有多少访客。这车出现的时候，有几双眼睛不错神地盯着。他们显然不是在注意车，他们看的是那个比较特殊的车牌子。

真是太特殊了，这是四九城口口相传的秘密。不过，没有人知道这个牌子真正是什么单位的。

"有人在吗？"一个四十岁左右的男人动作利落地拉开了车门。

一位穿着短风衣的清瘦老人下了车。举手投足间，透着清朗干净的感觉。他的第一句话，声音中带着川音，有点儿山里人说普通话的感觉。从行为举止看，满身的优雅与不俗，让胡同里的路人和街坊邻里有些莫名其妙的感觉。这样的一位非富即贵的老先生，到这里要找的是什么人呢？

左边的院子不太大，是一个小院，在四九城风靡一时的四合院堆里想找这样的一个院子，颇为不易。有钱，也未必拿得到房源。

院子的小门紧闭。门口挂着一个小牌，上面用隶书写着"厨行金九"。

这是寻常人家看不见的，一般情况下，都是隐去名姓，顶多是挂上"某宅"。只有那些老规矩的世家才敢寥寥几笔表明身份，一般的新贵新富人家，哪敢如此？

"人在。"门里低低的声音，似乎是在回应清瘦老人的问话。

"他平时不出门，就在家里读书、写字、画画，偶尔远行也都是在京津冀一带。说起来，倒是有趣。现在的人，读书的都闹腾着下海经商，厨行和梨园的反倒对读书写字情有独钟了。"

清瘦老人一边说着一边走着，当迈过门槛，他停下脚步，回头看了一眼大门，好像要说点儿什么，却又是一副欲言又止的样子。

跟随的从人都没有说话，显然，他们都习惯了清瘦老人的做事风格，不去上前打扰他。

"厨行金九，好名字，记得住。"

清瘦老人的声音，略高了一个分贝。小院子里的内门，悄无声息地打开了。一个一身白衣白裤传统服饰的中年人赫然地站立在门内，脸上毫无表情，只是盯着院子外来的清瘦老人，一言不发。

清瘦老人的随从们莫大的疑惑不解，以自家老爷子的家族和身份，这个"厨行金九"为啥会有这般的架子。

清瘦老人身边的那个中年人倒是不慌不忙，沉稳得很。显然他是知道这"厨行金九"的。

厨行的说法久已有之，不过在眼前这样的情况下，还是令人觉得新奇的。要知道，厨行的人在所住的宅院门前挂牌的规矩，清末民初就有了。至于这是哪一朝哪一代承袭下来的，没有人考究过。

手艺高超精湛的厨师，不开饭馆，平时就宅在家中，专应大规模的宴会和私人堂会，这种厨行的人才能在门前挂牌。

这在当年盛行过一时，渐渐消失。没有想到，竟然在这胡同里看见了。

"快四十年了，从那年以后，我和你们这一门就没照过面。"清瘦老人率先开口，语气里带着居高临下的口吻。

门里的中年人默默地看了一眼清瘦老人，以低低声音回道："早就闻听过您对我们这一门始终是锲而不舍。我想，这绝对不是偶然的事，我们这一门远走海外，您想必也是知晓的。我这一次回来是处理点儿事，还想求您高高手，放过我们这一门。"

清瘦老人听到这话，脸上的表情有些复杂，说了一句："看来，你是真的只听说了半句，并不清楚我和你们这一门的渊源。"

中年汉子一愣。清瘦老人没客气，迈步向前："你们都别跟着啦，我一个人谈，他压力小一点儿，毕竟，我也是这一门中的人。"

院子外，清瘦老人的随从们都傻了眼，一门中的人？当然，谁也没问，谁也没动，毕竟是严格挑选出来的人，都是懂得规矩的。

门悄无声息地掩上了。没有人知道，这一墙之隔的里面，一位来历不明的老人和一位神秘诡异现身的厨子，将会有怎样的会面和交谈。

那一门，又是哪一门呢？

一夜无眠，随从们守护到东方鱼肚白，朝阳在炙热的水平线上升起。遛早的人手里拎着油饼、糖火烧和蛤蟆蜜、豆腐脑等从这儿经过：执行任务，真的不大容易。

微风轻抚，门开了。清瘦老人迈步出来，低头先看了一眼门上的花纹，然后抬头向东方望去，眼底映着光，脸上毫无倦意。

"您回去瞧瞧？"中年人上前迎接，嘴里故意隐去了"休息"这两个字。在这样的人物面前，绝对不能用"休息"或者"老"这样的词，绝对的忌讳。

清瘦老者点了点头，说了一句莫名其妙的话："他来了，这摊子支撑起来也就不难了，只是不知道那两位什么时候到。"

中年男人没懂，不敢随意搭腔。

清瘦老人稍微活动了一下身子，坐进红旗轿车。车子飞快地转出胡同，向宽敞的大街行驶而去。

"早上九点，还有一个会，我要见几个人，下午我们去山海关。人不必多，就五个人，你在家等消息。还有，合子他身体最近怎么样？我有三年多没有见过他了。"

"合子身体还好，就是没事夜里总说胡乱的话，我已经吩咐人录下来了。文字的整理工作都在进行中。"

"好，一切按照以前的布置进行。"显然，清瘦老人对中年人的回答是满意的。

这时，马路上已经热闹起来，车子拐过胡同口时，恰巧有一个卖风筝的老妇人经过。她的眼神很亮，竟然透过风挡玻璃，隐约看清了里面的人。

"这老家伙又出面了，看来，'水心斋'和那些门脉又会在江湖掀起一股风浪了。不过几十年了，他们还活着吗？"

其实，老妇人的担忧是多余的。有句老话是"老而不死是为贼"，这话说的就是老妇人嘴里的那些人。那些人活得很久，不想出面的时候，就会找出替代他们的新面孔出现。所以，不仅都活着，而且活得很好。

那些人时刻盯着"水心斋"，毕竟，这百年来，"水心斋"古董铺子是各方势力公认的大敌。

江湖上有句狠话——"堵人财运的，都该杀"。

"水心斋"古董铺子自打创建伊始，从神秘莫测的小朝奉张本见开山门，到张祖师爷的弟子——南宫无量创下这个买卖，始终跟盗卖、倒卖这"两桌子"人打对头。当然，"两桌子"是"水心斋"内部的叫法，比较隐晦的称谓。这话从根上说，指的就是那些做偏门盗卖、倒卖的主儿。

事实上，小朝奉"蚩尤残卷"的独门衣钵继承人南宫无量邀约过那些人不止一次了。明面上，那些人说的是想要谈判，设想的却是用金钱买下"蚩尤残卷"。并且试图买通南宫无量，让他关了"水心斋"，不再追踪调查那些青铜文物的去向。

可是，最后这两桌子的人在南宫家面前一败涂地，这才有了后来的南宫纸。南宫纸一到，行业里的人都要给足够的面子。

何谓"南宫纸"？南宫纸并非是固定的纸张和信件，是指南宫家哪怕一张无字的纸条所到之处，都必须当成重要的文件指令来看。

规矩是什么？是靠势力碾轧出来的，立规矩是一时，而维护规矩的权威性，则是长久以来就很难达到的事儿。

当年金银铜铁四大家同尊一门，就是因为这个，金家当年的老当家，也说过同样的话。只是，几十年过去了，南宫家当年怎么胜的那两桌子的人，谁都没有和自己的家人及门内的弟子、生意伙伴说起过。

江湖上流传着一些只言片语，曾经有过这样一场聚会，南宫无量以一人之力，逼迫着这些古董行中有头有脸的人金盆洗手，不再涉足走私倒卖、盗卖古董文物。

此后古董行的买卖几十年没有兴旺。这一回，四九城里地下台面上的市场刚刚搭起架子，看势头绝对不会太差劲儿。

事实上，行业里的老手都清楚，盯着南宫家"水心斋"古董铺子的人从来都没有消失过。

一个寻常的午后，京城一处无名的胡同，一个小小的古董铺子门前来了一辆车，车上走出一个老人，面容冷峻，手上提着一个硕大的布包裹，这样的装扮即使是在当时，也显得很扎眼。只是他走进古董铺子的时候，恰逢星期一的下午。星期一，买卖稀，胡同里面并没有什么人。

大概也就是一炷香的工夫，进去的老人出来了，手上的那个包裹消失了。

显然，他刚才手里拿着的包裹这会儿是留在了古董铺子里。绝对不是什么小来小去的物件，而应该是件大货。

盯在门外的眼线，至少有七八家，这里面不知道有没有废家的人。

他们还没弄清楚那个老人是谁、包裹里是什么货，另一件大事开启了。

从全世界不同地方来的几十个委托代理人要参加一次从来没有过的无实物拍卖。

小古董铺子的主人要拍卖的不是古董，不是名人字画，只是要拍卖一个概念，那是一个重要的理念。

消息一出，"水心斋"三个字出现的频率更高了。毕竟拍卖如此奇怪的东西，"水心斋"是开过先河的。

一百年以前，"水心斋"拍卖过一个从没有在古董行业出现过的东西，不过除了最后的获得者，别的人都没有搞清楚那件东西究竟是什么。

一百年以后，拍卖概念既在意料之外，却也是情理之中。谁都知道概念是啥意思，可谁都不清楚这个概念是什么具体的内容。不过，"水心斋"三个字就是招牌，是值得所有人信任的招牌。

这块招牌从未消失过！

或许，这一切，都与那个老人有关。毕竟这节骨眼儿上，琉璃厂兴盛了三百年的买卖生意早就火起来，为什么要跑个小铺子里倒腾大货？四九城里懂行的主儿都知道琉璃厂的大号。

琉璃厂这地儿，古老得很。据说，从辽代起，这地儿就是个村子，叫"海王村"。琉璃厂自清代康熙年间兴起，延续的年头已然过了三百年。琉璃厂现在没有"厂"，而是一条街。据说早在元、明两代，此处设有官办琉璃窑厂，明代为工部五大窑厂之一，专为宫廷烧造琉璃瓦件，因而得名琉璃厂。

到了康熙后期，京师的春节集市移此。一些临时性的小书摊，慢慢地做大，这其后，逐步发展为坐商书肆。宣武门外至前门一带，当时各省的会馆多建于此，来往的官员、应考的举子和商人都离不开书，从而促进了琉璃厂书业的发展。清初各地来京参加科举考试的举人大多集中住在这一带，因此在琉璃厂卖书籍和笔墨纸砚的店铺越来越多，渐成气候。

主动避开琉璃厂这些老买卖铺户，单打独斗做独门的生意，南宫家当年的执掌人南宫无量，显然是深知这里面的奥妙玄机。

这一次，南宫家的人重回四九城，回到了毗邻琉璃厂老地方的偏僻胡同里支撑起门脉铺户，显然要做外人不易察觉的大事情。

他们下一步将会如何启动，谁也不知道。一切的一切仿佛一片飘落的残叶，叶片上脉络分明，却找不到叶脉最初的起点。

第十三章　仅限故交

大叔公的布置，终于在报纸上刊登出来了。时间没有任何的更改和变化。还是只有一天。时间限制得如此严格，南宫骁没有在事先预料到。

大叔公对他自己曾经交代过的事情不会说第二遍，他讲究的是惩罚，以恩威奖惩立规矩，执行得好与坏，将关系到每个执行者的切身利益，这一点是南宫骁一向了解的。

不问究竟，照章执行，这也是惯例。只是这一次的行为，南宫骁确实觉得有些古怪。

大叔公安排布置的是打广告。选择的是一家有着很多年历史的老牌子报纸，但挑选的版面是最后一版，当然，指的是有广告的版面的最后一版。这个做法，出乎南宫骁的意料。

从来都知道大叔公的习惯是享受最好的条件，无论是居住还是生活用品，大叔公都不会贪图便宜，出手一向大方，这一次，他却在版面上挑了一处最便宜的版面，选了一个最小的、最不起眼的位置。

这能有什么效果呢？钱岂不是白花了？

南宫骁知道大叔公也花过冤枉钱。大叔公带他去旅行和做生意，花冤枉钱的时候，都会用吃亏长见识作为解释，不过那样的事情极为少见，有些，南宫骁甚至能够感觉得到，是大叔公故意而为之。

但这一次不一样，一向说"水心斋"古董铺子是宗门中的大事的南宫骁，自己都看出来这样的广告是没有效果的，还会影响到"水心斋"古董铺子的生意，他却无法说服大叔公。

广告还是出来了。跟事先的约定一样，没有啥变化发生。

接到邮局邮递员的投递，南宫骁的心里有点儿小尴尬。一直以来，他和大叔公在一起，养成了大手笔花钱的冲动和做法，这一次不知道为啥，大叔公竟然变得小气了。

报纸上的广告不显眼，并且还被挤到了最后一版的一个角落里，孤单得很。

这上面刊登的广告，文字内容并不多，只有几行字，"'水心斋'旧店重启，欲请新旧老友知悉，如有闲暇，到店叙旧。仅限秋分这一天"。

叙旧，不都是由客人自愿，择日拜访的？这一次真的出了新鲜事，怎么主人还对访客做出来限制了，真的是无法想象。并且，有准确的日期，还仅限一天。这个说法也是闻所未闻。

不知道别的读者看了会不会觉得奇怪和滑稽，南宫骁自己都觉得不好意思。要知道，大叔公向来没有错过，这一次有可能真的是做错了决定。这是报纸上的原文透露出来的唯一的意思。

提前一个月刊登的广告，并没有在版面上显示出多大的优势，不过，在世界各地，却有无数个素日里不曾在世面上走动的人都在关注这个小小的消息。

"'水心斋'古董铺子重启了！"这消息，一下子就在市面上"炸"了。令接到反馈的南宫骁大吃一惊的是，这个"炸"波及的范围极广，不仅仅限于古董圈子。

照理说，昔日老北平的买卖行里，知道这个字号的人大多已然作古，硕果仅存的老几位，估计都不知道还能不能记得这家买卖了。当年，"水心斋"古董铺子的老一辈人在世的时候，这家的生意也不算兴隆，太小众，知道牌子的也仅限于少数几类人，跟那些个大家老字号根本就无法相提并论。哪怕是当年的执掌者南宫无量自己都承认，他家的买卖是蚂蚱腿上的肉，没多大嚼头，说起自己，更不是啥人物，即便是偶尔听说过这个，也都知道，这并不是一个很有名气的字号，甚至，这个字号在几十年以前最兴盛的时候，老北平这座城市的人，都没有多少人知道这个买卖字号招牌的。

谁料想，这么多年就这样无声无息地过去了。

有意和无意中，没有人注意到，很多当年的老字号买卖都随着世事的变幻消逝了，但"水心斋"的生意居然会重启。这是这个世界上极少数知道这个字号的人不能不为之惊讶的事。

"我们就打算这样一弄就开张吗？"

四九城一处偏僻的胡同里，四合院陆续出现了，不过现在并不规整，很多都是混居杂住的大杂院，什么天棚水缸石榴树，先生肥狗胖丫头都没了旧时的踪迹。

这里距离当年的琉璃厂和"水心斋"古董铺子的原址很近，原本就是一个庭院，由于种种原因，被重新分割出来的。

"看来，你自己的心里是没有底气的？"

南宫骁听了老人刚才那句话，觉得有些不可思议，自己这么多年，一直和叔公在一起，从西南边陲到京城，他们走了很多年。这里的走，不仅仅是指距离和时间，还有恢复南宫家族所需要的一切，这里面有一些细节，至今南宫骁想起来都会觉得不可思议。海外的大叔公是怎么找到自己的？他们之间有什么联络方式？莫非"蚩尤残卷"中记载的"他心通"这样玄妙的技艺，在现实之中是真的存在吗？

更无法想象的是，自己身处海外的那个弟弟，是不是真的像大叔公说的那样，和自己各自承袭了师门的技艺，虽然这段时间两个人见过面，也都很亲近，不过，那个与自己长得一模一样的人，到底学会了怎样的秘技呢？

自己得到二叔公传授的是古董鉴别的技能，这一点两位叔公都曾经说过，兄弟二人都会修习，也会跟大叔公、二叔公他们俩一样的，其他的技艺会有什么样的作用呢？

南宫骁闭上眼睛，竟然都是自己在西南大山里生活的片段。这样的幻象就像曾经看过的电影一样，在虚幻和现实中不停地跳跃。

他在这种神奇的感觉中，竟然发现了草原的影像，好像看见有一处怪异的山丘之上，有一个血盆大口一样的人在看着这些人。

这些个人里面，不只有二叔公和南宫勇，还有一些看不清楚脸的人，不过，这个时候的南宫骁是清醒的，他在想，到底是谁在控制着这个梦呢？他即便是在梦中，也清醒地知道，自己这个家族，也就是南宫家族的人，是从来没有做梦的习惯的。除非，是在"谛听"的时候。

谛听，古时候是对巨大神兽的叫法。谛听出现的时候，一般的人都会有一种压迫感。不过在南宫家族的世代传承中，"谛听"是一种近乎荒诞的古老秘术，说白了，是跟现代生活中"催眠术"的原理十分接近。

南宫骁有很多个办法把自己从梦中叫醒，即便是被催眠，甚至是遇见一些懂得古老邪术的人施展的邪门梦魇之法，也奈何不了南宫家族的人。

不过，南宫骁并没有直接这样做，他稳住呼吸，只是一点一点地数着草原深处，一座小小的低矮的山丘上的草，绿得望不到边际的草。他这样做的目的，究竟是为了什么呢？没有人知道。

即便是大叔公知道了这件事，也不会明白个中的缘故，毕竟，这个做法，对身体的伤害极大，尤其是未来的脑部机能会大大地降低。

不过，南宫骁还是这样做了。他只想知道一件事，那个草原之丘的下面，仅仅是草原上的小土包、小山包吗？

草原越来越近。南宫骁甚至可以看见南宫勇和二叔公脸上的五官了，不过，南宫骁惊愕的是，他看见的自己兄弟南宫勇和二叔公周围，都是密密麻麻的陌生面孔，一个个表情呆滞僵化，有点儿像木乃伊和兵马俑一样。更为古怪蹊跷的是，这些密密麻麻的人逐渐模糊和消失，草原上只剩下孤零零的南宫勇和二叔公。感觉上好像时间很短，瞬间就到了大地草原的一片寂寥之中。

南宫骁浑身有说不出的酸痛感，俨然就是自己已深陷静默之中。猛然间，南宫骁在昏昏沉沉中，脑子里陡然一颤，舌尖一抵上牙膛，人恢复了清醒的状态。

睁开眼一看，一张巨大的脸，青面獠牙，出现在自己的面前，俯视着自己。

不过，南宫骁可是打小就受过严格极致的训练的，一般人在这种情形下早就蒙了，南宫骁假装惊愕，一脸骇然。

孰料他就在刹那间，一个"平湖秋月"，平行滑了出去，他的身子下面竟然像安了一个轨道，整个人滑轮一般，一下子就从那张夸张吓人的面具下溜走了。

南宫骁溜得快，那张面具跟得紧，这个时候的南宫骁已然动了杀意，他知道，有人选择在"水心斋"古董铺子开业重启之前、广告刊登之后，潜入自己居住的地方，无非是为了两件事，一件事是探听虚实盗取古董，另外的一件事，便是要使用暴力手段，硬生生地阻止"水心斋"重启。

几天前，大叔公曾经和南宫骁说过，"水心斋"古董铺子的重启，意味着要与所有盗卖走私文物和盗墓盗宝犯罪行为的势力公开宣战。遥想当年，自己宗门和家族的前辈先人，因为率先阻止战乱年代的各方势力侵占中华历史上留存下来的青铜器宝物和各类具有历史价值的宝藏，引来不同方面的势力的追杀。南宫无量、南宫雪、南宫莹等，都是遭受过这种危险和伤害的，到现在，还有人离奇消失了几十年，活不见人、死不见尸，这些都是大叔公说过无数次的，南宫骁在此之际，怎敢轻视大意。

故此，南宫骁一见情形不妙，不甘于被动等待，于是抢占先机，身子动了，一滑过危险的位置，身形陡然旋转过来，人已经站在那个戴着面具人的五丈之外。

这儿要补充说一下，南宫骁所居住的院子，占地的面积极大，属于前店后院的格局。从图纸上看，还都保留着旧时的规制，建筑格局基本上都没大动。

南宫骁听大叔公说，这地方有清一朝的时候，大概是一个名不见经传的贝勒爷的府邸，院子面积不算小，后来贝勒爷家破落了，房子卖了几手，短期内还做过仓库。这次，大叔公是从一个不愿透露姓名和身份的人手里辗转租赁下来的。

大叔公给出的价格绝对不像是他打广告的时候那样吝啬，他出的是大价钱，所有修缮和装修都是在南宫骁他们搬进来以前就安置处理好的。

不过，跟南宫骁以往住的房子有点儿不一样的地方是，这个后面的院子，有好几间，房间内部的面积颇大，很明显，是以前的房屋结构经过了不一样的巨大改动，目的是变成仓库，储藏东西。

这样的建筑结构，想当初"打图样"的师傅是怎样想的，南宫骁是不大清楚的，不过后来的改建，显然是为了储藏功能的发挥，这都和年代的需要相关联。

改变后的房子院落，从居住的层面看，显得有点儿格格不入，用老北京人的说法就是尴尬别扭，不过这已经是相当不错的性价比条件下，能够找得到的最好的独门独院了。

所以说，到了这院子，一般人，即便是住过四合院的主儿，也都会有点儿拘谨和蒙，且得适应一会儿。

别说是南宫骁，就是稍微有点儿常识的人进得院子里来，一眼就能够看明白。不过这青铜面具人，如何能在这院子中众多的房间里，精准地寻找到南宫骁睡觉的房间，却是一件蹊跷之事。

莫非这是事先有人与之通了消息？

但南宫骁在这当子是无暇多想的。他的身子鱼龙变化，已然脱离了青铜面具人的掌控。他背靠着的是一堵墙，这是南宫骁在住进来后，事先就端看好的地方。

从很小的时候起，南宫骁就受过叔公严格的训练。"在家靠娘，出门靠墙"是一句老话，居住之处，由于自己这一门的昔年遭遇，自然要有所防备，这种提防其实是很累的，要知道，防人是难防"千日贼"的。南宫家的老规矩里，也讲究防，不过内里的技巧却是千变万化、随机而生的。其中主要的宗旨就是，要保持"松弛感"。

戴着青铜面具的人显然是知道，这个时候的南宫骁已经恢复了与自己对阵的能力，他似乎对这个场面的出现是早有准备的。

正当其犹豫不决的时候，一个声音平静地在他背后传来。好像是大叔公的声音，他的身边似乎还有另外一个人站着。南宫骁没有敢扭过头仔细查看，只是屏住呼吸，想要把自己的情绪完全地稳定下来。

"你是什么人，竟然敢私闯民宅，莫非你一身武功，也要做鸡鸣狗盗之事？"

南宫骁的语气有些阴冷，他似乎是知道，来的人绝对不会是市井之中鸡鸣狗盗之辈，任谁都知道，一般的小偷，哪个有这样的本事能耐？

"身不动，神已凝，南宫家的修为，果然不仅仅局限在憨宝鉴赏收藏之上。"

青铜面具人说出来这一番话的时候，有如炸雷，令南宫骁无言以对。

他怎么都没有想到，对面的青铜面具人，竟然会如此心平气和地和自己对话交流，也正因为对方说话的语气十分平缓和气，没有锋芒毕露的严厉，反而使南宫骁周身上下有一种不寒而栗的感受。

"你到底是什么人，我想你绝对不是为了钱财而来。"

南宫骁的眼睛盯着青铜面具人。他的双手的手掌，已然紧紧地握紧了。

"你觉得，我会说出来吗？"青铜面具人的话，有些讥讽，似乎是在嘲笑南宫骁。

"你不说也无妨，不过，我想你以后就再没有机会来到这里心平气和地说话了，不是你有没有本事进来，而是我们还给不给你这种机会。"

陡然间，一个苍老的声音从南宫骁和青铜面具人的背后不远处传来。

大叔公，他来了。南宫骁的心里顿时亮堂起来了。

原来，大叔公的深谋之中，这一切都是意料之中的。南宫骁知道，这句话意味着，眼前发生的这一切，都还在大叔公的掌控之下。

青铜面具人听到背后不远处的这一句苍老的声音，显然已经听明白了这件事的原委，他自然是知道南宫家的本事和控局的能耐，略一沉吟，并没有反驳，只是谦和地说道："老爷子果然还在，那我就可以回去跟家里的长辈回复一下，我想，您也想知道当年那一场风云际会后，南宫无量老前辈和我家祖父的那一场奇遇的究竟吧？"

大叔公嘿嘿一笑，有些阴冷地说："我自然是想知道，不过我想，你们家知道的也未必都是全的，是不是也想在我们南宫家这里搞清楚一些事情，包括'蚩尤残卷'的下落啊？"

大叔公的这几句话，平平无奇，却有石破天惊之效。

"啪、啪、啪！"

大叔公的双手轻轻拍出声响，院子里外墙边上，七八个身着雪白的绸缎衣裤的青年人自院墙上飘身落下，快速出现在南宫骁和青铜面具人的周围。

"南宫家的防备，什么时候变得如此森严了？我想，这几个人是拦不住我的。"

青铜面具人的声音里透出一丝嘶哑和亢奋，好像这一切都在他的设定之中，他原本就是为了这个场面而来的。

"由你怎么说，我只能劝你一句，这是你最后一次来南宫家了，今后的事，我们该如何，那就看我们两家的因缘和各自的造化了。"

大叔公说完这话，南宫骁的身形一动，就要出手。没有想到，接下来，大叔公的一句话整得他啼笑皆非。

　　大叔公说："让他走吧，当年，无量老祖就是这样让他的祖父走的。原本，无量老祖是可以留住他的祖父的，不过看在这青铜面具的情分上，你可以走了。"

　　青铜面具人没有开口说话。他似乎对眼前的这一切都觉得十分的熟悉，好像自己的前生到过这里，也有过这样的一次邂逅和会面。

　　不过，出于江湖礼节，他还是深施一礼。他知道，自己肩负的似乎也是对面南宫家同样肩负的，至于以后还会不会一起合作，他现在还没有想好，无法当场作答。仅仅一揖到地，深施一礼，做谢。

　　他知道，南宫骁身上的能耐不会比自己差，后来的这个不知道姓名的老先生说不定就是南宫家的长辈，他所拥有的能力，绝对不是自己这个黄口孺子所能轻易对付的，自己还是应该回去劝说一下自己的长辈更好。

　　南宫骁没有多说话，他知道，眼前的这一切，大叔公早已成竹在胸。他自然不会多嘴询问。

　　三分钟后，这院子里，已然是人去院空。

　　南宫骁对阵青铜面具人，最终的结局是，戴着青铜面具的人，竟然被大叔公轻易地放走了。

　　这样的不速之客，竟然能来去自由，是南宫骁搞不懂的。他自然也不会问。

　　大叔公也没有过多地解释，只是带着南宫骁去了一趟什刹海，一路之上，大叔公和南宫骁聊了不少京城里的旧时逸闻，从民国才女林徽因的《中国建筑常识》说起，讲述老北京四九城里的建筑和人文历史传说。并且，时不时延展到当年"水心斋"古董铺子的老东家、执掌人南宫无量的陈年旧事。

第十四章　京华烟云

从什刹海和地安门一处一处逛过去，南宫骁的脑子，明显有点儿不够用了。

"你已知道祖师爷在当铺里当过学徒，可你知道他的绰号'小朝奉'的由来吗？"大叔公传授东西，大多是循序渐进，一点一点来的。

南宫骁略微想了一下，根据记忆说："我好像记得，宋朝官阶有朝奉郎、朝奉大夫；明、清则常称盐店、典当店员为朝奉，亦有地方用以称乡绅。后来徽州方言中称富人为朝奉。苏、浙一带也用来称呼当铺的管事人。当铺的柜台高高在上，借款者需要举起抵押品才能递进窗口，故接待员或掌柜被称为'朝奉'。"

大叔公微笑地点了点头，他习惯这样看着年轻人成长。

"你知道几十年前，就在距离这里不到一里地的那条老胡同，你的祖辈先人南宫无量老前辈也遇到过深夜来访的不速之客吗？"

大叔公说到这儿的时候，整个人的身形都进入僵化的状态，面部表情严肃，很明显，人也陷入了沉思之中，俨然讲说者和周边的人瞬间都已经回到了早些年的风云岁月中。

那是老北平时期的一个中秋，正逢乱世，神州大地四分五裂，各种势力争斗不绝，百姓生活在水深火热之中。然而越是这样的时候，越是枭雄英雄辈出，乌鸦鹏鸟并生。市井之辈，为国为民侠之大者大有人在，当然，贪婪狡诈私通外国、盗卖国家文物和皇家宫廷藏宝还有盗窃墓地的人，也从未消失。金钱在当时是绝对的硬通货。没有钱，就没有军饷，没有军饷，就无法招兵买马。

钱的出处，自古就有正道偏门之说。正道取之有道，没有道的人，则效法古时候的曹操，以发丘、摸金作为盗墓偏门的捞钱手段。寻龙点穴、憋宝掘金，成了当时各处军阀吸金发财的途径。

为了壮大自己的势力，并且不能走漏风声，被别人发觉，这些人效法古时候的摸金发丘的称呼叫法，改名为憋宝夫子、掘金师傅。

只是这些人，都是活在传说中的人物字号，不会轻易地在市井百姓面前出现，故此，他们的身上，蒙上了一层神秘诡异的外衣。

不过有的时候，这些人还是会出现的。譬如，眼前老北京的这个中秋之夜。夜凉如水，中天已过，尚有月圆。北京琉璃厂附近的一个僻静的胡同中，一处宅子内的灯光还没有熄灭。

周围的梆鼓声隔上许久，偶尔传来。玻璃窗内，一个孤零零的人，影子被灯光拉得很长，更显得清冷孤寒。

宅子里的主人是"水心斋"的掌柜的范三稳。他执掌"水心斋"古董铺子有十八年了，原来的名字叫范稳，就因为他看货掌眼、出价谈价、断代识款三类皆稳，故此，业内给他送了一个外号，叫范三稳。没有想到，竟然被叫开了。

这一处"水心斋"，是老东家的总铺。

据说，老东家在南七北六十三省各地还有几十处铺面，大小不一，有名有暗。那些店铺范三稳虽然一处都没有去过，但他身为总铺的大掌柜的，自然都听说过。

不过，他有些搞不懂，为啥老东家撒网式地支应了那么多买卖，有一些个小铺户，几乎没啥生意可做，又远在东北，云、贵、川等边疆地区，可是老东家甘愿搭钱，也不肯收手。这究竟是怎样的一个缘由，范三稳想破了脑袋也没有找出来答案。

有人出谜，有人破谜。这是打灯谜。

可是现如今，打灯谜的老东家始终不给个说法，范三稳有些坐不住了。一晃在"水心斋"做了十多年的掌柜的，按照规矩，到了十八年头上，要是自己个儿不请辞，老东家会拿出来几家店铺交到自己的手上，算是重打锣鼓另开张。行里面，管这个叫"养老份子"。

相比晋商的养老规矩，虽然是大大逊色，不过在范三稳看来，已经是蛮不错了。东家人厚道，才会有这个处置。

"吧嗒。"院子里传来细碎的声音。

范三稳觉得有点儿不安，这是谁？这么晚了。范三稳是经历过江湖上的历练的，他所说的江湖，不仅仅是街面上的门道，也有一些隐秘的看不见的江湖上的行当规矩。

"有夜行之人来了。"范三稳的心瞬间提到了嗓子眼。这让他不能不想，怎么来得这么巧？自己现在住的这处宅子，老东家回京城的时候，也是他的落脚地界，自然不会忽略安全问题。古董行里，面临被盗抢的风险，要远远高于寻常的买卖家。毕竟，这里都是些价值连城的东西。

这回让范三稳心惊的是，家里本来请了"夜叉行"的人保家护院，不巧都回京西八大处了。这探路打石头的，莫非是内鬼引来的？

范三稳心里虽然有些慌乱，可是人没有动作，也没有回避退缩的样子，他是不会让人看出来他的内心是怎样想的。

"咚咚咚。"似乎是有人敲窗。相隔着十几米远，范三稳已经感受到对方带来的寒意。窗户是玻璃的，这是富户人家的标配，年前去扬州做客，据说何园的玻璃都是打海外进口运送来的，听说南浔的小莲庄里的四象八骆驼，也都是这样的规制，范三稳对东家的做派，还是认同的。

这时候，窗外的敲击声再次响起。范三稳才发现对方是在距离窗户十几丈开外弄出的这个声音，心中不觉松了口气。

范三稳打开了房门，走到院子当中，朗声说道："朋友，你来此何意？宅子里，贵重物品一样都没有，店里的金贵器物都有夜叉行的朋友看守着，你不会是只来讨要一口吃食的吧？若是路上缺少盘缠，你可以到对面房子屋脊上，第三片瓦下面，取十两银票，若是把着了记号，第七片瓦下面，还有一个七八两的元宝。不知道你是否够口？"

"朋友，你好大方呀。"范三稳的话音还未落，对面这位夜行人已然嘿嘿地笑出声来。

"这是东家定下来的规矩，我只是萧规曹随而已。朋友，子夜来访，你到底是谁？到我这里，所为何事？"

范三稳果然很稳，知道这个人来意不明，甚至周身上下还带着浓重的杀气。可是行为举止、谈吐之间，却不失风范。

宁要身受罪，不让脸发烧。这是东家最看好的一点。

深夜访客没有说话，身影轻如雨燕，刹那间一个提气行身，人已经到了范三稳的窗外，只见他轻轻地一抬掌，门竟然开了，没有震动和掌风，这令范三稳不由得浑身上下有一种寒意涌动。

范三稳心里明白，这寒意来得不是时候，不是节气凉了的缘故。这才过八月节啊，兔儿爷的牌位还没有撤下去。

"我想知道，你能活多久。听说，你对古董一眼分真假，我想让你看看我戴着的这个青铜面具是什么时候的物件。"

"这个不难，不过，我还是想请朋友摘下这个青铜面具，我得上手。"

范三稳这话还没有说完，对面来人哈哈大笑起来，笑过之后，他说了一句"方言"，范三稳却没有听懂。

"朋友，你说的是？"

青铜面具人继续大笑，说道："我说的是，你要是真想上手，我就成全你，不过，念你是君子，我事先也声明一下，你看完了我的脸，我就会取走你的性命。"

范三稳也哈哈大笑，他开口回应道："无妨，我宁舍一条命，也不会丢了'水心斋'古董铺子的名头，不过，我虽然没看见你的脸，我也知道，你来自北川那个地方，你身上修习的是'水功'。"

范三稳此言一出，对面的来人竟然呆呆地愣在了当场，他绝对没有想到，这个古董铺的掌柜的，竟然没看古董，先识破了他的来意和身份。

"莫非，陡然间，对面的这个人已然对自己动了杀心？"

还没容范三稳想出个所以然，对面的那个青铜面具人又动了起来。

只见他双手向后一甩，肩头上发出七朵鲜红的火焰，火焰一点一点地穿起来，形成了一个椭圆形，向范三稳的身上扑来。

"老东家，对不起了，是我无能，没看住铺面，没看住店。"

范三稳嘴里的话刚喊出声，青铜面具人的双臂抖动，已经收住了火焰，恶狠狠地说道："你说什么，莫非那东西，果然是藏在你们的铺子里，听我一句劝，你还是交出来吧。"

"不会的，他不会交出来的，我敢打赌。"陡然间，一个声音从院子里飘了进来，屋子里的范三稳和戴着青铜面具的人都有点儿傻了眼。看样子，说这话的人是了解屋子里的情况的，可是，刚才这院子里根本就没有人，方圆十几丈两个人都已经巡看过，也是空无一人的样子，那么，来的人能够听到屋子里的对话，显然是修习了无上的心法和技能的。

"老东家，您回来了？"

声音有些颤抖，不过透着惊喜和诧异。没错，范三稳知道，这一回自己有救了。这是因为，范三稳听出来这个声音真的是老东家。

青铜面具人显然是不认识老东家的，他盯着院子里，不敢大意。

"我回来了，我是南宫无量，也就是江湖上传说的'没有肚量'，你要是有什么过节，就冲我来吧，我接着。"

"真的是你？"

青铜面具人一听到这个名字，一屁股坐在了屋子的门槛上，他傻了，脸上的面具不停地抖动。

这后面发生的事儿，谁都没有对外透露过，一直到他们三个当事人都离开了这个世界。

有些怪异的神秘之人黉夜来访，他的面部还戴着一张诡异的面具，当时的"水心斋"主人南宫无量认出这种面具是西南巴蜀地区出了都江堰玉垒关后的羌族族群中的神秘祭师所戴之物，而来人明显不是那个族群中的人。

假身份，假面具，甚至假姓名。这样一个人的出现，意味着什么？

南宫无量表面上虽然显得极为平静，似乎是心如止水。可是，他的内心深处则是紧张得近乎慌乱。

祖上传下来的那些秘术，到自己这一代已经失传，仅仅凭借自己的武功修为和江湖秘术，是否能是对方的对手，能否抵御得住，南宫无量自己也无法预判。

就在这个时候，他看见对方的眼睛也在动，他从气场上感受到，对方也在慌乱中。面具上凸起来的两只大眼睛，圆圆的，甚是吓人，间或头一转，面具跟着动了起来，顷刻间便会闪烁出青铜的绿光芒，好像是有生命的样子。

当然，这都是人为设计出来的，并非是山精树怪和妖孽的成形。也不知道，当初制造它的能工巧匠，是用了怎么样的材质，才打造出如此诡异幻化的效果。

掌柜的范三稳知道，这面具不是一般人所能拥有的，在某些地域和氏族，这个青铜面具是由上古时遗留下来的图谱改编而来，并且是用青铜、兽皮、兽骨和人的一些特定部位的骨骼残骸作为原材料制作的，有些面具的内侧，还会涂抹上人与野兽的鲜血。这个面具应出自古时候的北川，是羌族最神秘的深山祭师才能够拥有的。这个深夜来访的人，应是来寻找自己的一个身世之谜的。

面对这个青铜绿光面具人，范三稳很清楚，这桩事情，自己完全没有处理的能力。幸好"水心斋"的幕后主人南宫无量及时赶回来，作为号称古董街上的"一时无两"的古董高手，南宫无量第一次看到这个青铜面具，就认出了这个青铜面具的来历及出处，只是，南宫无量却没有第一时间猜测出来访者的真实身份。

根据多年来的经验，南宫无量知道这个青铜面具不是凡俗之物，应为秦汉时期传下来的古物，而且这类古物还不仅限于面具，还应有象征权力的黄金手杖和谛听上古之神声音的玉器，就好像玉琮一类的古物。

南宫无量经过仔细的鉴别，说这应是明朝宫廷失窃的宝物，距现在已经过去五百年了，为什么突然间会出现在这里？

戴着面具的人听后，突然"哇呜、哇呜呜"地发出来一阵阵诡异凄厉的叫声，就像疯了一样。掌柜的范三稳一时间大气都不敢喘，南宫无量却毫无惧色，冷笑道："无妨，让他叫下去，我看着。"

一刻钟后，这个人说出了所戴面具的来历，原来，这面具原先被明朝武宗藏于豹房，据说戴上此面具，就可以蛊惑人心，让人不知所措，甚至俯首称臣，这是一个方外的老祭司从蜀中意外得到的。后来，这个面具被蜀中的神秘祭司派人扮作的太监混进宫盗取走了，后藏于重庆附近的一处山岭中。

很明显，戴面具之人也绝非等闲之辈。他对南宫无量说道："我这一次找你，就是因为知道你认识这个宝物，想让你和我去寻找这个宝贝的藏身之处。"

青铜面具人说这话的时候，声音略微显得有些沙哑和拘谨，他本人好像不大想和南宫无量有过多的交谈，之所以会这样，无非是两种情况：一种是他不善言辞，性格孤冷，身处荒僻之地，很少与人打交道；另外一种，则是由于试图保持他自身的诡异来历和身份……

南宫无量倒是没有那么多的顾忌，听完这话，显得有些疑惑不解，开口问道："这宝物如今不是已经在你手中了吗？为何还要找我去寻找。"

"那是不一样的，因为这个宝物在我看来，仅仅是线索。"

对方继续说："这个宝物后来被藏的地方，是一处天坑，你要是能和我一同去，就能够找到其他的宝贝，据说，这是'蚩尤残卷'里遗下来的东西，我觉得这东西不止一个，何况我相信，你搞古玩铺子，不会对'蚩尤残卷'不感兴趣吧？三年前，我记得你们'水心斋'可是放出过风去，谁有了'蚩尤残卷'里的东西，都可以到铺子里领线索赏金，该不是这个赏搁到现在你们收回了吧？"

说到这，青铜面具人不断地发出了"嘿嘿嘿嘿"的怪笑声，让听到的人无不觉得毛骨悚然。

南宫无量脑子里飞快地思考着，他知道，眼前的这个戴着青铜面具的怪人应该是有备而来，他提出的这个邀约，很大程度上存在着高危风险，甚至这个事情的本身，极有可能就是陷阱，可是略一思索后，南宫无量还是答应了。

翌日凌晨，南宫无量辞别店中掌柜的范三稳，动身赶路。却发现，有人在暗中窥视自己的行踪。他用"翻神掘"的功夫以"隔帘花影"的方式，击退屋顶的窥视者，事后才发现，原来是自己青梅竹马的女子云玲珑。

这南宫无量是张本见祖师的关门弟子，他原本是出身于古董行业的世家后裔，云玲珑是闻名遐迩的轻功道门的提纵术的轻功高手一脉，双方家族互相之间既有来往，也有纠葛。

青梅竹马，爱恨鸳鸯。这样两句话形容南宫无量和云玲珑似乎最为恰当。两个人彼此相爱，却无法在一起。不过，南宫无量这一门的长老说过，要是南宫无量能够给古董门做成一件大事，就答应他们之间的婚事。所以，南宫无量才应下眼前的这一单凶险异常的生意。

云玲珑含泪答应，送别南宫无量，并且交给他一把短手杖。这手杖是德国制造的，外面看是登山行路的手杖，实际上是枪剑合一的武器，能打三发子弹。到了情急之下，必要的时候足以护身。

南宫无量和戴面具的人重新见了面，此刻对方已经不戴面具，只是脸上还是用了人皮面具来掩饰自己的真实相貌。

南宫无量没有顾忌这些，只是跟着他上了火车。火车一路奔赴四川，然后辗转到了嘉陵江上的朝天门码头，随后就出现了一群神秘人来迎接。

"后来呢？叔公，我倒是挺想知道，这之后南宫家在路上的经历，那段时间到底发生了什么？"南宫骁神情忧郁地看着眼前呆呆地站着的大叔公，却发现此时的他一改往昔的神态，面沉似水，眉心紧锁，良久不肯开口。南宫骁瞬时以为是触犯了什么禁忌。

"后来的事情谁知道呢，江湖上的事众说纷纭，江湖上的说法大多亦真亦假，说到这南宫家的事儿，更是九假一真，包括我们这一门的来历，也都是有宗门神话的嫌疑，不足为信。"

大叔公的这几句话，说得极为缓慢，好像是在故意放缓了声音的节奏，又好像故意隐瞒了什么。

"叔公，请稍等一下，我好像隐约地感觉到了什么，不过我还是不太明白这里面的门道儿，您对这件事是怎么看的？我倒是觉得，有些诡异得令人无法猜测，当初他们的目的是什么？这一点，我一丁点儿头绪都没有。"

南宫骁尽管知道，大叔公一定是对这些事有自己的见解，可是，以大叔公的性格来说，未必会告诉自己。

"这以后，我们该怎么办，是等那位青铜面具人重新出现，还是要等那些昔日的老友上门？"

南宫骁瞪大眼睛看着大叔公，他的内心有些疑惑不解，却不知道该怎样把这些碎片化的信息整理在一起。

"我们这会儿要等勇儿和你二叔公的消息，当年的一桩旧事牵连上了废大通，我们'水心斋'的事儿，废大通的那一门掺和了进去，后来因种种变故，我们，包括你二叔公和那几支外门的人物字号，都离开了四九城，有的甚至远走海外，当年知道'蚩尤残卷'的人已然不多了。

我们只是听说，有些事情我们猜测，废大通废家的人极有可能得到了一些线索，要不他也不大可能远走草原。这次回来，我和你二叔公掌握的线索里，废家是不能放过的，不过到底有多大价值还得看具体的反馈。我想，勇儿和你二叔公他们那边，会比我们遇到的事情复杂得多。"

大叔公说这话的时候，抬起头看着远方，好像是在看草原之上的场景和画面。

第十五章　天狼之刃

　　四九城里的大叔公和南宫骁在黎明之前遇上不速之客，不过是小风小浪而已。一两个照面，双方甚至都没有动手，更别提兵刃火器，这对"水心斋"古董铺子中的人来说，太过稀松平常，可谓波澜不惊。

　　反倒是大叔公更担忧二叔公和南宫勇的草原之行。事实也确实如此，草原之上南宫勇和二叔公的经历，确实比身在京城的南宫骁和大叔公要离奇诡异不少。

　　草原上的小山丘，是葛日根带着南宫勇和二叔公率先到达的地方，这地方葛日根好像也不大熟悉，可能也是第一次来。因为南宫勇发现这一路上指挥道路，用军用指南针和罗盘上下左右判断方位的一直是二叔公，并且，在整个寻找位置的过程中，二叔公一改昔日轻松自如的神态，脸上显得极为严肃，就像面临一场大的阵仗前的练气凝神一般。这是南宫勇从来没有见识过的状态。

　　要说起来，国内的环境一向太平无事，没什么值得大惊小怪的，又不会有人随意地动用火器，二叔公没必要这样太过隆重。真的出现什么"幺蛾子"的事儿，凭借南宫勇的身手，也没啥是不能应付得来的。

　　不过，看着二叔公的样子，南宫勇心知肚明，这并不是二叔公小题大做，应该还是自己有不知道不清楚的地方。南宫勇这一点是好的，从小就养成的习惯，不该说不该问的事儿，他从来不多嘴。哪怕是自己的好奇心再重，他也不会在长辈没有说和不想说的时候先开口。

"往前走，一百五十七步，勿动，目光直视前方，伸出右手，向左，上三十一步。"二叔公这样说，南宫勇就一步一步地走过去，他没有问为什么要走一百五十七步。

葛日根人本身并没有什么动作，他就像草原上孤零零的一棵树，就呆呆地伫立在那里，看着二叔公和南宫勇这一老一少跑动在即将日落的草原之上，来回地跑，就这样折腾着。

"你把这个拿着。"二叔公在折腾了一番后，从拖拉机的方向向南宫勇疾步走来。

"二叔公，您这里上下左右地挪移，怎么还没有找到那个点位，是被毁掉了，还是我们找到的位置不对头？是不是这地方给人布了阵，用了什么奇门遁甲之术？"南宫勇的眼神变得有点儿迷离。

二叔公似乎早就知道南宫勇会有此一问，用低低的声音说道："奇门遁甲无非三十六字真诀而已。河洛连窍，先天穿宫，三局易气，六甲守门，八宫金锁，临制九变，遁甲归符，拆虚分象，浑天星仪。"

南宫勇的脚步变缓，弱弱地说道："那这里到底是什么地方？我们千里迢迢来草原寻找这个地方，到底要找什么？是跟'水心斋'一直要找的'蚩尤残卷'有关吗？是残卷本身，还是上面记载的九大神器？"

"数百年前，一位中原的奇人因故出了山海关，在机缘巧合下，辗转来到这个草原。因承旧时诡异之事，受当地部落的一位大巫所邀，在此布局。可谓一反双正夹带三邪七魅，这种集机关、萨满、先天原始崇拜和邪法为一体并融合中原文化的堪舆易经道家之法的隐秘地域，不是能轻易看破的。"

"二叔公，您是怎么找到这个地方的？我们来到这儿，究竟是为了寻找什么？人还是物，还是……"

南宫勇想不明白的事儿太多了，他的脸上似乎是带着无数个问号。

"无量先生当年是和江湖道上的人走得比较近的，无量先生的行踪，向来被称为神鬼莫测。即便是当年横行江湖，闻名于世间的燕子李三，也都对他多有敬畏之心。

"燕子李三？那个侠盗？"南宫勇的眼中开始放光。

"你看看这个。"

"飞贼燕子李三的名声，震动大江南北，传遍京华一带。他的行为，有人说近于侠，可是终为法律所制裁，死在狱中。他的生平事迹传者甚多，他能够天明之时由北京出发至天津，不到八时又回到北京，脚程之快，无与伦比。记得有一次，从北平德胜门箭楼上出发，一路都是崎岖道途，但他从房上去，由德胜门到前门，并没费多大工夫，只有五十分钟，此种绝技颇堪惊人。还有他走在西单大街上的时候，探警跟迹逮捕，他被发现的时候已经不容他再撒腿跑，他却急中生智，往上一纵，蹿到铺子房上去，结果终被他逃去了。在燕子李三以后，江湖上更有什么'赛飞燕''赛蝴蝶'之称频繁出现，武技功夫都还不错，不过却犯了奸淫的字眼，已然失去飞贼的资格，所以不久也就被逮捕了。据说飞贼燕子李三的足心、胸前、下腿，都有很长的毛，所以才能够飞高快走。假使将这些地方的毛都拔光了，他就无能为力了。"

看完二叔公递给自己的这张老旧的报纸剪报，南宫勇觉得有点儿不可思议。不仅仅是对内容本身，更是惊叹于在这个节点上，二叔公竟能拿出这样一张老旧报纸的剪报。大老远的，从京城来到千里之外的草原，身上竟然还带着几十年前的报纸，似乎没有这个必要吧。

"你懂什么,这是信物。"二叔公的这句话反倒是让南宫勇无言以对。

他是无法想象,怎么会有人拿着几十年前的老旧报纸作为信物?

二叔公脸上的表情不大像是开玩笑,他接着说:"这是 1939 年的《袖珍报》上的一篇文章,老报纸,旧文章,寻常的一般人家是没有这个的,即使是有,也不会保留这么久,哪怕是图书馆里的老档案室中,也不一定会收藏。假使有人知悉这个秘密,试图伪造,原本的样报都没有,作假的概率也就没有那么高。

"那么如此一来,伪造报纸也是相当费劲。当年,你祖上无量先生的眼里见识是很准的,他故意买下来很多张这类报纸,用来在未来的时间里,作为交接时的信物。"

南宫勇听后大吃一惊。他可是做梦都不会想到,还会有这样一番操作。南宫无量的名声着实是太大了,他的身份,不只是南宫家创下一番大事的前辈老祖,也是江湖和商界奇人。涉猎之广,市井中人未必知晓,不过,一些行业,包括隐秘的门类生意和隐门,都会膜拜得五体投地。江湖上都传说,这南宫无量的师父就是大清奇人,绰号"小朝奉"的"蚩尤传人"张本见。

"这下子你明白了吧,我们到这里来,是带着信物来的,我们要找的地方,本见老祖当年也是来过的,我当初跟着你大叔公也到这里来过,不过,只是见到了要见的人,却没有找到'血封之地'。"

"血封之地?"

南宫勇绞尽脑汁在想,自己是什么时候知道这个词的。这是一个地名吗?什么人会起这样一个带着煞气的古怪名字呢?

南宫勇的脑子还没有转过弯儿,二叔公的手就开始朝对面的一个方向摆动，现在已经黄昏了，落日在草原的一侧，远远地缓缓地滚落了下去。

二叔公和南宫勇、葛日根他们在草原上的影子，十分孤寒和苍凉，好像是被时间拉弯了的三个巨大的符号，充满了悲哀的意味。

"天黑下来了，我们等的那个人应该要来了，不过我不知道，隔了这么些年，他们还认不认当年的约定。"

马蹄声响起来了，由远及近，暴雨点一样扑面而来。

"暴雨打梨花，草原之刃来了。"

南宫勇只听着二叔公嘴里莫名其妙地说了这样一句，一人一骑，突然出现在草原的地平线上。

一旁昏昏欲睡的葛日根一下子清醒了过来，大喊大叫，近乎疯狂地说："狼，狼，天狼来了。"

嘴里发出来声音的同时，头仰面抬起，双手不停地挥舞，指向天空。他一边做着这个动作，一边朝南宫勇和二叔公两个人示意，让他们看天空。

黄昏已尽，草原上的星空极为璀璨夺目。

没有了城市上空的污染，显得极为纯净和明亮。似乎这地方不是谁都能够靠近的洁净和单纯之地，就像一个未曾经历过世事沧桑的婴儿一般纯净。这跟葛日根那一副兴奋得接近癫狂、幼稚得像孩童的样子，倒是极为相似。

二叔公的脸上一改之前的凝重和严肃，这会儿也有了激动的情绪，他瞪大眼睛，冲着草原的尽头，发出来自心底的赞叹。

"草原之狼，果然没有白等，他还是来了。"

说这话的时候，二叔公的手从随身的黄绿色军用帆布兜子里，拎出来一对短柄的铁锹。一把交给了南宫勇，一把紧紧地握在了自己的手里。

二叔公的这个举动，一下子把南宫勇给整糊涂了。南宫勇的脑子从清醒到了混沌的地步，他不知道这马上要到来的是什么人。光听葛日根指着星空大喊大叫，又看见二叔公兴奋地说"狼、狼、狼"的。到底是昔日故交还是宿敌？

若是故交，为何要取出这一对看上去是工具，实际上亦可以作为对阵搏杀的武器，近似于工兵铲的短柄铁锹？倘若不是朋友，是宿敌，那么，葛日根和二叔公为何如此兴奋？

没容南宫勇琢磨明白，想清楚事情的走向脉络，那一个黑点开始逐渐放大，最终是一人一骑的影像，顷刻间，已然距离南宫勇他们不远。

在接近一百米的地方。这一人一骑，陡然停住了。远远地看过去，就像草原上的一处雕塑。

"你们这一回是终于来了，我可以安心了。"

草原的微风中，传来一个说着有点儿生硬的汉语的男人声音。声音粗犷沙哑，又好像很久很久没有和陌生人对话了，嗓子有些生锈了的感觉。

南宫勇听得头大，他不知为何，竟然在这声音里听出来沧桑和意犹未尽的遗憾来，莫名地看着眼前星空浩瀚，草原无边，整个人顿时陷入了巨大的孤独感中。南宫勇定了定心，稳住神，他知道，对方的来头不一般，居然可以用一句话就扰乱他这样受过极度训练的人，倘若说给旁人，不免是耸人听闻之事。

"南宫家的南宫纸签下的事，就是到了一百年后，也会应约的。天狼之血，生不卷刃。"二叔公的这几句话，声音低沉浑厚，他不停地在原地晃动着，好像是在舞蹈或者说是用一种特殊的动作仪式，向对面的人示意着什么。南宫勇觉得眼前的一幕有点儿诡异，虽然星空下的草原看上去有些幽静和明亮，不过二叔公的这一系列的举动却令他有些不寒而栗。

"九器明火，血封之地。天狼之刀，生不卷刃。老人家，南宫家这一次是哪位露面了？"

许是对方已然接纳认可了二叔公的身份，一人一马，瞬间到了南宫勇他们的眼前。这当口，葛日根早已将二叔公和南宫勇带来的照明设备打开，几盏类似于马灯的照明设备此刻也明亮起来。

"天狼？没错，是天狼！"

南宫勇看到对方和二叔公相互认可，浑身上下的紧张感略微松弛了一些。他的嘴里嘟囔着"天狼"两个字，脑子里飞速地搜索着跟这两个字有关的信息。

南宫勇虽然自幼生长在国外，可对传统的中国天文星象学跟国外的神话历史也是没少学习的，他知道这方面的很多知识，比较起来，南宫勇要比专业的硕士生更有知识积累。天狼星是夜晚最亮的恒星，因此在最早的天文记录中就有记载。

在中国古代的传统文化中，一直对星空中的星宿有着详尽的了解，无论是唐时的袁天罡、李淳风，还是众人熟知的郭守敬，都是研究天文学很出名的人物。

钦天监，说是观星的，其实也是在观世间风云和沧桑过往。大众熟知的人，有很多都和星图勾连得上。五丈原的诸葛孔明，北斗七星举世皆知。

纵观几千年的历史风云，据说当初神仙一般的历史人物，大都会夜观天象。也有人给后世留下了不少著名的"星图"。比如著名的《苏州石刻天文图》《新仪象法要星图》《敦煌星图》等。

历史上，古人对星图的说法是，天狼星之所以被称为天狼星，在古时候的中国是有十分复杂的说法的，"二十八星宿"中天狼星属于井宿，并位于它里面的天狼星官。天狼这个星官中也只有它一颗星。

中国古人当然也注意上了这颗亮星，将这颗位于"阙丘"以南、井宿中最为醒目的星称为"狼星"，在过去，这颗星指代入侵的异族，它的明暗变化预示了边疆的安危。因此，为了疆土的安宁，古人在"狼星"的东南方设立了一把射天狼的弯弓——"弧矢"，这九颗星组成的弓箭十分形象，箭在弦上，弓已拉圆，箭头直指西北方向的"狼星"。苏轼曾作词对此进行了形象的描述："会挽雕弓如满月，西北望，射天狼。"不过，这个长弓的主要作用是对"狼"进行武力威慑，真正抓捕的手段还是靠它西边不远处的"军市"，十三颗星，围成的一个捕狼陷阱。为了引诱天狼前来，猎人还专门在陷阱中放置了"野鸡"星作为诱饵。

古人将船尾座和大犬座的部分星星结合想象成横跨在南天的一把大弓，并划归到弧矢星官中。在这种组合下，箭头正对着天狼星，意为"射天狼"。《江城子·密州出猎》中"西北望，射天狼"的句子就是这么来的。关于弧矢星官，古人还有俗语：天弓张，天下尽兵。即占星家用它预报军事情况。

古时候，不同地区的人对这颗星都有极为神秘的说法和解释，无论是古埃及还是古希腊。

相似的组合也在埃及丹德拉的哈索尔神庙壁画上出现过。在后期的波斯文化，这颗星被称为 Tir，并且被当成一支箭。沙特女神（Satis）将她的箭画在牛头人身的女神哈索尔也就是天狼星之上。

在古埃及，由于天狼星与天赤道的距离，它在星空背景下的移动周期几乎和一年的时间相近，这使得它几乎每年准确地于 7 月 19 日升起。巧合的是，尼罗河通常在这之后就开始泛滥，泛滥带来的淤泥将使河边的田地变得肥沃，这使古埃及人将天狼星当作女神索普德特（Sopdet，古埃及语 Spdt，意为"三角形"），保佑着他们的土地肥沃。天狼星的周期与太阳年仍有细微差别，这可能导致古埃及人发现了 1460 年的索提克周期，并影响了朱利安历法和亚历山大历法的发展。

南宫勇的大脑里，一下子堆满了这些信息，一时半会儿还无法和眼前的一人一马牵扯到一起，不过，从对方出现的不同凡俗的一幕看，这个被叫作"天狼"的人，好像真的和这颗星一样，与众不同。

"草原之狼，天狼之刃，果然是快人快语，独守草原这么些年，我想，你一定孤独得很，不过，现在不是叙旧的时候，我们'水心斋'想要的东西，你带来了吗？"

二叔公这会儿说话的节奏很快，好像要一口气把自己的意思全都表达出来。

对面骑马的汉子已然到了十米之内，虽然是暗夜之中，因为有马灯照明，南宫勇还是看清了他的样子。

身材并不算高大威猛，周身是说不清颜色的布做的衣服。不过从近处看，这个人的身体略显消瘦，完全没有初来乍到时的气势和震撼，普通得不能再普通了。

"东西自然是要带来的，你看。"

马上的人，单手在怀里抱着一个东西，听到二叔公的问话，一抖手，将这怀里的东西，抛向二叔公和南宫勇这一边。

二叔公身形没动，南宫勇反应极快，张手接住。东西到了手中，二叔公示意南宫勇打开。竟然是一件易碎物品。好在南宫勇及时准确地接住了。

抓住东西后，南宫勇仔细端详了一下怀中的这个物件，没有什么特殊的，虽然看上去并不寒酸，是一个很有民国风格的包袱皮，里面包裹着一个圆滚滚、体积并不是很大的东西。

二叔公伸手接过去以后，兴许是为了稳妥和安全，他并没有直接在手中打开包袱皮，而是轻轻地放在了地上，逐层解开包袱皮上面系着的疙瘩扣子，里面的老物件逐渐露出来。

这不起眼的包袱皮里边的物件，冷眼瞅上去，体积不算是太大，外形看起来像个坛子，从它的上端看上去，会发现它有盖儿，也可以叫它盖罐儿。这里面，搁在以前，应该是用来盛放物品的。

倘若换做一般人，还真不大能搞懂这东西的来历，好在南宫勇的二叔公是有着市井生活阅历的行家，对眼前这老物件的由来并不犯难。他一边打开，一边跟南宫勇解说这物件的用途。"民间老百姓家里，这个物件比较常见，我们'水心斋'古董铺子，当年也是有这些个物件的。平常，我们用它放白糖、盐这一类东西。你瞧这里……"话说到这儿，二叔公抬起手，动动手指，指点到罐的当腰儿部分，示意南宫勇看得仔细一些。南宫勇点点头，他是明白二叔公这一番示范是为了加深自己的印象。言传身教，是二叔公的良苦用心。

"瞧见没，这个物件儿分上、下两个部位，各有不同的用途。一般人家和厨行的人用这个装调料，番茄酱、奶酪、蒜蓉辣椒酱、韭菜花、五香粉。上面是盖，盖和缸底都有款儿，但字迹模糊，也看不出是什么堂号。我觉得这是当年一般人都用得起的物件。但这物件有年份，不是寻常的大路货，是专门有人从匠人手中订制的。最起码它是民国早期的。咱们国家，是陶瓷的故乡，陶瓷就是中国的象征，英文的 China，实际上就是'陶瓷'的意思。在中国青铜器时代之前，那会儿就有陶，后来发展到瓷。"

"那瓷与陶怎么区别呢？"

瓷一般都是带釉的，表面光滑易清洁，瓷的密度高，陶的密度低，同样大小薄厚的陶瓷放在手中，明显是瓷器比较重，陶器比较轻。清朝是瓷器发展的巅峰时期，清末民初时，瓷器的发展出现了百花齐放的局面。

南宫勇没有开口问，他知道，二叔公跟自己说这些绝对不是闲聊，他们不远千里，辛辛苦苦倒车换乘来到这里，绝对不是为了研究陶瓷的来历和出处，而是想找到当年南宫无量先生留下来的秘密的。都是与"蚩尤残卷"有关的线索，只是这陶瓷竟然出现了，从本意上来说，南宫勇觉得，这些和之前没啥关联。可是他知道，二叔公这样做绝对不是无聊和消遣。

"二叔公，我们要不要去喝点儿酒？"

就在南宫勇和二叔公仔细研究陶瓷罐罐的时候，沉默寡言的葛日根竟然开口了，他想去喝酒。

一听到葛日根说这话，南宫勇和二叔公脸上的表情可想而知。不过，葛日根的性子是憨憨的，跟实心木头一般，他没有转脑筋的习惯，也不会看人眼色，只一个劲儿地说："天狼出现了，我们是要一起喝一回酒的，这可是千载难逢的机会呀。"

单纯到极致的想法，这倒是让南宫勇和二叔公有些哭笑不得。他们知道，葛日根是因为"草原天狼"的出现，才会如此兴奋，不过这里面想不通的是南宫勇，明明葛日根都不可能见过"草原天狼"，怎么会对人家兴奋得忘乎所以、崇拜有加？莫非是有人跟他说过"草原天狼"的传说与过往吗？

南宫勇脑袋一热，他决定试探一下。他向前走了几十米，走到葛日根的身边。

"大哥，你跟这人熟悉吗？"

葛日根摇了摇头，他没有想到南宫勇会走过来这么直接地问自己这个问题。更没有想到的是，南宫勇好像并不是太在意来人的身份和名号，也没有叫他的绰号"天狼"。

"我不熟悉这个人，可我从小就知道'天狼之刃'，知道'天狼之刃'是我们这草原上的一个大英雄。"

葛日根说话的时候，发音很重，是一字一句地向外吐，汉语说得很是生硬，好像是一个字一个字往外蹦似的，就跟刚开始冒话的小孩子一样。南宫勇听着，莫名觉着好笑，不过，南宫勇从小就是受到过严格的社交礼仪训练的，他肯定不会直接地笑出声来。

不过，葛日根的话，绝对是令人吃惊的。

"'天狼之刃'，草原上是个不一般的人物名号！"说了半天，这一句才是南宫勇关心的重点。

第十六章　下去

"喝酒去！"

二叔公朝着"天狼之刃"孤身伫立的方向扬了扬手，大声地说着。倘若不看脸，单看肢体动作，谁都会觉得二叔公的样子很年轻，充满了激情和活力。

"天狼之刃"人并没有动，他的声音依然是生硬的，像是假声音，他回了二叔公和南宫勇他们一句："酒我已经备好了，我等着你们上来之后再喝！"

这话说完，"天狼之刃"的一人和一马，消失在夜幕的深处。

和刚才来的时候的"暴雨打梨花"的状态完全不一样，"天狼之刃"这一离去，生息全无，好像是一个人在默默地吞咽下黑色的夜幕一样。

"走，咱们自己走，喝酒去。"

二叔公一摆手，葛日根快步走到了他那辆看起来擦得十分光洁明亮的拖拉机边上，双手用力从上面搬下来一箱啤酒。这啤酒算是地域产品，小有名气，二叔公、南宫勇和葛日根三个人借助马灯的亮光，在刚刚支起来的帐篷里边喝边聊。

南宫勇很奇怪，这个神出鬼没、来去无踪的"天狼之刃"到底是谁？他跟"水心斋"究竟有什么渊源？可是稍微犹豫了一下后，他却没张嘴问出口。

南宫勇自然知道，无论是大叔公还是二叔公，都不会轻易把掌握的全部信息告诉他们，他和南宫骁一样，都习惯性地等待叔公们主动说出某种事情的由来，这样的话，双方都省去了不必要的麻烦和尴尬。用大叔公的话来说，那就是要把握住时间的节点，等到时机成熟才讲出来，也未必就是好事儿，恰当的时候做恰当的事儿，才是一个成年人成熟的做事原则和方法。

啤酒在草原上是经不起喝的，没一会儿，葛日根就要起身再拿一箱子，却被二叔公摆手止住了，葛日根有点儿犹豫，他嘴里吐着酒气说："是不是要换成草原上有名的'老窖酒'？"

二叔公摇摇头说："不是要换白酒，没有那个意思，喝完这些，我们马上睡觉休息，等天一亮，我们要赶着'下去'。"

葛日根点点头说："明白了。"

"赶着'下去'？"

南宫勇确认自己是听清楚了，却没明白二叔公说的"下去"到底是啥意思，是要下到哪里去？

这地方没有海没有河，"下"指的是什么地方？往旁里琢磨，看着周围的地势，风水上也不是大墓选址的上好的选择，莫非也能起陵？

不过这会儿，他没吭声。

南宫勇年纪轻轻，看上去面嫩，可是心智够老，原因在于这些年，跟着大叔公在海外各地，参与的事情足够多，故此他经历的阵仗并不算少。

虽然大都是在海外，可他是能够沉得住气的。所以他什么也不说，只是闷着头一个劲儿地吃。年龄搁在这呢，正是长身体的节骨眼儿，是牛犊子一样的饭量，这两天的运动量又大了不少，吃饭的时候，自然不会饿着自己。

酱牛肉、军用罐头、风干的牛肉干、草原上腌制的野生小咸菜，还有面食饼子，荤素搭配得恰到好处。

南宫勇自身的生存能力极强，人不娇情，活得粗放自在，这些东西吃起来一点儿都不在话下，没有城里人的那股子娇气劲儿。

"睡觉，今晚儿咱们的任务就是安安心心地睡觉。日根，你守夜，下半夜我替换你。勇儿，你不用起来，早上我叫醒你，要'下去'的那个地方距离这里不远，我黄昏的时候已测算出来距离和方位了。"

二叔公这会儿说的话语气很平静，布置起事情来，有条不紊。南宫勇没再多问。他知道，这外出安排的事情，不能够在这个时候自作主张。

次日清晨，草原上的太阳升起来得很早，南宫勇这会儿发现，草原上的启明星此时亮得非常耀眼。

"出发，地点在我们的东北方位，五公里，我已经安排人来接我们了。"

果然，二叔公这话刚说完还没有一刻钟，一辆越野车就出现在他们的视野里。车子一看就是进口改装的，不知道二叔公是通过什么样的渠道弄进来的。开车的竟然是一个姑娘，长相很洋气，一身风衣，里面的脖子上围着一条红色的围脖。这个南宫勇看起来觉得十分熟悉，却一时半会儿想不起在哪个地方见过了。

不过，记忆力经过高强度训练的他只是稍微有点儿延迟，稍后就想起来，这个女人似乎是在列车之上，也就是来时的路上瞧过相，不过那时的她似乎年龄要比现在大上七八岁，恐怕要在三十岁以上，而且，身材、样貌、神态和穿着，都似已婚少妇，这回猛然间变成了一个妙龄的姑娘，南宫勇为此才犹豫了一下，没敢第一时间辨认。

"我们是见过面的。"

姑娘从越野吉普上轻轻地一跃，跳到了草原的浓密草丛之中，人很轻盈，有点儿像蜻蜓一般。

二叔公倒是一改冷漠的常态，大声说："三姑娘，这次有得麻烦了，我们'下去'的东西，你准备好了吗？"

那姑娘微微一笑，说："二姥爷，您之前可是说给我带稻香村的京八件点心，还有全聚德的烤鸭，怎么，我啥也没瞧见呀，别忘了，和小辈人要赖皮，会变成大灰狼的。"

说完这话，姑娘嘿嘿地笑着，歪着头看着二叔公，就像一个刚懂事的孩子，扮出一脸小吃货的馋嘴相。

二叔公伸出来左手，挠了挠自己的后脑勺，不甘被训，反驳道："我带是带了，谁知道路上临时停车，耽搁了一天半晌的，就都给你勇哥吃了。"

说着这话，童心未泯的二叔公扭头朝南宫勇挤了挤眼，那意思很明显，就是让南宫勇给自己打个掩护。

"没，没有的事，二叔公路上倒是给我吃的了，可是，他没说那是给你带的呀，要是他那个时候说了，我一准儿不会吃，就是饿瘦了，也不能偷吃姑娘的好吃的，不信你可以问问葛日根。"

南宫勇犯了男人看见美女就迷糊的通病。

"葛日根，你说，他是不是偷吃了？"妙龄姑娘说话的时候，十分爽快，一句话就问得葛日根哑口无言，好在，这姑娘立马就说出来一番自己的道理来。

"二姥爷，你可糊弄不住我，我已经不是小孩子了，你们在车上的时候，我也到了车上，只不过，我用了点儿三姑教我的易容之术，你们没发现而已。你们在车上是吃东西了，不过没有稻香村的点心，也没有烤鸭。"

说到这儿，姑娘的脸上表情变得十分丰富，俨然是一副洋洋自得的样子。

"嘿嘿、嘿嘿、嘿嘿，你个伶牙俐齿小丫头，之前你奶奶说你不好摆弄，真的是一点儿都没说错，我这二姥爷当得不合格，以后等你大姥爷和骁哥哥来，他们一定会给你带好吃的。"

二叔公说到这儿，把脸转向南宫勇，说道："这是你妹子，草原上的妹子，我可是第一次见，你看看厉害不，天生的小演说家，做外交官的材料。这一次我们'下去'，都得拜托她了。你给二叔公记得明明白白的，一定要把好吃的都带给这丫头，你就是不来，也得派专人送来。"

南宫勇点了点头，他是很认亲的，一个人跟着大叔公在国外，遇到华人的机会并不是太多，他们南宫一门，又有一些近乎苛刻的门脉之规。所以，他交下的朋友很少，又由于身份和职业的原因，全都是不苟言笑年长于他的人，自然就少了沟通和交流。这一回，乍遇上有关联的年轻活泼的草原妹妹，南宫勇的脸上渗出来细密的汗珠，汗毛孔变粗，脸上也有些羞红色。好在，现在是东方刚露出来鱼肚白，身旁的人是看不清各自脸上的颜色的，尤其是南宫勇脸上的羞红色。

"我一定送，亲自来。"

南宫勇吭哧瘪肚地老半天才整出来这样一句话，对面的三姑娘笑得更欢实了，"咯咯咯"地不停歇。

"怎么了，还不满意？"

二叔公故意板起面孔，摆出来一副长辈教训晚辈的模样，那神情仿佛是在跟小姑娘说："丫头，见好就收了，二姥爷要发脾气了。"

果然，三姑娘不再笑个不停，她噘起小嘴，哼了两声，说道："怎么，说二姥爷不实诚，勇哥哥也是一个模子里刻出来的，吃好吃的干吗非得派人给我或者亲自送呀？"

南宫勇一听这话，有点儿不解，马上就反问道："那不送来，你怎么吃呀？"

三姑娘并没顾忌南宫勇的反应，继续说道："想让我吃到北京的好吃的，自然最方便最省事儿的办法是请我去北京吃呀，我奶奶可是跟我说过，'水心斋'古董铺子可是大买卖里的小买卖，我也不懂是啥意思。我奶奶解说是有得是钱的意思，我去北京吃，烤鸭是刚好烤的，独一处、一条龙的烧麦、饺子，自然也不会放过的。还有，就连一个咸菜店我奶奶都说，腌出来的黄瓜，都是叫脆瓜，好吃得很。二姥爷，您年纪大，是长辈，我不挑剔您，勇哥这么年轻，没想着我，我可不原谅。"

三姑娘的这一番小话溜着，弄得南宫勇和二叔公都有点儿哭笑不得，两个人谁都没想到，草原之上，竟然出了一个这样的嘴碎的小丫头。

"请，我一定请，这次我们办完事，就带你一起回去。"南宫勇说这话的时候看了二叔公一眼，这是他没有经过二叔公的同意擅自做出的回答，算是临时起意吧，也可能是因为三姑娘的伶牙俐齿，让他有些不好意思。

"那好，那好，这还差不多。"

三姑娘根本就没等二叔公表态，好像是生怕再等一会儿，二叔公就会拒绝自己，否认南宫勇的邀请一样。

"走，我们'下去'，你们上车吧，这地方要准备的人、东西还有拖拉机，我奶奶已安排好了，我奶奶说，二叔公总是喜欢老实人，葛日根这家伙倒是憨厚，不过做事情时必须喝酒吃肉，别的还是不行的。"

三姑娘说这话的时候，一点儿都没有背着葛日根的意思，而且，看见葛日根凑过来听的时候，还故意将声音放大了讲，好像生怕他听不清一样。葛日根倒是好脾气，没有一丁点儿生气的意思，只是憨憨地笑着。看来，他和三姑娘之间也是熟人。好看又顽皮的小姑娘在葛日根眼中，似乎更像是一个孩子。

越野车在草原上开的速度并不是很快，在车上，南宫勇问三姑娘："到要去的地方，距离能有多远？"

三姑娘好像是一个爱挑刺的小精灵，一边专心致志地开车，一边头都不回地跟二叔公告状："二姥爷，你说勇哥也真的是太粗心了，他怎么不问问我叫啥呢，他叫南宫勇，我叫南宫啥？"

二叔公坐在越野车的后面一排，身子骨随着车子的颠簸一字一句地说出来："你个顽皮猴子，难怪你奶奶说要我过来管教管教你，还说，这次'下去'，千万不能够带你'下去'，你勇哥不知道你叫啥，你自己不会自我介绍呀，难道还让二姥爷替你说，报个幕？"

二叔公这几句话说得看似有点儿抱怨，实际上，却是他极为喜爱这三姑娘、疼爱她的表现。

三姑娘一听二姥爷的话，车子开得更猛了，好在下一段路很平坦，并不怎么颠簸，她娇嗔地说道："二姥爷，你净逗我，我怎么顽皮猴子了，我要是猴子，你是不是如来佛？"这几句话，倒是逗笑了二叔公和南宫勇。

不过，这倒是提醒了二叔公，他正式隆重地介绍了一下三姑娘。

"她是我们南宫家的老友后人，草原之上，她们家是我们南宫家向来依赖的同盟伙伴，也是你本见祖师爷当年独闯草原结交下的一支迁徙而来的特殊家族。他们不是蒙古族，也不是汉族。自然，更不是其他一些常见的你所知道的少数民族的后人。1956 年，国家搞了一个少数民族大认定，他们这一族人数极少，却有自己独特的记录符号和风俗习惯，有别于之前考察所见到过的民族，所以，他们被称为没有名字的民族，不过在当地，由于他们的饮食习惯更接近汉族，平日里过年过节，都是吃汉族人的饺子和月饼、汤圆，自然，也就被认为是汉族的分支。"

"我听说过，1956 年的那个事儿，我查过相关的档案资料，当时属实是有不少地方的民族没有被认定。不过，这些都不耽误我邀请妹子你去北京吃烤鸭和东来顺涮羊肉呀。"

南宫勇这话刚出口，便惹得三姑娘和二叔公一阵大笑。"草原上这么多的牛羊，吃好吃的涮羊肉，还要非得去北京东来顺吗？"南宫勇这话说得憨憨的，未免太可乐了。

"你这可是过分了，等下罚你给我拉车。"

三姑娘这句话刚说完不到十分钟，越野车停下来了。车，陷入了软软的泥地里。

"看看，你这不是乌鸦嘴嘛，刚说完，你的这车就陷了进去。"

二叔公笑着说完，便打头率先下了车。

三姑娘没有生气，笑着说："谁让二姥爷不介绍我的名字啦，害得人家还得自报家门。我叫花蕾蕾，草原上的名字叫其木格，我奶奶的名头太大，我就不说了，不过，你可以叫她'乌云奶奶'。"

三姑娘的这句话一说，南宫勇的脑子里就是"嗡"的一下子，立马清醒了不少。其木格和花蕾蕾这两个名字，南宫勇听完倒是没啥反应，毕竟他对草原上的事情、说法并不是很了解。不过，"乌云奶奶"的名头可真的是太大了，大到南宫勇和大叔公他们这些人虽然人在海外，并且已然都出去二十几年了，"乌云奶奶"的名头还是会给他们带来压力。好像当初大叔公在讲本见祖师爷的宗门传说时，就提及过"乌云奶奶"这个名字，并且说过，这是一个尊称，是草原上世袭的传人。

"'乌云奶奶'怎么会有那么大的名气？"这话是南宫勇和大叔公在海外时的对话。

那次是有人在南美的丛林里，遇到过一次未知部落的毒箭攻击，伤者虽然经过紧急救治，但还是有生命危险，最后慕名来到了大叔公和南宫勇所在的城市。平素，大叔公除了收藏鉴定古董的主业之外，还有一个医生的对外身份。只是，他平日里并不执业，都是一些熟悉的老友才会找到他，请他用传统的中医和五花八门的奇门异术救治。

这个人能被人带到大叔公这里救治，也是由于老友的缘故。这个老友是当年大叔公在澳门时结识的一位丛林酋长的儿子。这位酋长的儿子，没有继承氏族的权杖，却到了繁华都市过上了安逸奢华的生活。

不过，他带这个受伤的男人来大叔公这里时，南宫勇还小，他只记得先后给这个男人换血和疗伤针灸的次数多达上百次，才勉勉强强地保住了他的性命和肢体的简单行动功能，这已经被当作医神一样供奉了。谁知道，大叔公还是很失望，他说要是"乌云奶奶"在的话，这点儿伤，包括肌体内中的毒，只需要一碗清水和一只布袋子，就可以轻易地化解。

从那以后，南宫勇就知道了"乌云奶奶"的神奇之处。甚至，他还曾经幻想过见到"乌云奶奶"时的场景。

这一回，听到三姑娘花蕾蕾说，她的奶奶竟然是"乌云奶奶"，南宫勇一下子就惊呆了。他可是从来没有想到过，这个女孩子叽叽喳喳的，怎么会是神奇的"乌云奶奶"的孙女？

"三姑娘，'乌云奶奶'的名头太大了，你是她的孙女？"南宫勇问得挺含蓄的。

花蕾蕾一听就明白了，她的脸上还是一副天真可爱的单纯，笑着对南宫勇说："你呀，是不是觉得我在吹牛？或者，你还想问，'乌云奶奶'到底是什么样的一个人，有没有'乌云爷爷'？"

花蕾蕾这话，一下子弄得南宫勇都不知道如何接话了。

"这，这。"南宫勇这会儿吭哧半天，没有回答上。

三姑娘花蕾蕾一看南宫勇吃了瘪的样子，开心得都要飞起来了。

很快车就可以启动了，三姑娘边开车边说："别担心了，我'乌云奶奶'说了，你们这回来的事儿，她都门儿清，不信你看看，昨夜那个牛气冲天、纵横草原上百年的'天狼之刃'不是将'寄魂罐'带来了吗，'下去'的事儿，准了。"

南宫勇光听着，没搭茬，他在这短短的时间内，已然摸出来三姑娘的脾气秉性了。

看样子，这丫头就是喜欢玩闹，这要是在京城里，指不定就是一个女顽主。不过，她为人豪爽、仗义，她答应办的事儿，保准靠谱！

"到地方了，傻愣着干吗，下车，接下来的路，你们得自己背着东西过去了。"

南宫勇听到花蕾蕾的话，还没反应过来，刚一愣，车已然停住了。

太阳在天边越发地亮了起来，南宫勇和二叔公、葛日根不约而同地朝昨夜路过的一处看不大清楚的地方望去，猛然发现，昨夜看上去黑漆漆的一处地方，竟然是一处海子。朝阳之下，湖水像镜子一样光亮透明，草原之上，这样的大小湖泊不少，南宫勇以前没到过草原，这还是他第一次在草原之上看见这样的湖泊，当地人都管这种湖泊叫"海子"。

"莫非，我们是要下到海子里去？"南宫勇的脑子还没转过来，就跟着花蕾蕾一同向前走了。

几个人跟着三姑娘花蕾蕾一直向海子的位置走，不过，走的时候，每一个人的表现都不大一样：二叔公是左顾右盼；葛日根低着头，颇有些"抬头老婆低头汉"的样子；倒是南宫勇的步幅不大，他好像觉得这段距离有点儿长，甚至觉得周围的环境都有一些怪怪的感觉。

南宫勇的脑子里转了这个念头，话却吞咽到了肚子里，他是不想将二叔公和自己事先研究的计划说给外人听。

"寄魂罐"，在南宫家的陈旧档案馆里是有记载的，罐本身并不是价值连城的古物，清末民初留下来的这类老物件颇多。这件原先是厨行的物件，江湖上也有人会用到。大抵是因为用起来不起眼，能够掩饰自己的身份，令人看起来不算过于突兀。档案里还说，这是民间幻彩人常用的一种器物，大多来自厨行通晓祭祀和厨艺的行帮人。他们白日里在乡间走动，承揽一些婚丧嫁娶的宴席，夜晚和猫冬的时候，则是会带着"寄魂罐"到处流窜，装神弄鬼，哄骗人的财物。"寄魂罐"里藏着的秘密虽然并不太多，但是，偶尔也会遇到一些土财主，碰上蹊跷古怪的事儿，自然就会出一次血。不过，这哄骗人的手段，都是"腥"活。

"天狼之刃"带来的这个老物件，二叔公并没有说到是什么用途，不过，从三姑娘花蕾蕾的嘴里吐露的一两句足以证实了，这些人和物件，包括交通运输工具都是二叔公事先安排布置的，他所托的人应该是那位神秘莫测的、行踪诡异的"乌云奶奶"。

费了这么大的周折，这一趟到底是要找什么呢？南宫勇知道，不能在这个时候问。一句都不能问，为什么？不适合。果然，二叔公没有让南宫勇说话。

"我们下去，葛日根和勇儿留在这里，我带蕾蕾下去。"

看着说话的二叔公，紧盯着他脸上复杂诡异的表情，南宫勇这一刻是极度的困惑不解。他并不知道，二叔公做出这个决定的时候，是在很多年以前。

"勇儿，你可能不太了解这地方的情况，我留你在上面，是大有用意的。

"我们到这个地方来，虽然惊动了'天狼之刃'和'乌云奶奶'，包括绿皮火车上出现的那些个人，不过都是在极为隐秘的情形下保持联络的。

"不过，消息走漏了。

"我们来的消息，在我们买票后还没有上车之前，就被个别人截获了，我想，他们是不打算让我们安安稳稳地回去的。

"我们做的这些个事儿，肯定会伤及他们这些人的利益。所以，无论从哪个角度说，他们都会对我们爷俩下手的。

"你和葛日根留在这里，不是为了别的，是为了阻止一些人和事的出现，我想的是，不能够让那些人的贪欲得逞。

"所以，你一定要留在上面，你趁手的武器我让葛日根给你预备了，三姑娘的车上那个行李袋子里帆布的外套中，有你应手的兵刃、火器，枪械我们在海外用惯了，回到国内，我们要遵守法律法规，不能用了。"

南宫勇重重地点了点头，他知道，二叔公这样的安排布置，肯定是有着极深用意的，不会是一时的心血来潮，也不会是碍于情面，非得突出三姑娘花蕾蕾的重要性。

二叔公拉着南宫勇走到距离葛日根和三姑娘花蕾蕾有段距离的地方，轻声说："你还记我跟你说过，有好几位大人物曾经要找一处'血封之地'的事儿吗？"

第十七章 一堵墙

南宫勇"嗯"了一声，表明了自己是了解这一切的。

二叔公脸上露出来温暖的笑意，他知道，这一点倒不是南宫勇自夸，南宫勇在找寻这些资料和提取南宫家旧日档案的过程中，已然了解到曾经有好几位大人物寻找草原之上的"血封之地"的事儿。到了明、清两个朝代，尤为突出。有清一代，最开始重视这个的人，自然就是老罕王。

后金，天命六年。努尔哈赤曾亲自选派"准托伊、博布黑、萨哈连、乌巴泰、雅星阿、科贝、扎海、浑岱等八人为八旗之师傅"，要求他们"精心教习尔等门下及所收之弟子"，是为清代八旗子弟读书受教的开始。

到了后来，这一系列的八旗军的建制更是带有严谨的制度。先后建立了骁骑营、护军营、前锋营、健锐营等，其中，骁骑营、护军营皆为清代禁卫军之一，健锐营亦为清代禁卫军之一。

当然，清朝的军营不止于此，他们另外还有火器营、步军营等。其中比较有名的是神机营。

神机营算得上是清代禁卫军之一，始建于咸丰十一年（1861），主要职责是守卫紫禁城三海，分别是中南海、北海、什刹海，并从皇帝巡行。神机营由八旗满蒙汉各佐领及八旗前锋、护军、步军器、健锐等营伍中挑选的武艺高强和善骑射的人员构成。

其他的还有善扑营和虎枪营。这两个营自带的名字其实已经突出了其中的特点。虎枪营于康熙二十三年（1684）设立，负责护从围猎，如在塞外皇家围场——木兰围场的狩猎。他们的成员各个善骑射，都是从八旗、前锋、扩军和火器等营伍中挑选的，兵额约六百。善扑营亦为康熙年间设立，据说是康熙亲自调教过，营兵被称为"少年大力士"，他们曾协助康熙帝铲除了叛臣鳌拜，立下过汗马功劳。

大清朝的这些个御前侍卫，也跟以往的皇家玄甲卫、北斗司、锦衣卫东西厂内厂、粘杆处等完全不同。

最终在草原上消失的清军营队，就由健锐营、神机营和善扑营这几个地方的人组成。人数虽然并不多，却皆为精英。

他们组成的这支队伍，因为寻找草原之上的"血封之地"竟然消失了。按理说，消失之后，是应该有人去寻找的，没有想到的是，当朝的皇帝和重臣个个闭口不提。

二叔公提及这些昔年旧事后，面容清冷，他朝南宫勇点了点头，没再说话，那意思很明显，是在问，南宫勇是不是想起来这些事情和眼前这个地方的关联了。

依照南宫家的旧时规矩，出发前要做一件事情，就是提取一下南宫家的旧时档案库。找到和这件事相关的资料，做出来相应的分析和比对。

一开始，南宫勇还真的没有把清军的那一支搜秘营队的消失跟眼前要"下去"的海子的事儿联系在一起，不过，二叔公说的这一番话，一下就让他想起来了。

这倒并不是说南宫勇愚钝，而是因为在此之前，南宫勇对清军中那一支小队的消失完全没有相信过。

南宫勇虽然找到了南宫家档案库中相对应的资料档案，但在研究分析后，已然将其研判为荒诞不经的传说逸闻，根本就没当真。

"你是不是觉得档案中说的，地上陡然间出现'九幽血池'，人在迷幻之中无法自拔，逐步神魂颠倒，进而坠入'九幽血池'之中，最终这些人全都消失殆尽的这类内容完全是一派胡言乱语？"

南宫勇听到二叔公这样质问，有点儿不大好意思。他知道，这是他犯了先入为主的毛病。

古时候人留下来的笔记和文献资料，因为科学的普及性差，民智尚未得以开启，一些不可思议的现象都被称作传说神迹，描述起来，又会加入记叙者的想象和不伦不类的修饰，自然距离真实的情形相差很远，不只是十万八千里的问题，这就要求人在研判这些古时候的文献资料档案时，要去伪存真，相互比对同时期其他人另外的记述，那样才有可能找出来一些有用的信息。

不过，眼下南宫勇没有更多的思考时间。他跟二叔公说的第一句话就是"乌云奶奶"知道这个事不。南宫勇看似轻描淡写的这句问话，明显是有所指。通透如二叔公那样的人，是不会听不出来的。

"她自然是知道的，要明白，我们来到这儿，所有的布置安排，我都征得了她的同意，这不仅仅是老友之间的尊重，也是为了省去不必要的麻烦。你看，'天狼之刃'来了，他带来了'寄魂罐'，但他的出现不仅仅是带了一个器物那么简单，还会让某些躲在暗处对我们感兴趣的人，全都退避三舍，不敢轻易妄为。"

南宫勇看着二叔公脸上的表情，无法理解他说这句话的意思。他想要的答案其实二叔公没有给出来。二叔公说的话虽然也是跟眼前的事儿相关的，不过南宫勇觉得有点儿答非所问。

不过，南宫勇略微一想就明白了，他发现二叔公对自己的问话，好像有意识地都回避了。

"二姥爷，我们该下去了。"

三姑娘在不远处，盯着南宫勇和二叔公在这边说话，一副不紧不慢的样子，好像他们之间的对话和她是完全无关的。

二叔公朝南宫勇点了点头，示意把三姑娘花蕾蕾车上的一个背包拿下来，并让他背在身上。

"我们在哪里等？"

南宫勇决定不再刨根问底。他知道二叔公不想在这个时候说的事儿，肯定有他自己充足的理由。

南宫勇的话音未落，葛日根开口了。自打昨日喝酒开始，葛日根从没有开口说过话，在这会儿他竟然说了一句："我们去海子墙那边等。"这句话，无疑是石破天惊一般，并且这句话带有方向明确的地理坐标。

二叔公和三姑娘花蕾蕾的目光都迅速地朝向葛日根，好像是在看一个怪物一样。葛日根倒是没啥变化，一点儿惊讶的样子都没有。他憨笑着，把自己带来的巨大背囊背了起来。

包括二叔公在内的几个人，都像是在这一刻变得不认识了一样地看着葛日根。

令南宫勇觉得蹊跷的是，二叔公跟三姑娘花蕾蕾虽然都在用怀疑的目光审视着葛日根，但他们俩都没问葛日根什么，好像生怕他们一开口，葛日根在这个时候立马就会跑掉。

"海子墙？"南宫勇愣住了，好半天才自言自语地说出来这一句话。

他这没头没脑说的话，让葛日根觉得十分好笑，马上大声地说："海子边上的井，就是海子井，其实，那个地方还真的不是井。"

"不是井，是啥？"

南宫勇问葛日根的时候，一下子就发现了，二叔公和三姑娘花蕾蕾已然从自己的眼前消失了。

刚才还在一步一步地向前走，怎么这么快就消失了？

南宫勇知道二叔公的身手不凡，绝对比年轻人要有活力，动作轻灵的程度，完全可以适应任何强度的自由搏击和极限运动，不过他不可能像武侠人物一样飞来飞去，南宫勇在海外看过不少楚原和胡金铨的武侠电影，无论是哪一个角色，人都不可能在没有特效的情况下瞬间消失在众目睽睽之下。

正当南宫勇陷入诧异之中时，一只大手拍在他的肩膀之上。拍南宫勇的是葛日根。

他拍南宫勇，是示意他不要担心，这一切都是在按照正常的规矩在进行，并没有出什么纰漏。

南宫勇这个时候才发现，近距离站在他面前的葛日根，完全和之前他看到的葛日根不是一个状态，甚至可以说，这不是同一个人。

没有错，南宫勇认定，今天之前的葛日根和眼前的葛日根，好像完全不是一个人。为什么南宫勇的脑子里会出现这样的感觉，南宫勇也说不大清楚。

不过，从相貌和身材看，葛日根并没有什么太大的变化，只是，在眼角眉梢和眼神中流露出来的东西，是截然相反的两种气质与神态。

更不一样的是，刚才拍打在自己肩头上的那一只手。

以南宫勇的身手反应，几乎是很少有人能够在他猝不及防的情形下，拍中他身体上的任何一个部位，哪怕是善意的，也绝无可能。

没想到，葛日根竟然做到了，而且是那样迅雷不及掩耳。

这家伙是个练家子？在这之前，怎么一点儿痕迹都没有流露出来呢？

一想到这儿，南宫勇的周身上下都惊出了冷汗。南宫勇想到的第二点是，要么葛日根身上带着的能耐远在自己之上，所以他才能够做到，在自己的面前丝毫不露。

南宫勇的心思不算是太缜密，这一点，两位叔公对他的评价大体上是一致的。相对于南宫骁的深谋和缜密，南宫勇更倾向于简洁明快的垂直性思维。当然，这并不等于说他本身就是一个没有脑子的粗人。

尤其是人到了危险境地，遇到无法琢磨和未知的事件，他肯定不会含糊和马虎大意的。

南宫勇没有抵触葛日根的拍打，诚然有猝不及防的因素，不过，也有另外的可能，他也故意隐瞒了自己的实力和内心的想法。

"我们是回到车里坐着等，还是到海子的边上去转转？万一，我们还能够帮上一些忙呢。"

说这话的时候，南宫勇的语气很平静，就像什么也没有发生过一样。

他给葛日根的感觉就是，没什么，他自己了解这其中的内幕，一会儿这事就能够平安地结束，我们晚上还能够喝几杯，不必过于计较这些。

葛日根看到南宫勇一副无所谓的样子，反倒有点儿小惶恐，他真的是看不出来，南宫勇说的话，哪一句是真的，哪一句是假的。

还真的叫不准，这一切都跟他之前设想的完全不一样。

"听二叔公说，你学过中医。眼下，不知道能不能开方子。"

葛日根琢磨了半天，才终于想到了这样一个话题，他说他的师父，就是他学习烹饪的一位师傅，身体不大好，冠心病，想让南宫勇开个方子。

虽然中医讲究的是当面辨证，看不到本人，不大容易下药，但南宫勇还是点头答应了葛日根的要求。南宫勇没有质疑葛日根说出这个请求的动机和目的。不过，中医需要"望、闻、问、切"的"四诊法"，南宫勇说，得这回的事儿处理干净，才能跟他去见病人。

南宫勇在自己随身携带的军用挎包里，拿出来牛皮纸包裹的硬皮笔记本，用圆珠笔在上面开好处方，轻轻地撕扯下来，交给了葛日根。

南宫勇写的药方是根据中医大家研究出来的破格救心汤为基础的中医治疗冠心病的方剂。

南宫家的档案馆对医学的记载颇多。其中，破格救心汤是出自大家之手，成方较晚，并依托古方，成为当下治疗急危重症疑难病的一张王牌。

南宫勇的中医医术是得自大叔公和漂泊海外的不同前辈的传承，也参考了国内不同医学大家的临床研究成果。眼下，葛日根突然向他讨教这个，南宫勇是完全没有想到的。他之所以毫无保留地说了，不仅仅是出于医者仁心的原因，也是想看看葛日根的目的到底是什么。

"葛叔，你这是在考量我了。"南宫勇是很认真地写下来这个方子的，他附带上这样一句，有点儿半开玩笑的意味。

没有料到的是，葛日根对这个方子根本就没有详细地看，只是笑了一笑，客气道："谢谢你，你是一个好人。"

葛日根拎起自己的背囊，示意南宫勇跟在自己的身后，向海子的方向走去。他们走的方向，跟一个小时前，二叔公和三姑娘花蕾蕾走的是同一个方向。

草原上的路是很难辨认的，即使有人走出来一条路，甚至用人工工具割草而形成一条路，时间久了，草一长出来，还会淹没路。

葛日根带南宫勇走的这条路，草丛茂密，中间有倒伏向两边的地方，姑且算得上是一条路。

大约走了一个小时，南宫勇有种恍然大悟的感觉，他发现了二叔公和三姑娘花蕾蕾在这之前陡然消失、不见踪迹的原因。

原来，葛日根带着他走的这条路，正是刚才二叔公和花蕾蕾走过的。这条路的轨迹是向下延伸的，越走越低，周边的草则相对生长得旺盛茂密。

南宫勇一边走一边查看这草丛中的路的形成原因。这条路不是新踩出来的，脚底下原本是由不规则的土块垒起来的，一块一块，像瓷砖一样，向远方扩散开来。这种土块，近似于砖瓦，准确点儿说，是没有经过砖窑烧制的土砖的半成品。看来，这地方的地下是有些古怪的。

葛日根走在前头，一声不吭，他的姿态有点儿僵硬，也不抬头，只是一个劲地低头走，闷闷地，没有一丁点儿的声音，这倒是和几天前见面时的情形一模一样。

南宫勇倒是没多想为啥葛日根像换了一个人，好像恢复了他的原始状态。他从开始走的时候，就在用步子测算距离，这段路的距离已经超出南宫勇的设想。他无法理解，自己的二叔公和三姑娘花蕾蕾为什么要在距离海子这么远的地方，步行前往。

"他们没有这个必要走上这么远的路呀。"南宫勇仿佛是自言自语边走边说着，其实，是说给葛日根听的。

葛日根没搭茬，继续走在前面，脊梁时不时地拱起来，因为是向低处走，他的身子看上去有点儿驼背，他的人却始终没有开口搭茬，这是符合葛日根的性格的，他既然恢复了刚见面时沉默寡言的样子，就不会跟南宫勇闲聊，一直试图用语言试探葛日根的南宫勇，这一番"良苦用心"没有起到任何的作用，看来是白费了。

"到了，在这儿。"葛日根开口了。南宫勇却是一愣，他做梦都没有想到，葛日根领着他怎么就到了这样一个地方。

南宫勇跟着葛日根向前走的过程中，脑子并没有闲下来，他始终是带着一丝疑问的。从绿皮火车上看到的人，一直到"天狼之刃"的出现，再接续上遇到了三姑娘花蕾蕾，全都是事先二叔公并没有跟自己交代布置过的。

南宫勇私底下从来没有问过二叔公葛日根这个人的详细情况。不是几个人一直在一起，没有机会，就是他和二叔公之间，是有着隐秘的沟通方式的，即便是当着葛日根的面，葛日根都不会察觉。

南宫勇不问这些的原因在于，他对二叔公做事的方式一向是了解的。二叔公找来的这几个人，除去绿皮火车上易容了的花蕾蕾之外，还有小矮胖子和另外一个中年人，他们都没有在后来出现，这是南宫勇的心里琢磨不透的事儿。

不过，可能是"说曹操，曹操就到"那句话应验了，那个小矮胖子竟然在这场景里出现了。这未免显得过于巧合。

小矮胖子一个人，站在这一处墙壁的前面，他是背对着墙壁，一副玩世不恭、桀骜不驯的样子，斜眼盯着南宫勇在看，那架势好像是不服不忿，憋着一口气。

南宫勇对小矮胖子的出现虽然有点儿吃惊，不过却不是太在意，他觉得诧异的是，眼前出现的这堵墙。

平地而起，隐没在草丛中，绵延起伏，不下几公里，虽然是在草丛的覆盖之下，看上去却给人一种诡异心寒的感觉，一下子就让南宫勇的周身有了僵硬的感觉。

"你怎么来了？"

葛日根终于开口了，充满了厌恶之情。葛日根是憨厚之人，在南宫勇看来，他不大像是爱发脾气的人，不知道为什么，在这个时候，葛日根的火气很大，语气很冲，几句话说出来，都是质问的口气。

很显然，他对小矮胖子的不约而至，极为不满。

"既然这地方你们来得，我自然也来得，有何不妥当！"

小矮胖子看上去根本就不在乎葛日根的质问，他说话时的声音调值提高了不少，但看起来一点儿都不像之前在绿皮火车上的粗鲁莽撞的样子。

"怎么都像换了一个人？"

南宫勇心里不大舒坦，表情上不自然。他搞不懂，明明看上去是见过的人，怎么在瞬间都变得陌生起来。

小矮胖子变得不再粗俗，葛日根没有了一开始的憨厚，那个"下去"了的三姑娘花蕾蕾，也不像在火车上的面貌和气质。

"想动手？"小矮胖子的声音里面带着不屑，反问了葛日根。没等葛日根开口，南宫勇的火气一下子顶了上来，脑门子里全是燃烧的怒意，周身上下的肌肉一下子绷紧了。

让南宫勇没有想到的是，葛日根竟然笑了。他的语气一下子不再锋利，而是春风化雨一般说了一句话："难怪有人说，你们叔侄是鬼打墙！"

南宫勇并没有搞懂个中的意思，只是觉得葛日根的行为有点儿反常。

小矮胖子倒是一脸的满不在乎，说："我们叔侄向来就是墙，过墙不打招呼，是你们先不合规矩的。"

"规矩？规矩是人定的，在这里，我就是规矩！"

四野无人，这声音陡然响起，三个人都吓了一跳，几乎是异口同声地喊出来一个字："谁？"

第十八章　千尸迎客

"我，大白天难道还会有鬼吗？"这声音听起来很熟悉，不过，夹杂着一些异样。因为，声音似乎是从他们三个人的脚底下发出来的，似乎很近，又似乎是在极其遥远的地方。

这倒是南宫勇、葛日根跟背对着那一堵墙站立的小矮胖子三个人从来没有想到的方位。

明明是草原，谁能想到，草之下怎么会出现人工烧制的大块土砖。明明是厚重的土砖，谁能想到这下面竟然会有人在说话。

什么人竟然在神不知鬼不觉中，突然间出现在这三个人的脚下？这桩不可思议的事情发生的时候，南宫勇他们三个人都不约而同地迅速低下头查看，却没有寻找到任何的疑点和蛛丝马迹，这就不能不令人狐疑和困惑。

"事违常理，必为妖孽。"葛日根的这话说得干脆利落，斩钉截铁，不过在南宫勇看来倒是有些滑稽。葛日根看起来非常信奉这些民间异术和秘法，出现这种诡异现象时，他的脑子里自然会浮现出那些古老邪门的传说。

传说在葛日根的脑子里来回地闪现，他脸上的神色变了又变，近乎惊恐之状。据说，这一片的草原之上，千年以前曾经发生过大规模兵伐征战，一度留下过无数的骷髅，自然就会有一些诡异邪恶的说法和离奇的故事传说。

不过，葛日根这些异样的行为举止，在南宫勇身上，并没有引起丝毫的慌乱和紧张。

在南宫勇看来，这地底下的声音并没有多么可怕，地底下有人说话，无非是有人潜入地下，用了特殊的发声装置和手段，才将声音传递到地面。

大白天的，日头正足，绝对不会有什么鬼神妖孽之辈作祟。既然只是人在搞鬼，那就不必大惊小怪。

葛日根当然不在乎南宫勇怎么看他，这会儿他也顾不上跟小矮胖子斗嘴，只是俯下身子，弯着腰，在脚下那种隐约是石头板铺就的道路上仔细搜寻，试图找出来端倪。

"不用看了，我已经知道你是谁了。打绿皮火车上你就盯着我们叔侄了，要不是看你是个娘们儿，我早就动手了，别人对你头疼，怜香惜玉，我可没有那个心思。"

小矮胖子这样一说，葛日根还没啥反应，南宫勇一下子就想到了火车上的戴红围巾的女人，这样看起来，在绿皮火车上恍惚出现的戴红围巾的女人是另有其人，并不是三姑娘花蕾蕾，尽管三姑娘花蕾蕾也戴着红围巾。只是，为什么和三姑娘见面后，南宫勇在二叔公的引导下，误以为三姑娘花蕾蕾就是那个女人？

这一点，南宫勇有些想不通。

"'天狼之刃'两堵墙，'乌云奶奶'画符长。'血封之地'九幽殇，'蚩尤残卷'下落盲。"

地底下的声音说完这几句，一声叹息，再无声响。南宫勇却是听了个寂寞。

"她已然走了。"

葛日根抬起身子，直了直腰，脸上露出遗憾之色，俨然有一种失落之感。

"葛叔，这地底下女人的来历你清楚吗？你知道她是谁吗？"

南宫勇不得已，硬着头皮和葛日根说了这样一句话。

葛日根的脸上很不好看，面沉似水，他低低的声音朝着小矮胖子那边吼道："你看看，人家来了都不愿意露面，你和你叔，这堵墙，招人烦。"

南宫勇听了葛日根的这话，想笑，却笑不出声来，他觉得葛日根的话锋带着寒光，眼前的这件事莫名其妙的古怪，不是他以往的思维能够理解的。

小矮胖子倒是没啥尴尬的，一脸的满不在乎，对于地底下走了的那个人是谁，好像他自己已经知道了，也就没再追问。只有南宫勇独自一个人，郁郁寡欢地站立在一旁。

"她是三姑娘的小姨，'乌云奶奶'捡来的孤儿，三姑娘叫她姐姐，她也喜欢三姑娘叫她姐姐。"

葛日根这几句话说得挺急促的，没有停顿和迟疑，明显不是他之前的语速。南宫勇知道，是葛日根犯了急性子，就没再开口。

小矮胖子心有不甘地说了一句："她走了也不怪我，碰上我们叔侄这堵墙，给挡回去了，是她自己的能耐不行。"

"穿过这堵墙，我们就可以下去了。"

葛日根根本就没有理会小矮胖子的挑衅，他一挥手，示意南宫勇过到他的身边去。小矮胖子身上的功夫了得，动作敏捷，一下子就拦截在那堵墙的边上，阻挡住了南宫勇的去路。

这下子，南宫勇不动手都不行了。

他的上半身没有弯曲和晃动，下半身的脚却向前凭空踏了三步，左手的手掌化掌为拳，凸起的骨节，刹那间击打出去，一下将小矮胖子击倒在地。

小矮胖子眨眼间被迅疾击倒，但没有直接倒下来，在倒下之前，小矮胖子的身子还是像皮球一样，在墙上弹了一下，然后才松软地堆了下去。

葛日根看呆了。他知道，南宫勇的身上是有东西的，却从没有想到过，南宫勇竟然可以在这么短的时间里，把小矮胖子拿捏得火候恰当。这可是他从没有见识过的。

"怪不得'乌云奶奶'说，'南宫纸'所行处，江湖恩怨了，南宫家的人，有鉴宝搜秘的能耐，能维护宗门尊严自然要有不一样的身手。"

葛日根自言自语的话，很明显是说给南宫勇听的，当然，这也是他自己心里的想法，并没有故意吹捧的意思。

南宫勇没有回应葛日根这样的评判，因为南宫家的人，自来是不在意外人的评判的，倘若一个人总是计较外人的评判，久而久之，就会失去了自身的判断能力，被世俗的舆论所左右。

不过，南宫勇还是和葛日根说了一句话："他们叔侄和这堵墙，到底跟'下去'的海子之间有什么样的关联？这小矮胖子怎么会跟评书里占山为王的山大王一样，给人的感觉就是要收过路钱？"

南宫勇这话问得并不突兀，小矮胖子叔侄在绿皮火车上的出现，南宫勇当时的脑子里就画了个魂儿，却没怎么太在意。他觉得只是偶然遇上了当地的江湖人，很正常。可这一次，小矮胖子气势汹汹地露面，出现在这样一个人迹罕至、十分吊诡的场景里，南宫勇不能不加倍留意和小心。

葛日根摇晃了一下他那看上去有点儿大的扁平脑袋，憨憨地说："这家伙和他叔叔混迹在这周围一带，前前后后恐怕得有十几年了，他叔叔以前跟他爹在这一带混江湖，有点儿名头的江湖人都知道他们家，也都会互相之间给点儿面子。据说，他们这一门都是学过'山阴之术'的，身上的武功不怎么样，可是'阴人'的本事大去了。二叔公跟'乌云奶奶'探讨了这桩事儿跟绿皮火车上发生的怪事的经过，前因后果地分析后，'乌云奶奶'说，许是你们来之前风声就走漏了，他们才在绿皮火车上盯上你，背后的指使人是谁，现在还不清楚。不过，我猜这小子是背着他叔来的，他们叔侄在绿皮火车上看见来的人是南宫家的，肯定后悔蹚了这浑水。以他叔的性格来说，是从不愿惹麻烦的，肯定会撤出来，我今天看见这小子出现，就知道，这小子他是独自一人来的，一准儿就是背着他叔的单独行动，没办法，这里面的诱惑太大，可惜这小子他看走眼了。"

葛日根这个人看上去是憨憨的，脑子反应却不迟钝，他几句话就概括出南宫勇想要知道的一切信息，简明扼要。

"他这个人身体上的伤是不会有事的，按照事先估计的力度，我推算他会在五个小时以内醒来，我在想的是，这小子醒来以后，我们要不要问问他来这里的目的，是谁给他传递的消息。"

"我们怎么办？一直在这儿守着吗？"

南宫勇的手指上，正在转动着二叔公给他的那块小小的木牌，虽然是木制的，但南宫勇一直没分辨出来这个是什么木做的。

仔细看木牌，上面有细密的纹路，质地坚硬。二叔公告诉过南宫勇，这木牌对水火和外力的承受能力极强，即便是在高温重力之下，也不会有丝毫的损坏。不过，二叔公并没有说出来，这物件在这个时间节点上为什么会送给南宫勇。

这不是葛日根第一次看见南宫勇手指上转动木牌了，只不过这一次他看得比较仔细。

南宫勇看见葛日根这个表情，歪着头问了他一句："怎么，葛叔，你见过这个？"

葛日根的表情明显僵硬了一下，继而又重重地点了点头说："我确实是见过的，你有没有发现，三姑娘花蕾蕾的手腕子上面也有这样的一块小木牌，看起来都是差不多的样子。我记得'乌云奶奶'的手上，也有同样的一块，可我没有。"

南宫勇直到这时候才明白，葛日根憨憨地看着自己的手指、眼睛不错珠地盯住的原因，敢情他是觉得就他自己没有这物件，心理不大平衡，才有此举动。

南宫勇笑了，他发现了葛日根的内心秘密，葛日根之所以在几日之内，给他不同的印象和感觉，并非是葛日根善于隐藏和掩饰，恰恰相反，葛日根憨憨的状态才是他的本性。不过，由于他是一个情绪多变的人，遇到事情人随心动，自然会因为情绪的变化，呈现出不一样的性格。

葛日根最初见到二叔公和南宫勇的时候，是开心，这应该是受到了"乌云奶奶"的影响，等到了后来，看见三姑娘花蕾蕾后，南宫勇明显能感觉出他被这个古灵精怪的小妮子折磨过，就像换了一个人，虽然憨憨的，却带着提防和谨慎，二叔公和三姑娘花蕾蕾决定"下去"，南宫勇并不清楚这意味着什么，而对于葛日根来说，显然是知道内里的情况的。

葛日根的不开心，大抵是表现在言语中时不时流露出的倔强的语气。等到小矮胖子的出现，他的表情更加严肃，因为对方是葛日根厌恶的人，马上就表现得冷若冰霜，一语嫌多。

南宫勇有了这个发现后，心情立马变得大好，他主动示好道："根叔，不用介意，等我二叔公他们上来，我跟他要，他要是还有的话，肯定不会吝啬抠门的。"

南宫勇将吝啬这样一个文绉绉的词搭配给"抠门"这个俗语，是怕葛日根听不明白，叫"根"叔，是想拉近两个人之间的关系。

"他们要是'上不来'呢？"

葛日根说的这句话，南宫勇是做梦都没有想到的。"呸、呸、呸！"南宫勇心里暗自骂了无数句，却没有发出声来，他怎么这么不会说话呀，旧时候，各个行业都有忌讳，所以才会产生了那么多的行话隐语，这话在葛日根嘴里肆无忌惮地说出来，这让南宫勇有点儿怀疑葛日根的智商了。

好在，葛日根只是随口一说，没再使劲多叮嘱几句。不过，他似乎看出了南宫勇的顾虑。

原来，这草原上的海子只是当地人用来做地标的参照物，按照二叔公和"乌云奶奶"他们秘不外传的老规矩，他们要"下去"的地方并不是直接潜入海子的湖水下面，而是从距离海子还有一段距离的地方，一个古时候留下来的遗址进去。

这处遗址，是什么人、什么时候留下来的，葛日根说不大明白，从他略显简单的叙述中南宫勇了解到，这地方的来历比较奇特，好像几百年以前就有人发现了。至于当初建造这地方的人，史书上并没有相关记载，谁也说不太清楚。

至于当年南宫家是怎么获悉这个遗址的具体方位和内部信息的，葛日根更是完全不了解。葛日根是从"乌云奶奶"那知道这处遗址的。他知道，"乌云奶奶"这一脉传承，自古就承袭了这一处遗址的秘密。而"乌云奶奶"自己，更是孤守在这一处遗址的一个失落氏族的幸存者，只是，外界人推断，眼下这个氏族的人，在世的恐怕是越来越少了，活着的人该是屈指可数的。

"那下面虽然被发现了几百年，还是有不少现代科学都无法破解勘秘的未知之谜，探险可不是好玩的，'乌云奶奶'说，身涉险境，犹如禁地，凶险异常，稍不留神，就会九死一生。"

南宫勇看着葛日根，仔细留意着他的表情，发觉葛日根的样貌在说这些的时候，是轻灵畅快的，一旦说完了，旋即又恢复了刚见面时的憨憨的样子，他心里有种说不出的滋味，不知道是开心还是难过。眼前的这个中年大叔，肯定是有着不一般的身世。南宫勇是学过心理学的，他知道，从一个人的性格和做事的方式来看，是能够看得出其人的成长背景和处世经历的。

站立在南宫勇对面的葛日根，显然是因为刚才南宫勇对自己说的那句话，让他感动了，虽然他有些不得已的小心思，可他毕竟是生长在草原上的汉子，性格直来直去，表达的情感也很朴素，作不得假。

"那我们抓紧时间'下去'，我不明白，二叔公和三姑娘为啥不让我们一起'下去'，多几个人不是多一些帮手吗？"南宫勇这话说得挺实在的。

葛日根看了南宫勇一眼，冷冷地说："他们不让我们'下去'是对的，这堵墙就是一个分界线，在墙外是阳间，在这堵墙的那边，是阳间之外的地方。"

说这话的同时，葛日根一抬腿，上了那堵并不高的墙。之所以说那堵墙并不高，是因为，如果顺着往下走，墙会越来越矮。南宫勇和葛日根的脚下，是向下深陷的。草在这里，已经把人的头顶高过去了，这也是一开始南宫勇看二叔公和三姑娘花蕾蕾一下子就消失了的原因。

"我说他们怎么一下子消失了。"南宫勇随口说了这样一句。

"视觉差。"葛日根的脸上是不屑一顾的讥笑，这一句更是出人意料。

南宫勇倒是越来越看不懂葛日根了。人都说一日不见，如隔三秋，人的性情不会始终不变，可是，像葛日根这样，一时一刻忽然变化反转的性情，南宫勇脑子还是转不过弯来。

"别在意，你该不是被吓到了吧？这里面的叫法很吓人，不过我们都习惯了。"葛日根这个人根本就不在乎南宫勇的感觉，他走到这一堵墙的一处逼仄拐角处，双手一动，一边轻轻掀起一块老砖，一边扭过头对南宫勇说："到时间了，他们没有'上来'，这下子，是该轮到我们'下去'了。"

南宫勇大惑不解。他听得懂葛日根这句话的意思，却完全不懂葛日根到底说的是啥。没办法，跟一个性格怪异、不擅长沟通的人在一起，这都是难免的。

"你说我们'下去'，那二叔公和三姑娘他们俩怎么了？"

南宫勇这句话问得葛日根有点儿发愣，他脸上的表情分明是，你难道听不懂我刚才那句话的意思吗？

"他们'上不来'了，不光是他们俩，我想还会有其他的人，不知道几个。"

这下子南宫勇更是觉得莫名其妙："谁？还会有谁？"

葛日根大瞪着眼睛说："跟上我，我一会儿照顾不上你了。谁？当然还会有别的人，你二叔公没给你看那张报纸吗？"

"报纸？"

南宫勇一下子就想起来二叔公给自己看的那个刊登了"燕子李三"内容的报纸，他点了点头却没有说话，他不知道，这个报纸的事儿葛日根怎么知道的，又和眼前的"下去"有什么关系。

葛日根看南宫勇有点儿犹豫，马上跟了一句："报纸你是看到了的，那就好，那是信物，不只'乌云奶奶'这边接到了，还有别的人也收到了，至于他们之间用的什么样的传递方式，我也不太清楚，我只是知道'乌云奶奶'说，他用的是最原始、最笨拙的一种方式。"

南宫勇跟着葛日根"下"到了墙的另一侧，到了这一处他才发现，这墙修建得很有特点，属于渐进式的，没有明显的阶梯，却逐渐从地面向下延伸，地势也变得越来越低洼。南宫勇从没有见过这样的修建方式，倘若一定要形容一下，准确地说，是有点儿像战争时修建的坑道。

"你说的其他人，是不是指'天狼之刃'？"

葛日根没有抬头回看南宫勇，他一个劲儿地低头向下看，嘴里却嘟囔了一句："不是。他自然是接到二叔公这边消息的人，会守着承诺的，还有，他不会到这边的。我指的不是他。"

"那是谁？'天狼之刃'为什么不会到这边？"

南宫勇现在的脑子里一团乱麻，有太多的疑团。

"'天狼之刃'为什么不会到这边，我是二十年之前就知道的，这是规矩，谁定的我说不上来，不过，就连'乌云奶奶'也是要守这规矩的，奶奶也有不能去的地方。我指的其他人，是'天狼之刃'以外的人，刚才在地底下发出声音的人，那一位也是。"

南宫勇有些恍然大悟的感觉，难道她也到了下面？

"她一直是在下面，虽然偶尔她也会出来，就像之前你们在绿皮火车上看到她的那次，那是她很少出来的次数中的一次，兴许是觉得你们很重要。你们被小矮胖子盯上，小矮胖子能够不顾他叔的规劝，上这里来阻挠我们，一看就是因为地下的那个女人。"

"他们是一伙的？"南宫勇好像想起来什么。

"不，他们怎么可能是一伙的？他们叔侄给人家提鞋都不配，一准是因为看到你们来了，这个地下的女人才会及时出现，他们也才会觉得，你们的身份和行为很重要，因为能让地下这个女人亲自出面'迎客'的人，几乎是没有了！"南宫勇不由自主地点了点头。

"迎客，就像黄山的迎客松。不过你不用觉得怪异，更为怪异的'迎客'阵势，你马上就会看到了。"

"在哪里？"南宫勇的手一下子攥住了腰间的短柄匕首。

"就在下面。"葛日根的脚步走得很慢，他接下来的一句话，却是给人有石破天惊的感觉。

"什么阵？谁来？"

葛日根停住了脚步，他用手整理了一下帽子上微小的灯，南宫勇这才发现，不知道什么时候，葛日根的头上竟然戴起了一顶帽子，类似于矿工用的矿帽。显然，这是为了安全起见，使用的特别定制的探险专用灯。

"什么人来，我也不知道，但我对这下面的事儿还是知道一些的，这个迎客是你永远想不到的，不信你向下看。"

南宫勇顺着葛日根的声音向下看，周身上下禁不住有了种不寒而栗的感觉。南宫勇在这之前，脑子里不断地琢磨着葛日根和自己对话的事儿，没想到现在，他跟着葛日根走到了那堵墙另外一侧的下面，的的确确的下面。也就是葛日根说的"阴间"的下面，这场景似乎让人有些难以理解。

不过，看到脚底下的狭窄细长的土砖，已经变成了大青石磨制的方砖，质地变得越发坚硬了，南宫勇终于想明白了，这地方绝对不是普通老百姓建造的，应该是古时候的特殊时期，先后有了不起的人物，在某个未知的动机下，花费几十甚至是上百年的时间，在这里建造的。

看这地方的占地面积，就知道工程量绝对巨大，建造的时间也不会太短。

人在"阴间"墙壁的庇护下行走，逐渐深入到了地下。

地下行进的位置越深，头上的空间就越大，这绝对不大像是一座王陵或者说是大墓，南宫家的人有老规矩，从不轻易下墓，二叔公应该是知道这里面底细的，他才肯下去，也说明这地方的原建筑更接近于一处被封土堆和草原淹没的地下宫殿的旧址。

葛日根仍旧是在前面，南宫勇在后面，不急不缓地紧跟着。他的眼睛，不停地巡视紧盯着周围的空间，试图找出这里面隐藏着的历史的遗迹。

南宫勇是不肯放过微小细节的人。没多久他就发现这地方有光进来。

虽然光很稀少，不过一般人的视觉还是能够满足的。要不，仅仅凭借着葛日根头顶上的矿灯，是无法看清楚周围那么多的地方的。

"这里是进来后第一个比较大的地方，很宽敞，'乌云奶奶'最初带我来这里的时候，我才十六岁。"

葛日根说话的声音并不算大，他一直是在用憨憨的声音跟南宫勇对话，这让南宫勇暂时松懈了下来。

"不过，"葛日根停下来，想了一下继续说，"我们曾经用松油火把照亮过这个地方，看不出来这个地方到底是什么朝代修建的。"

墙上没有古老的岩画，也没有器物和残留的年代遗存，肉眼看上去，平台上显然留有摆设过器物的痕迹。

"'乌云奶奶'带来的一个老教授曾经说，这地方可能是外来迁徙的人在当地氏族首领的支持下建造的。有一些工艺，不大像现代人的手法做工，年代应该是宋代以后，最晚也只能是在明代中期。"

南宫勇摇了摇头。

"断代不行，我觉得这个推断还是不够精确，时间线拉得过长。从北宋开始到南宋、元朝，再到明、清，这个跨越的时间最少也要六百多年。这么久的年代里，不知道当时的地方志、县志，包括乡绅乡贤及众多的读书人，对此有没有文字上的记述，现在看起来是很奇怪的。莫非这里是被历史遗失的角落？到底是没有保留下来，还是根本就没有资料记载过这里曾经的历史和建造者呢？"

南宫勇说话的当儿，用手指向黑暗中尚且存在着一点儿光亮的地方。

"听。"

就在半空之中，他的手指轻轻地弹了三下。就在半空中的黑漆漆的地方，竟然出现了三声清脆的响声。

"你在做什么！"

葛日根突然发出了歇斯底里近乎愤怒的吼叫。很显然，他是对南宫勇弹指敲钟的行为大为恼火，虽然葛日根是走在前面，但他并不知道南宫勇的弹指动作是怎么做出来的，可是周围墙壁发出的声音，这个憨憨的男人是能够分辨出来的。

南宫勇没有出声，他好像并不怎么在乎葛日根的愤怒，他对葛日根的印象，从开始时就觉得奇怪，他一直觉得葛日根憨憨的样子有些不真实。

"你点的是沙砾？用的是南宫家的家传手法？我知道你手上是有些斤两的，但你为了试探随便弹的几下，也有可能会触发危险的消息机关，不要觉得你这是无意间的行为，可以轻描淡写地躲闪过去。这地方虽然我和我们的人都走进来过，但对这里我们知道的真的不是太多，你得当心点儿，小兄弟。"

葛日根的声音，逐渐恢复了平时的语气和节奏，他的脚步的频率也随之慢了下来。南宫勇看得出来，不解决眼前的事儿，葛日根是不打算向前走的。

"你不能过去了，没有我在前面引路，你绝对不要一个人向前走。这不是吓唬你，你二叔公的能耐不会比你小，他在很多年前曾经来过这地方一次，可以他的本事，还是需要'乌云奶奶'指派三姑娘花蕾蕾引路，还动用了'天狼之刃'的关系，你估量一下，这'下去'的地方，能是轻而易举就来去自如的吗？"

葛日根说这话的时候，并没有加重语气的举动，倒是有些降低了声音的分贝。

南宫勇一开始以为，这是葛日根打算和声细语跟自己商量，后来才明白，这是受了大环境下客观条件的制约，在这黑漆漆、只能略微看见点儿从不知道什么地方发出来的一丝光亮的地方，弄出来的声音只要稍微大一些，人的耳朵里马上就会有折磨人的轰鸣噪音。这地下的建筑空间，真是不知道是谁采用什么样的材质建造的。

"我们已经到'下面'了，我想，你该和我说一下这里面的具体情况。要不然一会儿指不定我会惹出什么样的麻烦。"南宫勇看了一眼葛日根，"这地方到底是怎么一回事，你就不能简明扼要地跟我讲一下吗？我不是那种不讲理的野蛮人，只要你说得有道理，我还是会听从你的话的。"

南宫勇的这一番话，也是调整了语气的，他是觉得，跟葛日根的交流，要随时调整一下思路和态度，尤其是要注意选择好跟他交谈的方式。

"那好，你能听我的最好，'乌云奶奶'派来的人，是不会搞那些不上道的手段的。当年，先辈定下来以老报纸做信物，就是为了避免不必要的麻烦。其实，那个时候，先辈已经有了先见之明，也是预料到了后世的社会变化，这种信物，最是寻常可见，也不会引起别人注意，还不是什么值钱的玩意儿，不会被贪婪的人黑心吞下去。"

葛日根显然是对南宫勇的态度转变了，所以他此番才多说了几句。

南宫勇闻言态度也转变得属实有点儿快，他人虽然在黑暗中，不过他重重地点头的样子，葛日根还是看见了。

"很好，虽然我现在还是不知道你心里面的真实想法，不过，我可以告诉你，你的做法没错。'听人劝吃饱饭'，人这一辈子，想做多大事儿，就得有多大的心数。当然，我可说不出来这样的话，这是'乌云奶奶'说的，不信，你可以去问问三姑娘。"

葛日根嘴里说着话，人已经继续沿着刚才的路线向前走了。南宫勇照例紧随在他的身后。

"你知道我们'下来'之后，将会看到怎样的异象吗？"

葛日根突然说了这样一句话，好像他在这黑暗中的语气，又产生了新的变化。南宫勇摇了摇头。

"莫非会看到上古神话中的那些神兽，抑或是《山海经》中的怪物？我脑子里，对这些还是有些印象的。"

南宫勇说这话的时候，人并没有过多地迟疑，很明显，他对地下的未知世界已有了充分的心理准备，即使再出乎意料，都不会吓到他的。

因为在此之前，南宫勇在南宫家的秘笈档案中，查阅过山海异兽图，他知道这其中部分出自《离骚图》。

《离骚图》是明末画家萧云从为《离骚》《九歌》《天问》等屈原诗歌所做的插图，再现了《楚辞》里的光怪陆离的鬼神世界。然而《离骚图》遭战火多有缺失，清代修《四库全书》时，画家门应兆进行了重绘和补绘，后来以版画的形式出现在《四库全书》里。

"资料上说，这后来补画的人，门应兆，字吉占，是清代画家。乾隆时由工部主事派充四库馆绘图分校官，后来官至宁国知府，善画楼阁、人物及花卉。乾隆四十七年，补绘萧云从《离骚图》。门应兆的画风工细，所绘鬼神妖怪造型奇特，可补同类题材之不足。"

不过，南宫家秘笈档案中的"画"，虽然有《离骚图》中世间残缺的一部分，却是完全不一致的。

后世请人所画的图画大多凭借想象。南宫家的则是出自另外的源头。

"我知道了，这根源应该就是在这'下去'之处。"

南宫勇的脑子在黑暗之中灵光闪现，人却神色不动，没有发出来任何的声响。

"你一定是想到了，那么，你可以看到世人不该看到的异象了。"

葛日根的话音未落，黑暗中，陡然有罡风吹起。

一道光，游龙一般，突然闪现，在黑暗之中形成了巨大的光影和明亮，南宫勇抬头看去，人竟然痴呆了。

他终于见到了之前南宫家秘不外传的一幕。这景象，这异象，竟然会出现在这里，竟然是藏在这里。

一个一个面容凶狠、姿态各异的人，死去的人，站立、卧倒，做疯癫状，做煞气形。一眼望去，竟然有无尽的感觉。

"尸群？无尽藏里的尸群？"突然，这样一个词从南宫勇的脑子里冒了出来。

"无尽藏，是南宫家最顶级的机密文件，相当于最重要的核心档案，里面记载的都是世间难以解释的人和事物。"

他知道，眼前的这些人都不是活人，是死去多时的死尸。

从远处看过去，隐约发现，这些是已风干了几百年甚至是上千年的尸体。

南宫勇一下子就想到了，当年大叔公说过的传说："千尸迎客，百鬼夜行。"这个地方，莫非就是传说中的"血封之地"？

当然，南宫勇目前还是无法了解之前叔公所说的"血封之地"和传说中的"千尸迎客"之间，到底存在着怎样的勾连。

第十九章　九幽血池

"眼前的阵仗，我不知道你在南宫家的档案中是否看见过，提及这些的时候，前辈是怎么解释的。"

一个声音突然在地下响起来，南宫勇这时候倒是没有慌乱紧张，他知道这个陡然出现的声音，绝对不会是葛日根发出来的，也并非是三姑娘和二叔公这两位。那剩下的，只有最开始在地底下发出声音，惊吓住小矮胖子的那个女性的声音。

"你果然又出现了，我想，你是针对我们这次草原之行有备而来的，不知道你是出于好奇，还是有着什么幕后见不得人的目的。"

南宫勇的神态深陷在这黑暗之中，是没有人能够看得清楚的，一般人听到他的声音，第一感觉还是平稳温和的。似乎，他对地下诡异出现的人都持有平和的态度。

"你难道不想知道我是谁吗？"

这地底下的声音继续发出，听起来好像是云淡风轻，仿佛她对南宫勇的内心是怎样的想法都了然于胸。

"我不想知道，根叔，我们继续走！"

南宫勇的这一句，葛日根听后都愣住了，他万万没想到，南宫勇对地底下的那个女人的身份根本就不感兴趣。

"我们可以走，现在这个地方是'落神台'，别问我这个名字是怎么回事，我是听'乌云奶奶'她们说的，我也记不住那些个解释。你可以隐约看到，这边的台子十分大，你刚才看到了，我们走着的这一边是很狭窄的，两边是不知道何时修建的通道，有人在这之前带着照明设备进来过，却没有发现这下面到底有什么东西，是不是有陵墓，不过这些尸体倒是很久很久以前留下来的，但他们死亡的地方不在这里，应该是有人出于某种特殊的原因，人为地搬运至此。地下的女人，你怎么会对她没兴趣？说不定她还能够帮到你呢。"

葛日根这一句像是在提示南宫勇。

南宫勇摇晃了一下脑袋说："不必了，虽说是事出反常必有妖。不过，我不喜欢的事情是不会去做的。南宫家的人都有着一些不为外人所知的怪脾气，在我看来，这样的事情见怪不怪，我用不着主动和她谈条件，现在来说这个人，我觉得是多余的。我眼下是没有时间的。"

南宫勇这样的语气，平稳扎实，就像一个很有暮气的老头子，在对年轻人讲话，没有丝毫的焦躁的成分在语言之中呈现。

"我们终究还是会朝面的，你不急，我自然是不急的。"

这时地底下女人的声音变得由近及远了，这样的声音有些令人困惑和迷茫。南宫勇知道，这个地底下的女人绝对不是什么妖邪之物，而是一个有着不一样能耐的神通之人，他无法了解这个女人的身份和背景，只知道她可能是用了"方外樊家"的手段。

"方外樊家"在这一处草原之上有着极大的名头。他们不是当地的土著，是外来的氏族，不知道是汉人还是其他少数民族。

樊家的子嗣单薄，他们是婚姻传代，还是依靠师徒循序传承，具体探究起来，江湖世间恐怕是没有几个人能够说得清楚。

不过每隔几代，就会有樊家的人在草原之上搅动出极为可怕的事情，无论是王爷家族中的争斗，还是诡异的巫师祭师门尊长位置的争夺之战，都在隐隐约约间会牵涉樊家的人。据说，他们樊家的人会的东西没有具体的名字，就叫"东西"。

一般人说起来，都会说"老樊家"。一旦遇到不可思议的事情出现，老百姓和当地有头有脸的人都会说上一句"老樊家的人，带着东西来了"。

南宫勇之所以联想到老樊家，那是因为传说中"老樊家"的人会"滚地龙"。这个"滚地龙"也叫"地龙秘穿"，是专门在地下穿行，有异于寻常之人的行走秘功，就跟传说中的"地遁缩骨功"一般。

还有一个葛日根并不知道的事儿，南宫勇是不会说出来的，那就是"老樊家"跟废家的人是死对头。

她的出现是不是带着什么目的性，南宫勇一时半会儿看不明白，他要退一步看。正因为他没说，葛日根就更加糊涂了。

葛日根很奇怪南宫勇的做法，他好像没有预料到，南宫勇会拒绝跟地下的那个女人谈判或者说是交易。不过，他没有过深地询问南宫勇，这是他的性格，也可能是事先有人叮嘱过他，不要探究南宫勇的一些行为做法。

从"千尸迎客"的这一区域向下，葛日根带着南宫勇一点儿停下来的意思都没有，而是快速行进，继续探寻。

到这会儿，南宫勇的内心变得不那么紧张了。他也许知道，这地方其实就是一处假的海子，是一处古代不知道什么年代留下来的古建筑，依托海子建的，也有可能这地方是先有了这处古代的建筑，后来，才人工制造出来的这个海子。

"你为什么会有这样的怀疑？"葛日根面露困惑地看了一眼这个比自己小的男人。南宫勇这样的怀疑，显然是让葛日根糊涂了。

南宫勇没有马上回答，他知道，葛日根对考古是没有概念和行业知识累积的。这个地方属于陌生地域，南宫勇在这之前没有来过，不过他研究了这个地方的土和草原的高度，知道这个地方绝非人迹罕至之地。

"他们现在怎么样了？"

南宫勇这句话没有提及具体的人，不过在葛日根来说，还是清楚南宫勇要表达的意思。南宫勇所说的"他们"一定是二叔公和三姑娘花蕾蕾。当然，南宫勇没有提及姓名，葛日根也没有提。

他们不停地说着话，但没有降低速度。葛日根没有停止自己的动作，在黑暗的地下，稍微不小心，就会出一些差错，而这些看起来不大的小差错，有时是致命的。他只是摆摆手，示意南宫勇一会儿再说。

南宫勇看出了葛日根的底细，其实这一段路应该是不会有危险发生的，葛日根的小心翼翼其实都是做给南宫勇看的，这不过都是一些表面上的伪装行为。南宫勇觉得，这极有可能是"掩饰"。

"你不用琢磨了，在你们到来这之前的几十年前，祖师爷肯定是来过这里的，我们现在知道这个地方和'下面'的事儿，也是由于祖师爷的'天授'。"

"'天授'？为什么是这种叫法，难道这些消息并不是祖师爷直接留下来的，而是通过类似'神传'的那种神奇的形式，才让我们后世的人知晓的，这样做仅仅是在强调，我们这一宗门的与众不同吗？"

南宫勇说话的语速是极快的，一般来说，这样的语速多半是表示质疑和疑惑。

原本默默地跟在葛日根后面的南宫勇情不自禁地惊呼了一声，很显然，他是被葛日根刚才说的话惊到了。

这个地下的巨大建筑，是来自古代某一个时期的特殊建筑，并不奇怪。甚至即便有人说，这个建筑跟传说中古时候的某些神秘王朝有所牵连，也都是有可能的。南宫勇想不大明白的是，这个地方竟然真的是和自己这一宗门中神话传说中的老祖张本见有关联，这是他从来都没有想到的事情。

南宫勇自己很清楚，这一次来草原，是两位叔公事先就设计好的行程，他们的目的，肯定是跟"蚩尤残卷"的下落有着必然的联系。不过，他关心的重点是废家的人是否带走了"蚩尤残卷"，或者说是残存的摹本，却没有想到这地下的建筑竟然跟宗门能够攀扯上关系。

"不然呢？你以为你两位叔公都是糊涂虫？你以为'乌云奶奶'也是人云亦云的健忘老太婆？我们做的这一切，都是很多很多年以前已经注定了的事情。只不过我们都不知道，祖师爷当年在'下面'发现了什么，为什么会让我们这一代人继续'下去'。"

葛日根的话，带着几分懒散和愤愤不平，他的语言总是在两个语境中往来重复穿越着。南宫勇想不明白，葛日根到底是个什么样的人，他的底细更是令人无法琢磨得透。

"我想总归是有道理的，不过，二叔公和三姑娘怎么会没有了消息？他们两个人在'下面'是不是会遇到危险？"

南宫勇的这句话，说得是很轻松的。

他根本不相信二叔公和三姑娘他们会遇到什么样的危险，这样的判断，出自对二叔公身上背负的东西和做事严谨程度的认可，也包括对三姑娘的背后"乌云奶奶"的膜拜。要知道，从他进来到"下面"的这个过程判断，完全可以肯定，这地方其实是早已被发掘过的。

人工痕迹明显，这古代的建筑虽然在社会上还没有什么名气，不过从一层一层的循环往复向下递进的方式看，脚底下的地面是经过人工清理的。不像是个小工程，准确地说，是有大量的人工，甚至是施工队一样的人介入过这项工程。也有可能是工程兵部队对此处古建筑的基层进行过清理。

"从现在开始，再下三层，我们就有机会到达从未发掘过的地方了，你带着的工具是不是顺手，马上就感受到了。"

南宫勇"嗯"了一声。他不肯多说话的原因是不想发出声音，想给葛日根和地下那些躲在黑暗里的人更多的机会。

这里说的机会，不一定是偷袭，也可能是分析南宫勇和"水心斋"的机会。

要知道，人的语言和声音在某些时候，无意中是会流露出来很多信息的，大量的有效信息都是出自这样的疏忽，也许很短的时间就会被外在的对手挖掘和分析透彻的。

"工具，不要紧，我带着呢。"南宫勇的心里是有数的。

南宫勇身上虽然没有带工兵铲，可是他独门制作的随身袋子里，却预备了一对特制的精钢折叠短柄锹。

这个是可组合、可拆分的一对，能够做开凿工具用，也可以挖掘，并且，连接起来能够成为简单的攀登助力工具，好像梯子一般。

这东西挺特别的，拆分下来，更像是一堆无用的零件，便于随身携带，也不会引起旁人的怀疑和警觉，一旦组装起来，除了工具的作用，更是一对杀伤力极强的利器。

当然，没有见过实物的人是没办法看明白这个工具的复杂性的，也不会联想到它是由一堆零件组装起来的。

拎着这对铁锹，慢慢地下行，南宫勇跟随葛日根的脚步，觉得有些沉重。想来是由于地下的土层松软的缘故，南宫勇的腿上越来越觉得有些吃力，这地底下的路面不能够吃力，也不可以实打实地一下子就踩下去，要是那样，一旦碰上机关消息埋伏，人就会急速下坠，甚至可能死于非命。

南宫勇打小受过长期的户外探险训练，也曾有过实战经验，自然不会轻易地冒失踩踏脚下不知虚实的道路。葛日根带着他行进中，南宫勇的脚步动作始终是极轻的，生怕引起不必要的麻烦。

"到了。"葛日根终于说出来这样的一句话。南宫勇没有吭气，他的内心倒是稍微松弛了一下。

第三层，终于熬到了这一层。不知为何，这下面的空气一下子就稀薄起来，人的脑子瞬间觉察出周围的含氧量陡然下降。

南宫勇和葛日根他们俩陷入了莫名的恐惧中。这种未知与恐惧，事先没有一丁点儿的感觉，完全是出于环境的压迫感和呼吸的乏氧造成的。"下来"的他们俩谁都没有料到会出现眼前的状况，这状况就像一只隐藏在"下面"的豹子，一下子就冲到了他们俩的身边。

听到葛日根嘴里的惊呼，南宫勇才知道，这下面葛日根应该也是头一次来。

一股风陡然在他们两个人之间迅疾地刮了起来，风在黑暗之中，刮起来有种说不出的吊诡奇异。

这里除了葛日根和南宫勇随身带着的微弱的照明工具，是没有光的。所以这地下的世界是没有可能吹进来风的缝隙，南宫勇奇怪这风到底是从哪里来的。

"消失很久了，几十年了，怎么会在这时候出现？"

葛日根嘴里嘀嘀咕咕的，声音很小，带着恐惧和不安。引得南宫勇不由得产生了怀疑。

"这地下，怎么会突然起风？"他追问了一句。

葛日根摇晃着脑袋说："不可能呀，不该是这样的。"这句话有点儿像自言自语。

南宫勇没顾得上琢磨他的话，浑身上下的神经都绷紧了。他知道，即便是自己这个时候问葛日根，看葛日根慌乱的样子，也是给不出答案的。现在来看，葛日根在这之前还是下来过，但他也不知道这地下到底为什么会突然起风。

"不好，是乌天蝗。"

葛日根大声呼喊着："没错，乌天蝗这会儿出现绝非善事，肯定是出事了，赶紧把眼睛闭上，我知道为什么他们没有了消息。"

他这几句话说得特快，一惊一乍的，嗓子嘶哑中带着恐惧和瘆人的战栗。这下子，将南宫勇整得莫名其妙起来。

南宫勇知道葛日根说的字眼是"乌天蝗"。南宫勇脑子里对这三个字是没有什么印象的，可以说这是他出生以来头一次听到这个词。

"那是什么东西？是它们害了二叔公和三姑娘？"

对南宫勇来说，他不知道葛日根现在说的乌天蝗到底是个啥。

"乌天蝗是什么，是飞禽还是什么动物？乌天蝗是生存在地下黑暗中的神奇物种吗？"南宫勇这样问，是针对葛日根含糊的陈述。

"乌天蝗，不是飞禽，也不是动物，他是神，我们祖先心目中的神。"葛日根的回答充满了惊恐和畏惧。

"什么？"这下子，轮到南宫勇不知所措，脑子拐不过弯来。

他是真搞不懂葛日根说的是啥。南宫勇搞不清楚什么是乌天蝗，也不知道这个神的来历和传说，不过，南宫勇对葛日根的话还是相当重视，并且及时地闭上了自己的眼睛。

继而，南宫勇听到呼啸的风声中传来细密的声音，不停地在自己的周围响起来，一声声轻微的响动，就像什么东西撞上了周围的石头墙壁和洞穴的周边。

脑子聪慧机灵的南宫勇一下子就明白了，这个乌天蝗极有可能是一种变异了的大蝗虫，它们最初不知道因为什么，进入了地下的黑暗洞穴古建筑之中，它们飞起来的时候成群结伴，形成了巨大的旋转风力，这旋风的出现被不知道内情的人错误地认作怪风，怪风刮起来的时候，撞击在生物和周围的古建筑物上，就会发出来不知所以的怪声。

葛日根刚才嚷着让南宫勇及时闭上眼睛，那是为了保护南宫勇的双眼。这种黑暗之中的小动物是没有视觉的，它们往往会乱飞乱撞，唯一的目标是对光亮十分敏感，人的眼睛就是它攻击的目标之一，一旦发现人眼在黑暗中的光亮，就像飞蛾扑火一般集中攻击。

连续的撞击声过后。乌天蝗的第一轮攻击才稍微缓和了一下，剩下的是可怕的寂静。趁着这个空当，葛日根抖手丢过来一条绳子，这是他平日里备用的绳子。他一边拉住南宫勇，一边疾声说道："别耽搁，我们垂下去，从这边的缝隙下去，你抓住绳子，我先下。"

刹那间，葛日根人已经拉住绳子，向缝隙的边缘垂落下去，南宫勇借助葛日根头上忽闪忽闪的光亮，隐约看见这地下甬路的边上是一圈石头的围栏，围栏的边上黑漆漆的，有些像深不可测的地缝。

幸亏刚才是看不清，要是看得清，人在边上行走，恐高的人肯定有掉下去的危险。

跟着葛日根顺着绳子攀援而下，南宫勇到了地下第三层的下面。葛日根说，这地方是"九幽血池"。南宫勇虽然看不见，可从这个有些吓人的名字来看，这地方危险至极。

"你们终于下来了！"

寂静的黑暗之中，突然出现了一个声音，令人有头皮发麻的感觉，虽然这是个女人的声音，并且已经不是第一次出现了。

南宫勇是最先听到这个声音的，因为这女人的声音，从听觉的方位辨认来判断，距离南宫勇最近。声音从地下隐隐地传过来，南宫勇知道是那个"滚地龙"的声音。只是，这一次声音陡然发出的时候，南宫勇和葛日根的脑子里，跟头一次听到时不大一样。他们刚想开口质问，整个黑暗之中，竟然发出了一阵巨大的震撼声。

这声音，有点儿像飞机起落时发出的巨大轰鸣声，令人心烦。南宫勇在国外的机场实习过，他熟悉这个声音和节奏。

这声音的响起，还同步带出了一股子巨大的香气，浓重得令人无法透过气来。

"来不及了。"

南宫勇的手在动，试图摸到自己衣服下摆处的口袋。那个口袋是平时不注意很难发现的暗袋子，一般来说，这样的制作，是由专门的定制裁缝设计的。这种裁缝的稀有程度，比国际知名奢侈品设计师的定制产品，更为稀缺和难得。

不用的时候，暗口袋仅仅作为装饰和搭配，即便是专门检查，也很难发现这里面的秘密。遇到危险时，只要稍微用力撕扯一下，暗口袋就会变成一种多功能的防护面具，可以阻挡毒气、瓦斯、刺激性气味的攻击，防护等级虽然不如专门的防护面具，可由于是由特殊的材质制成的，效果也能够达到防护面具的七层以上功效。这个数据是经过测试的，当初在京城时，大叔公曾经亲自当着裁缝的面，给南宫骁、南宫勇兄弟详细地解说过。

那个看上去有些颤颤巍巍的老裁缝，据说是一位跟奇门江湖各类人物打了一辈子交道的老世叔，当时还给南宫兄弟示范了一下这身衣裤暗藏的玄机，包括如何在紧急情况下运用的方法。

谁都没有想到的是，事出紧急时，南宫勇竟然没有用上。这样的结果，可能是大意，还可能是忽略了地下古建筑里的危险指数，也可能跟二叔公他们下去时云淡风轻的状态有关。

这时候，南宫勇的脑子里好像起了"脑雾"一样，他虽然意识到眼前的危险是来自越来越浓烈的莫名香气，但浑身上下就是怎么都使不出力气，他的手臂逐渐僵化，手指的麻木是从指尖向上逐步来的，一点一点地接近了他的肩胛，南宫勇这时候能想到的是，要是这种麻木感上升到了肩胛，香气就将攻击到自己的胸肋，乃至人体最重要的核心器官心脏所在的位置。

如果再向上，直接蔓延到了胸部以上的位置，也就是头部，那就将毁掉人体的中枢神经系统，毁掉大脑。

南宫勇意识到，自己已然到了危险的边缘，这些碎片化的想法陡然间在他的脑子里一闪而过，实际发生的时间绝对不会超过十六秒。然后，这种危险的意识就消失了。

猝不及防，这之后的南宫勇和葛日根两个人，几乎同时扑倒在地。

南宫勇醒过来的时候，并不知道自己昏昏沉沉地睡过去多久了。他睁开眼睛才发现，自己倒卧在地面之上的一处草地的中央，周围并不是黑暗的地底，也没有"浓烈的香气"刺激咽喉和鼻腔。

葛日根却不见了。

一个看上去并不是很老的中年男人，穿着一身彩色妖艳的宽袍大袖式样的衣服，正一动不动地端坐在南宫勇的对面。不过，他的面孔是背对着南宫勇的。

眼前的场景，顿时令刚刚醒来的南宫勇有些局促和紧张。他感觉到，对方虽然背对着自己，后脑上却似乎长着一只看不见的眼睛，正紧紧地盯着自己的周身上下。

这会儿，距离二叔公和花蕾蕾"下去"的时间，已过去三四个小时了，南宫勇的内心有些沉不住气了，他从出世以来，还从来都没有遇上过眼前的这种复杂局面。

"对方是谁？是他救了自己，还是自己被他控制了？那种诡异神秘的香气，是他释放的吗？他的目的是什么？"

南宫勇的脑子里，飞速地旋转着，他极力想在尽量短的时间里，找出事实的真相。不过，这些显然都是徒劳无益的。

太阳升到了日正中，阳光照射下来有些刺眼。南宫勇虽然不是直接从地下上来的，导致看到阳光会产生盲视，可他还是没敢轻易地完全睁开眼睛，而是微微地眯着眼睛。

"不要过度紧张，也没必要闭眼防范，你这时候睁开眼睛，日光对眼睛的伤害刺激，已然可以忽略不计了。"

背对着南宫勇的中年男人终于开口了，南宫勇虽然事先预判了这个人的身份，可还是吃惊不小。

"没错，你肯定是从声音上判断出我的身份了，我是罗老七，火车上我们见过面。当然，这只是我混社会时的名字。实际上，我怎么可能是罗老七。社会上的'罗老七'不过是我的另外一个身份。我跟罗老七是完全不一样的人，我用'罗老七'的名字，是为了省去很多麻烦，我这个人最怕的就是麻烦。"

背对着南宫勇的男人,将这些个话一气说完,南宫勇的脑子里顿时就陷入了混沌之中。

他从来没有想到,绿皮火车上的那个一副谨言慎行,在二叔公面前表现得小心翼翼、拘谨木讷、一副胆小怕事模样的罗老七,在和自己对话的时候,竟然给人带来一种不怒自威的霸气和压迫感。

"谢谢你救了我上来。"

南宫勇缓和了一下语气,他觉得罗老七这个人救自己上来,不应该是什么坏事,可也未必是什么好事。至于事情发生以后的走向要随机应变。不过,罗老七救了自己后,那个小矮胖子没有出现,倒是一件出人意料的事。

从南宫勇的感觉上来说,这个地方距离一开始"下去"的地方,可能不是太远,那么,罗老七是没有找到小矮胖子,还是他并非是指使小矮胖子来的幕后之人?南宫勇暂时还没有想明白这一层关节。

对面的中年人没有吭声,他的沉默寡言似乎是有备而来,对南宫勇来说,这无疑是一种无形的压力,他不知道,对方既然可以以"罗老七"的真实身份面对自己,为何却不愿意说出来这一次露面的真正目的。

"我上了绿皮火车,原本是因为南宫家族当年的事情,却没有想到,我失望了。"罗老七的这几句话,说得南宫勇瞠目结舌。

他现在一门心思琢磨的就是,眼前这个自称罗老七的人,到底是哪一方势力的代表,是敌是友。

没有想到,罗老七单刀直入,直接说出来他对南宫家的不满。南宫勇一直希望出现的局面竟然不费吹灰之力地实现了。

"罗先生对南宫家有何不满，尽管说出来，你知道，我就是南宫家的人，高低远近地画出道道来，我都接着。"

南宫勇的声音没有拔高，有底气的人是不会以声音来震慑对手的，那些叫嚣的人大部分是外强中干的纸皮灯笼，经不起风雨的吹打。

背对着的罗老七听了南宫勇的话，并没有什么剧烈的情绪变动，好像他对眼前的这些事情，都在刻意地保持着一定的距离。

"南宫小兄弟，我听人说，这一辈的南宫家族有两位执事的人，是孪生兄弟，敢问，你是兄还是弟？"

罗老七的问话很直接，他知道，在这时候的问话，南宫勇是无法回避的，倘若不说真话，那就有不敢担当的嫌疑。

果然，不出罗老七所料，南宫勇坦然地表明了自己的身份。

罗老七点了点头，他很欣赏南宫勇的态度和做法，在他看来，南宫勇的反应是骨子里的，不仅仅是受后天的训练才能够形成的。这一点，最是难得。

他知道，这样的年轻人现在已极为稀少了。就像自己曾经带过的年轻人，尽管花费了很多心血，也未必有什么提升。

怪不得老话说，徒访师三年，师访徒三年，找不到合适的徒弟，门脉因此传承中断的，也不在少数。

南宫勇的神情有些冷漠，他不知道为什么罗老七在这之前，能够得到自己和二叔公乘坐绿皮火车的具体车次消息，并且跟上了绿皮火车。

"我知道是你救了我，不过我怎么没看见那个小矮胖子？"南宫勇说这句话的时候，实质上是故意模糊了几个事情的环节。小矮胖子是南宫勇动手直接击倒的。他没有直接说，却带着试探性地问询。如果罗老七知道小矮胖子的下落，小矮胖子一旦获救，罗老七一定会第一时间知道是南宫勇击倒小矮胖子，按照目前的时间推算，小矮胖子已经醒了。他也肯定会把自己的对阵过程告诉给罗老七。

"人的面相和面部表情是能够折射出内心与脑子里的意识的，千万不要小看古人对面部表情的研究，也不能忽略一些民间的俗语、老话，那些个标识，都是能触摸到人心的纹路的。"

这话是大叔公在很久以前说过的话中的一段。南宫勇这个时候猛然想了起来，他意识到为什么罗老七在已经和自己照过面以后还要背对着自己。

他不想在这个时候面对自己的原因，极有可能是害怕跟南宫勇在面对面的时候不小心地流露出什么细微的表情。被南宫勇看破内心世界中正在极力掩藏的东西，所以要事先防范。南宫勇极有可能会通过他的面部表情，发现一些他自己对一些事情的立场。

"小胖子我见到了。"罗老七的语气还是跟以前一样平和。

这反而让南宫勇有些诧异，他没有想到罗老七会如此沉稳。虽然在绿皮火车上，罗老七的行为表现得十分隐忍，可见到自己手下人被南宫勇击倒昏迷后，还能够心平气和、不动声色地交流，就有些过于刻意了。

南宫勇一言不发，他的脊梁和后背瞬间就绷紧了，这是南宫勇随时要起动作的前兆。

罗老七声音没变地说："我没有想到小胖子会出事，他是挡了你们的路，以我对南宫家的了解，你们会打晕他，过后让他独自醒来，我虽然预料到这是最坏的结果，并且事先知悉了他要阻拦你们的行为，但我还是没有阻止他，因为我想让他历练一下。他没出过远门，一向就在这草原一带的小县城跟前儿混迹，没碰上过大阵仗，还总天不怕地不怕的，莽撞惯了，吃点儿亏也许是好事。"

南宫勇这个时候开口接了一句："然后呢？"南宫勇没有问"他现在怎么样了"，那样的意思会让人觉得太过明显。

罗老七摇晃了一下脑袋，说道："我看见小胖子的时候……"说到这儿，罗老七有意无意中放慢了节奏，好像是故意在给南宫勇插话的机会。

这是个插话的气口，表现欲稍微强一点儿的年轻人，都会忍不住开口。

只不过，罗老七并没有想明白，他面前的人不是江湖上一般的俗人，这是来自南宫家族的人。

南宫勇没有出声。对于他来说，沉默是最好的方式。

"我发现小胖子的时候，他在下面。"

"小胖子怎么到了下面？"这下子，轮到南宫勇疑惑了。他的反问带质疑的语气。

罗老七有些无奈地说了一句："小胖子不仅仅是到了下面，从他身上的伤势来看，他还受到了不止一次的攻击。顶肘，挂打，翻拦捶，通天掌，这些都用在了他身上。"

南宫勇一愣。

他知道，捋手螳螂、螳螂刁打、梅花螳螂、七星螳螂，都是北派的硬桥硬马，再加上一些轻灵小巧的必杀技。这种功力的人发力用在小胖子身上，他足以被杀死十次八次的。

"他还活着？"南宫勇故意猜测了一下。

罗老七摇摇头继而又轻轻地点了点头。抬手向草原之丘的方向指了指，看到了一股子黑烟，不知道什么时候冒了出来。

"顶肘、捭手、翻天？是山东王朗创立的螳螂拳？"南宫勇微微地摇了摇头，他知道，事情本身或许根本不是自己想象的那样简单。

自己虽然击倒了小矮胖子，出手时的力度却是留有分寸的。这一点，南宫勇有十分的把握。他的能力要比小矮胖子高出不止一点儿，拿捏起对方自然能做到收放自如，完全不会出现偏差。

南宫勇并不担心自己的出手力度，只是他想不明白，那小矮胖子怎么会出现在古建筑的下面。

当罗老七说到小矮胖子身上的伤，南宫勇感到莫名其妙。他出手的时候，用的是湘鄂一带的手法，不会形成硬桥硬马的硬伤害，让小胖子晕倒，不是硬伤造成的，是因为南宫勇用到了"药打"。

"他到底怎么样了？"南宫勇看了一眼罗老七。

罗老七叹了一口气说："活死人"。

南宫勇头皮一紧，他知道，那个看不见的对手实力太强了，强大到了不留痕迹的地步。

"你想不想知道，你失去记忆的那段时间，'下面'到底发生了什么？"

罗老七的话，冷冰冰的。

南宫勇点了点头。

他知道，罗老七将自己从"下面"救出来，绝对是有目的的。罗老七这个时候，陡然转过身来，他的脸上，竟然带着一个古怪的面具。

他居然也戴着"青铜面具"！南宫勇看得目瞪口呆。

南宫勇一下子就想明白了，为什么罗老七没有正面对着自己，而是选择背对自己而坐，原来是因为，他不想让南宫勇第一时间看见他脸上的面具。

面具是由什么材质制作的，南宫勇一时半会儿还看不出来，不过还没等南宫勇多想什么，罗老七突然发问："你知道这'下面'是什么地方吗？"

南宫勇摇了摇头，他知道这下面不会是大墓，因为南宫家的老规矩，是轻易不会允许南宫家族的人"下墓"的。到了大叔公、二叔公这一代人，要求限制得更是近乎苛刻。这样的限制是对后世南宫家人的禁令，防止后世子孙门人，身负奇技，被坏人利用。

二叔公毫不犹豫地下去，说明这下面是一处遗址，大抵是由不知名的氏族遗留下来的。

不知什么原因，这个地方，历经千年堆积了几个古时候不同时期的文明灰烬，对于现在的人来说，还属于未知和探寻的阶段。

发现这处地下遗址的时间，可概括为几个时期。最先下到这处古时遗址的人，并不是现代的考古学家，而是千年之前的一些特殊的人，之所以说这些人都是特殊的人，是因为他们都对神秘上古文化有着近乎痴迷的膜拜和深度的解读。

到了后代，陆续有人出于某种目的，借用这处遗址，在这里搞了一系列的祭祀和神秘的仪式。

这些人当中，历代的人都有，也包括张本见和南宫家的南宫无量。

南宫无量虽然自身的学识和对古董鉴宝的分辨能力称得上是当时年代里的顶流水准，可是他一直隐而不露。跟那些同行里的老古板不一样，他从不拒绝现代社会不断发展中的科学技术成果，对这个行业的更新迭代，更是具有前瞻性的独到见解。南宫无量几十年前带着考古专家和专业考古设备来到这里，算不上是什么新鲜事儿。

不过这些，都是南宫勇在脑子里想的事儿，他并没有跟罗老七说出来。

罗老七的面具上留出的缝隙孔洞有两处，一处是眼睛，一处是嘴部。他的眼睛里面，不经意间散发着幽蓝的光泽，这还是南宫勇第一次留意到的。

"我'下去'的时候，已经发现小胖子出事了，我来，也是因为他给我传递了遇到危险的信号。"

南宫勇不知道小矮胖子是通过什么形式和手段把遭遇危险的事情传递给罗老七的，他看着罗老七，罗老七并没有搭茬。

看起来，他的注意力并没有在南宫勇的身上，只是继续说自己到来的过程："我接到消息的时候，小胖子已然是在地下了，他是在被你击倒后醒来时下去的。从他的左肋下，我发现了一处并不清晰的手印，我估计这应该是你施展'药打'后，小胖子被击倒的地方，我查看过，他没有收拾现场，匆忙中残留了一些痕迹。我之所以没有动你的气，是因为，这小子不知道天高地厚，背着我做事，活该受这一场挫折，我知道你对他已然是手上留了分寸，并没有全力尽出。"

语速平缓，罗老七的话里并没有夹带着指责的语气。

南宫勇的脸上没有变颜变色，这全是以往大叔公长期训练的结果，不过，内心里却有些尴尬。原来罗老七早就知道是他对小矮胖子动了手。只是，罗老七是一个懂分寸的人，他能够理解南宫勇的行为，是在迫不得已的情况下做出来的无奈之举。

"罗先生，你是说，他发出遭遇危险的信号时，人已经在地下了？"

南宫勇脑子里闪现出一幕诡异的场景，几乎是在复原小矮胖子的行动。

在被南宫勇击倒后，苏醒过来的小矮胖子，独自一人下到地下，不知道是出于什么目的。至于随后他受到未知身份人的攻击，更是令人费解，即便是经多见广的罗老七也梳理不清头绪。

万幸的是，由于小矮胖子在地下及时发出求救信号，随后，他被及时赶来的罗老七救了出来。罗老七在救出小矮胖子的同时，也发现了被困在地下昏迷不醒的南宫勇。

"罗先生，您在救我出来的时候，发现葛日根、二叔公还有三姑娘了吗？"

南宫勇特地在罗先生之后，加了一个您字，以示尊重，要知道，不管出于什么目的，罗老七救出南宫勇这个是事实，要有所表示。

罗老七摇了摇头，说："这下面，我们都'下去'过，当地的牧民和生活在这一带的一般老百姓，不知道是出于对什么忌讳，他们从来都不敢'下去'。我们这些最讲究禁忌的江湖人反而是没有那些顾忌。大家知道这下面有不确定的危险，可还是有人冒险'下去'。我这侄子在下面发现了你，他偷偷地追上你，想来是打算趁你不备时出手报复，没有想到，螳螂捕蝉，黄雀在后，他比你先受到了攻击。"

南宫勇点了点头说："真的是这样的话，我想那个人应该是攻击我，为什么选择小矮胖子？"

罗老七没有马上做出回答，他说了一句莫名其妙的话："你知道我的名字叫什么吗？"

南宫勇摇了摇头，他怎么可能知道罗老七的真名实姓。"罗老七"是俗名，一般乡下人家给孩子们起名，都是喜欢起一个不起眼的烂名字的，据说起烂名的孩子好养活。这"罗老七"三个字，自然是属于烂名字。

"我叫罗鸿雁，这个名字比较女气，是因为我父亲一直想要家里有个女孩，我没有出生的时候，这个名字已经起好了，我出生了，这个名字尽管女气，可是没得选择，我这个名字只能被动地叫下去。我们家有七个兄弟，我排行老七，上面有六个哥哥。"

南宫勇点了点头，并不是要表示什么，他知道这种按照排行起的"俗名"或者"绰号"一向是乡下人家图省事的做法。

"我六个哥哥都是死在这下面。小矮胖子的父亲也在其中。"

罗老七的这句话，令南宫勇大吃一惊，他没搞明白，为什么会是这样。

罗老七长叹一声说："你在下面，一定是看见'千尸迎客'那个诡异的场景了，可是，你一定不知道，那里面，也有我的六个哥哥在内。"

南宫勇呆住了，罗老七说的这些，超出自己的认知范畴，他自然无法在短时间内理解。

"他们是被什么人做的手脚？"南宫勇说这话的时候，已然感觉到对方身上渗透过来的寒气。

南宫勇这句话，要是直白一些，就是"是什么人杀死了罗老七的六位哥哥"。

"他们不是一起去的，是分别去的，我们罗家的人到了十三四岁，都要到'下面'去寻找一样东西，如果找到了，据说就会脱胎换骨，如果没有找到就会灵魂被盗，成为干尸，也就是死亡。"

罗老七的这一番话，让南宫勇大吃一惊，他根本就没有想到，这地方除了跟南宫家的渊源极深，也跟罗老七一家有着这么深的关联。

情之所至，南宫勇不由得问了一句："你们要在'下面'找什么？谁让他们'下去'找的？"南宫勇好奇得很，他在这之前，从没有想到过"下面"竟然是如此诡异无常。

罗老七家兄弟六人先后殒命在地下，却锲而不舍，试图寻找到那样东西，更是他闻所未闻，从来都没听说过的怪事奇谈。

罗老七没有马上回答，他跟南宫勇说："你把左手伸出来，我要给你涂药。"

"什么药？"

虽然南宫勇知道，罗老七要是存心害人，早就可以在他身上动手了，尤其是自己昏睡的那段时间，可是罗老七真的没有动手。

"凤凰衣，我在下面已经给小胖子涂过了。"罗老七并没有对南宫勇的不信任表示出过多的反感。

"我还受了烫伤？"罗老七说的这个凤凰衣，南宫勇是知道的。

啥叫"凤凰衣"？懂点儿老规矩的人都门清得很，这凤凰衣是用鸡蛋黄来干炒，进而变成黑色的油，就叫凤凰油，鸡蛋的蛋壳有一层薄薄的膜，那个叫凤凰衣，这个东西治疗烫伤，效果非常好，对斑秃也有一些作用。

"除了烧伤，你还中了蛊水之毒，这是'草原之狐'的独门蛊毒，我前面的六位哥哥，都是死在这个蛊毒上了。他的身份是可以世袭的，据他们自己人说，他们是这个地方的'守地人'，守的是地下，也就是那处'九幽血池'。在他们的说法里，下面是'冥地'，异常恐怖。我们当地人都管这下面叫'阴间'。你们走着过去的那条铺满了土砖的路，叫'阴阳路'。"

南宫勇一下子想起来，自己跟着葛日根"下去"的路上，听到的传闻的确有"阴间"这个说法。

"'草原之狐'和'草原之狼'之间是什么关系？你那六位哥哥是要下去寻找什么呢？"这话南宫勇问得直截了当。

"我们要找的是'夒纹'，据说这是很久很久以前的古人留下来的。至于说谁让我们下去的……"说到这里，罗老七眼睛里闪出一道寒光，随后说了一句，"你真的不知道？"

南宫勇摇了摇头，他只知道南宫无量老前辈当年在这里，带着专业的考古人士到下面去过。至于在下面发现了什么，他还真的不清楚。

罗老七显然是知道这个底细的人，他大概地说了一下当年对外的说法。

他说南宫无量带着考古人士在"下面"勘察，当年曾经甄别出一批重要乐器——距今几千年前的口弦琴，这个在古时候叫"簧"。

"什么是'簧'？"这是南宫勇的知识盲区，他自然要问。

罗老七看了他一眼，眼睛里好像有些怀疑的样子，"你读过《诗经》吗？'我有嘉宾，鼓瑟吹笙。吹笙鼓簧，承筐是将'——《诗经·小雅·鹿鸣》中的'簧'指的正是口弦琴。这地方遗址中的骨制口弦琴均位于'九幽血池'附近，当年南宫无量前辈来的时候，考古界人士发现，这批骨制口弦琴制作规整，呈窄条状，中间有细薄弦片，与其共存的还有骨制管哨和陶制球哨。"

"那个东西怎么会跟南宫家扯上关系？你六位哥哥怎么会要豁出了性命去找？"

"我们找的是'夒纹'。据说，当年'夒纹'是和'簧'一起出现的，不过后来在下面遗失了。"

"'夒纹'在下面出现过，又消失了？"

南宫勇有些不敢相信，他是知道南宫无量前辈的底细的，在他手底下能够"消失"，看来此事非比寻常。

正当南宫勇打算问下去的时候，罗老七忽然间说了一句："他们要来了，你还得睡上一阵子，中了蛊毒的人，倘若不睡足一个时辰，会对身体产生后遗症的。"罗老七的话还没有说完，南宫勇就觉得眼皮下坠，人已陷入深度睡眠之中。

不知道过了多久，南宫勇隐约听到身边有人说话。

"这回，该轮到他苏醒过来了吧？"

南宫勇睁开眼睛时，心神俱是一震，浑身上下一哆嗦，整个人已然从幻觉中醒来，身体极度疲惫，好像是已然昏睡过去很久。

"你是谁？"这句是南宫勇问的。

因为他发现，身边的声音听起来有点儿熟悉，跟一直在地底下说话的那位极其相似。

不过之前，南宫勇并没有看见地底下那位的样貌，这时候看上去，他发现，对方是一位穿着彩衣的女人，年纪俨然是老婆婆的岁数，声音却十分年轻。

彩衣婆婆看了一眼南宫勇，轻轻地点了点头说："我知道，你是南宫勇，我就是你一直没见过的'乌云奶奶'。"

第二十章　蛊水幻象

没错，坐在南宫勇身旁的女人是"乌云奶奶"。她正在给他喝药水，据"乌云奶奶"说，这就是她独门配制的"蛊水"，是专门用来化解人体内所中的毒素的。

江湖上都说，这"下面"是"阴间"，尤其是到过"九幽血池"看见过"千尸迎客"的人，身体里都有"蛊毒"。

"乌云奶奶"的出现，南宫勇倒是没觉得奇怪。他猜想，应该是"乌云奶奶"从罗老七手上救了自己。不过，南宫勇并没有着急问。

"你想知道二叔公和葛日根他们都去了哪里，这地底下到底发生了什么事情吗？""乌云奶奶"说话的节奏很慢了，她的眼睛里带着温柔与慈祥，跟南宫勇事先想的样子不大一样。

"是的，我想知道，他们现在有危险吗？"南宫勇的回答，规规矩矩，像个小学生。

"他们也出来了，不会有性命之忧，只是有的人受了伤，需要安心调养。"

从"乌云奶奶"口中，南宫勇获悉了二叔公、三姑娘花蕾蕾和葛日根他们几个人的现状，都在地底下受了"蛊毒"和乌天蝗的袭击，神志不清后陷入昏迷，好在都脱离了险境，目前已被"乌云奶奶"带人从地下救了出来。

"奶奶，您救我的时候，见到过别的人吗？"

南宫勇故意隐去了罗老七的名字，"乌云奶奶"没问这个，她说，一个戴着青铜面具的人从南宫勇的身边消失了，消失的时候，用的是江湖上失传已久的"虚空遁"。

"乌云奶奶"说到这里的时候，看了一眼南宫勇，好像在用眼睛跟南宫勇进行着交流。

"他跑了？"南宫勇内心里这样想着，虽然觉得疑惑，可是他没有问出口。

"乌云奶奶"告诉南宫勇这下面的"九幽血池"里究竟发生过什么样的事情。

在这之前，二叔公他们曾经遭遇到不明生物的偷袭。"乌云奶奶"带着的人分析，不明生物极有可能是变异的地下蝗虫乌天蝗，二叔公他们几位跟南宫勇不一样，他们中的不是"蛊毒"，是未知生物乌天蝗的虫毒，这种毒液十分缠绵，渗透力强，以至于二叔公他们几位被救出来的时间虽然最早，却至今昏迷不醒，呼吸沉重。

对于二叔公他们遭遇危险的消息是怎么传递给"乌云奶奶"的经过，说来倒是很简单。

三姑娘花蕾蕾用"乌云奶奶"的独门秘药喂食了二叔公，暂时阻止了毒液对二叔公身体进一步损害，花蕾蕾从地下逃了出去后，发送了求救信号，这才引来救援的"乌云奶奶"和其他人。

南宫勇跟葛日根的遭遇和二叔公他们不同，他中的"蛊毒"是有解药的，"乌云奶奶"一给他用上，人就醒了。

南宫勇怀疑的事情，方向是对的。

"乌云奶奶"说众人遭遇的险境，都是跟"草原之狐"有关。

"草原之狐"在这之前操控了地下的机关，利用了自然和人工的毒气装置。

就在"九幽血池"附近，南宫勇被"草原之狐"——一个世袭的盗宝贩子，暗中散布的"蛊毒"香气所害。

"乌云奶奶"带人赶到时，南宫勇和葛日根陷入昏迷之中，已经过去一天一夜。

"现在二叔公他们在哪里？"南宫勇问。

"石头房子。"

二叔公被"乌云奶奶"搁在草原上的一处石头房子中。这间石头房子非比寻常，有着整齐堆砌的石块，非常巨大，在草原上，很难看到这样的大石头，不知道是如何运来的。

"这地方是哪里？这里到底是什么地方？"

"乌云奶奶"似乎早就知道南宫勇会有这样的一问，她并没有迟疑。回答得十分清晰明了。"乌云奶奶"告诉南宫勇，这地方叫"邃石"，是对应下面的"九幽血池"存在的。南宫勇大吃一惊，他知道"邃石"是天外陨石，这个石头屋子，被称作"神仙居住的地方"。

"你这条命，还不算是被捡回来了。我还要带你去村子里治病。"

南宫勇知道，这是"乌云奶奶"看在南宫家族的面子上出手的。南宫勇知道自己的现状，人虽然捡了条命，可是这一次"下去"，却毫无收获。

葛日根带二叔公和三姑娘去了另外的一处地方调养身体。"乌云奶奶"则一个人带着南宫勇去了草原之丘附近的一个村子。在那个独特的小村子里，南宫勇经历了水井下怪人的"蒸晒"大法的调理，身体逐渐恢复正常。不过，这一次，他整整酣睡了三天三夜。

"这一次，他算是活过来了？"

南宫勇醒了，他发现这一次，出现在他身边的不仅仅有"乌云奶奶"，还有葛日根。南宫勇有些傻眼，他甚至都不能肯定，眼前的这一幕是不是真实的。

潜藏在地下古建筑中和他们对话的人，不可能是"乌云奶奶"。

否则，罗老七的侄子小矮胖子也就不会受伤。以"乌云奶奶"的身份，她是不屑对小矮胖子这个晚辈动手的。

在南宫勇看来，这极有可能就是一种障眼法，不过他知道，这个地下隐藏的人，极有可能是跟"乌云奶奶"这边有关的人，只是南宫勇并不打算询问"乌云奶奶"。

"乌云奶奶"把二叔公和三姑娘、葛日根这三个人都聚集到了一起。从神情上看，这几位跟下去之时的样子相比，大相径庭。看上去，每个人都似乎是经历了长途旅行，疲惫得面容憔悴，精神萎靡。

"这次你是最后一个醒的，我们中的'蛊毒'要比你轻不少，都没有去村子里'蒸'。""乌云奶奶"的声音里面带着慈悲和温暖。

"他肯定梦见了许多不应该出现在世间的东西，要不，你看他脸上，怎么有那么些光泽呢？"

三姑娘花蕾蕾看着南宫勇，好像要在他脸上找出什么古怪的东西一样。

花蕾蕾人虽然也是疲惫不堪，嘴里却还是不饶人地向南宫勇发问，语言像锋利的小刀片，一下子就划过南宫勇的内心世界。

"你怎么知道我看到了什么？"南宫勇心下大惊，他一直担心的事情发生了，从三姑娘花蕾蕾的语气里，南宫勇知道，自己对"乌云奶奶"的身份和地底下潜藏着的那个人的关系的怀疑,被花蕾蕾看出来了。

看见南宫勇的神色慌乱,三姑娘倒是一脸的得意,她冷笑着说:"不要疑神疑鬼,地下的那个人就是'乌云奶奶',南宫家的人也是人不是神,要不是'乌云奶奶'出手,你觉得地底下还有一个跟你们对话的人,其实是你还停留在'蛊毒'幻觉中,没有出来。"

"我们不会听错的,那个声音最初出现的时候,你和二叔公已然下到了地下,不光是我们俩,罗老七的侄子小矮胖子也听到过。"

三姑娘的话还没说完,葛日根就接上来说他自己是直性子,不会拐弯抹角。

"三姑娘,别跟他们云里雾里的打哑谜,我们俩都是被乌天蝗的毒液喷到了,人中了毒液,掉到了三层以下的'九幽血池'之中,要不是'乌云奶奶'带着人及时赶到,性命堪忧。你肯定是梦到了一些古怪的事情,其实,那也都是我在替他们洗出毒液过程中,影响到他们的中枢神经,这才产生了幻觉,不过,一切都是幻象,并不是真实发生的。他们说听到的地底下的声音,我倒是想起来了另外一个人。

"谁?"

花蕾蕾和南宫勇、葛日根三个人几乎是异口同声地一起发问。他们都想知道,那个可以在地底下潜藏穿行的女人到底是什么来路。

"乌云奶奶"没有卖关子,她说出来的名字,让这三个人,一下子就愣住了。

"罗八妹?"

三个人看着"乌云奶奶",都是一脸的狐疑,他们不知道这人是谁。

"乌云奶奶"看见众人莫名其妙的表情,已然知道了,这些人对罗家的事情并不了解，对这一处地下古建筑的遗址和南宫家的渊源更是一头雾水。

"罗家是世代守着这里地下遗址的'看海人'，他们家看的海，是草原下的海子，据说，他们家族中每一代人，都会死在这地下。有的是死于'九幽血池'，也有人死在其他的地方。他们的死法各异，有些是我们到现在都无法理解的死亡方式。有一点很奇怪，那就是罗家的人历代死亡的都是男人。"

"乌云奶奶"说到这的时候，她看了一眼已经恢复了神志，刚刚走过来的二叔公。

南宫勇和葛日根都愣住了。

他们俩更没有想到的是，从对话中他们还得知，那个不起眼的小矮胖子，居然还是罗家下一辈的"舵子"。"舵子"是当地江湖人的暗语，意思是"带头大哥"，也就是罗家下一代人中最重要的一个。

南宫勇有些自责。他的脸上，带着内疚和惭愧。南宫家的面子在他这里丢了。

葛日根不动声色，他的面容上还是一副憨憨的表情，好像眼前的这些，跟他没有任何关系。

二叔公是坐着轮椅来的，他到了，并没有说话，好像他对眼前的一切，早已心知肚明。

"大妹子，你费心了。好多年没有见面，我一来，就给你带来了大麻烦。"

"小哥，你话多了。""乌云奶奶"摇晃了一下戴着古怪头巾的头，轻轻地摆动了一下左手。

"剩下的，你来说吧，我年纪大了，摆弄了一辈子的'药'，脑子中毒了，记忆力也不行了。"在"乌云奶奶"叹息声中，带着她的手下消失了。留下二叔公和南宫勇几个人。

二叔公面沉似水，南宫勇不知道二叔公的内心里是做了怎样的决定。

良久，南宫勇才说了一句话："二叔公，罗八妹和罗家的事，我们还有很多不知道的。"

看了一眼南宫勇跟他身边的人，二叔公声音柔和地说出来一番谁都不曾了解的旧事。

"罗家是'守海人'，这个是很久很久以前就有的规矩，不知道是出自什么朝代，也没有人知道到底经历了几百年。

"当初，南宫无量前辈到这里，南宫家和罗家签了一个'死契'，用极为特殊的条件换取了罗家为南宫家'下地'，寻找一样东西的下落。从那以后，罗家已然是为南宫家工作的人。"

南宫勇没有吭声，他从之前发生的事情中看明白了，罗家果然和自己家族有些扯不断的关系，虽然他到现在还不知道具体的内容是什么。

"罗家的人，是替南宫家的人死了？"

南宫勇想起罗老七看自己时，青铜面具后闪着怨恨的眼神，脑子里浮现出一幅一幅的画面。

二叔公摇了摇头，说："从某种程度上说，你可以这样理解。不过，真实的情况并不是这样。"

南宫勇的嘴巴张开，一时没有合拢。他无法想象，当年老一辈的南宫家人是用了怎样的东西来交换罗家几代人的身家性命。

二叔公没有理会南宫勇的惊诧，他只是继续说道："这个罗八妹，是罗老七的妹妹，罗家重男轻女，她便不在大排行之内。你听到地底下有声音，就是她发出来的。我在下面的时候才发现，她可能已经找到了下面的东西，而我和三姑娘中了的'蛊毒'其实跟你中的乌天蝗的毒素是大致相同的。我知道，是'草原之狐'投放的，本来已经危及生命，是罗八妹救了三姑娘，让她逃出生天，向'乌云奶奶'发出了求救信号。

"不过，她为什么不直接出手救治呢？这也是我到现在还想不明白的事。"

葛日根看了一眼南宫勇，开口向二叔公问道："二叔公，既然罗八妹手上有那个东西，我们找她去要就行了，何必在这里耽误工夫。"

南宫勇正要说葛日根太急切了，心急吃不了热豆腐。二叔公倒是一脸的坦诚："我们倒是想找到她，可惜现在的人，哪怕是罗老七，都不知道如今的罗八妹长成了什么模样。"

这下子，轮到南宫勇和葛日根一起傻眼了。好在，二叔公并没有过多地沉吟，他马上给出了罗八妹的下落。

原来，"草原之狼"在追踪"草原之狐"的过程中，掌握了罗八妹的下落。

她躲藏在乌山的一处偏远的村子里，一直隐姓埋名，过着普通人的生活。受家族禁忌的影响，罗八妹不得在地上施展本家的术道功夫，她又是一个天生的"断掌"，嫁了的丈夫据说被克死，一直被村民歧视。

二叔公很快吩咐葛日根发信炮，通知"乌云奶奶"有新行动。稍事休整，这一行人和"乌云奶奶"带来的人就会合在了一起，准备重新出发。目的地乌山。寻找现实中的罗八妹。

去之前，二叔公把南宫勇叫到了身边。

"我给你看一件东西，老物件了，你看看这是什么？"二叔公的手伸进了自己的怀里，掏出来一样东西。南宫勇和刚来的"乌云奶奶"看到后，有些不明所以。

"这物件是喜报子的模子，老年间娶亲要贴喜报子，喜报子干吗用的？带路的，有人说叫接亲路引，也行吧，路引是古代的通行凭证。明朝时有一项规定：凡人员远离所居地百里之外，都需由当地政府部门发给一种类似介绍信、通行证之类的公文，叫'路引'，若无'路引'或与之不符者，是要依律治罪的。'路引'实际上就是离乡的证明。另外人死后，由黑白无常锁魂进入阴间，先押送至当庄土地庙，等待土地禀告城隍，城隍爷签发路引，才能正式进入阴间路程，所以'路引'一词多用于白事。不过，现代婚礼有婚庆路引，就是放在新娘通往舞台的那条过道上的一种装饰，有弧形铁艺路引、灯柱路引、水晶路引、金纱路引、罗马立柱路引等，由新娘爸爸交给新娘，它代表着这对新人开始走向新的幸福人生道路。但过去习俗是贴喜报子，就用这个印模子盖在纸上，从胡同口开始贴，一直贴到本家的门口，一是表示喜庆隆重，二是省得走错了道，把新娘送别人家去了。到了正日子，接亲的队伍一路上吹吹打打，把新娘子迎回家就开始拜天地了，这喜报模子是配套的。迎亲大吉，是红方喜字，这喜模子在过去轿子房，跑大棚的，还有开饭庄子的都有。二叔公手上的这套喜模子，最起码是民国的，市面已经见不到了，这物件能保存这么完美，实属不易。这个引子，是当年草原上的一位老辈子人留下来的。这个人是当年的罗家长辈。拿着这个去找罗八妹，她肯定会承认自己的身份的。"

"莫非二叔公，你已经有了罗八妹的下落线索？"不只是南宫勇一个人好奇，"乌云奶奶"也发出了疑问。二叔公面色严峻地说："我下'下面'黑暗中和她照了个面，我知道，她是一个断掌的女子。"

"我知道你们要找的人是谁。"

三姑娘接了一句话,她这句话,是这一行人马上要到乌山前,最令人震惊的话。

"我见过那个女人。"三姑娘花蕾蕾,没有掩饰住自己的兴奋。

她的确是见过那个女人,并且很快在乌山附近的村子里,找到了这个女人。

据三姑娘花蕾蕾说:"这个女孩子很古怪。我们这地方一个盲仙是给她看过手的。所以,她的断掌在这一代很出名。"

由于三姑娘和"乌云奶奶"的出现,寻找断掌女人的经过变得不是那么费劲了。

乌山附近的一处极为偏僻的村子里,南宫勇一行人终于见到了那个身世和掌纹都极为奇特的女子,罗八妹。

听完了村子里的人说出来的闲话,南宫勇知道,罗八妹在这个村子里就是个"不吉利的女人"。

村子里的老话说,女子断掌,就是厄运的代表。村子里的女孩如果手有断掌,就需要请师傅用"缘金、橘子石、黄金、影子石、赤鳎鳞"制作成石碑护身符,并按照农历生日在结印册上添加结印。

三到五月出生添加"云月舞鹤、菊葵、日足"结印。六到八月出生添加"闻竹、山岐幡、石田佐吉"结印。九到十一月出生添加"音无响子、九虹锦声、叶影"结印。十二到二月出生添加"竹雀、千叶藤、千与香穗"结印。饰品为石碑护身符,结印三个一起形成三元风水局,可以化解女士厄运。

南宫勇其实是不相信这些迷信说法的,他之所以会了解这些,完全是因为他要拆穿这些个荒诞不经的说法。一番话下来,让罗八妹和三姑娘都有点儿听傻了。

"莫非你真的懂破解之道？"

罗八妹虽然身负奇技，由于自幼封闭在一定的区域内，对外面的事情根本就无法接纳。她只是问了一句："我要是把地下的'那个东西'交给你们，你们会不会解除跟罗家的'死契'？还有，你真的是懂术道的吗？"

南宫勇盯着对面罗八妹的眼睛，一脸严肃地说了一句："不要听盲仙的那一套说辞，蛊惑人心的封建迷信那一套我最痛恨。"

说到这里，南宫勇的手指微微动了一动，一只圆珠笔的笔芯激射而出，从他的手掌中发出，射入对面的一株碗口粗细的树身中。

水无常形，命无定势，万事万物，瞬息万变，以不变应万变，大吉。

掌无常纹的话，会有一个问题，命运会跟着变吗？

"水法？"罗八妹惊呼起来，她是知道这个神奇的东西的。对面几个人一下子都愣在当场，一下子被吓得无法出声。

南宫勇施展的是"水法"一脉的看家本事，出自当年的老东家一脉，他的举动过于惊世骇俗，显然震慑到了村子里的人，从此没人再敢找罗八妹的麻烦，也不再传那些闲话和传言，当然这些都是后话了。

为这事儿，断掌的罗八妹十分感念南宫勇，出于感动，她拿出来自己在地下寻找到的"那东西"，交还到了南宫勇和三姑娘花蕾蕾手上。不过，在交出"青铜锁匙"的时候，罗八妹说出了一个罗家传女不传子的秘密。那就是，这"青铜锁匙"的使用方式，跟古人的"虎符"极为相似，需要两枚"青铜锁匙"合在一起，方能使用。

南宫勇和二叔公在断掌罗八妹的手中，得到的"那东西"，实际上是一柄"青铜锁匙"。

身上带着这一把"青铜锁匙"的爷孙俩，还聚集了已受伤的葛日根和"乌云奶奶"一行人，重新回到了"草原之丘"，却发现了之前没有看到过的石头房子。

在这之前，南宫勇从南宫家收集的资料档案中查找过"血封之地"的资料。他知道，这附近出现的石头房子的历史距今恐怕已然有几千年之久，绝对不是自然风化的产物。熟悉历史的人大致都会了解到，类似这种石头房子，其实在北方很多地方都有。

内蒙古的赤峰、辽宁的海城，历史文献和县志上面，都有这类石头房子建筑的文字记载。民间老百姓对石头房子赋予了大相径庭的神秘说法。

各类传说中，石头房子的用途有四种。当然这些都是在猜测，既无物证也无史证。一个说法说石头房子是祖庙，是契丹人祭祖的地方。另外的一个说法认为这里是祭祀场所。

契丹族是鲜卑后裔，鲜卑就有祭祀石洞的习俗。特别是"牺牲"一词，就最早见于萨满教，它是一种神圣的奉献。

还有一种说法是，辽太祖东征渤海病逝回到祖州的停尸房。因为契丹有停尸的习俗，少则数日，多则数月。所以说，无论是停尸说还是祭祀说，都应该与契丹人的萨满教活动有关。

这些石头房子的传说还有些近乎荒诞。不过，大抵都脱离不了这几种情况。令人十分意外的是，在石头房子附近，南宫勇和二叔公遇到了一个奇怪的老妇人，她自称是葛日根的姑妈，她带了一件东西请二叔公和南宫勇鉴定。

二叔公见到这老物件十分惊讶。他告诉南宫勇："这东西是斗彩温酒壶，属于大清中晚期的物件，底款正品堂制，保存得相当好，它的造型、品相都是一流的。温酒壶分两层，外面搁热水，里面放酒，壶的绘画是雅士山居图，一看就出自名家，而且外层跟内胆的画是相连贯的。壶上写着一首诗：古风秋水淡淡，绿云不散，云谁之思，丹邱仲姬。内壶上也有一首诗：听雨凰坡疏富竹，遥山合翠入溪光。关键是，它被保存得这么完美，就连壶盖都完整无缺，是不可多得的珍品。只是为什么会在这里出现，让人难以捉摸。"

葛日根的姑妈则说，这一片草原上的事情，传说和诡异的事儿颇多，并没有什么可惊讶的，一些不寻常甚至是不属于这里的器物，好像会突然间出现在这个地方，有人说这是有奇门中人通晓"五鬼搬运之术"，故意在这里炫耀和立威。也有人说，这是走私文物的贩子，也就是"草原之狐"他们在贩运过程中藏匿于此，久而久之遗忘了的。

老妇人的这些民间说法说得南宫勇异常兴奋，他感觉走私文物贩子利用这些遗址的神秘之处，藏匿和流通青铜文物的可能性极大，那"下面"跟眼前的这石头房子被人利用的形式似乎是一样的。

"二叔公，我们要不要再'下去'看看？"

二叔公阻止了南宫勇的再次"下去"的提议，他知道，自称葛日根姑妈的老太，拿着瓶子来鉴宝，都是障眼法，其实际目的是向南宫家传递一个消息，另一半"青铜锁匙"已有了下落，即将在这处草原附近的小县城的地下拍卖会上露面。

这让脱离了险境，原本打算回京城的南宫勇和二叔公他们，不得不在草原附近的小县城一带多待上几天。

葛日根姑妈的消息，被"天狼之刃"证实了，确有其事。没准，这个地下小拍，就是针对南宫家的。

看样子，这是试图以此震慑住南宫家，阻止他们在这片草原上的行为。

设立"小拍卖"的人，立的是"武拍"，需要以拳脚武功对阵输赢，输了的人退出拍卖，没有资格继续参与，这些没有透露身份信息的人，属于当地新出现的第三方势力，这倒是令江湖和拍卖界的人疑惑不解的事儿，没有人会想到，神秘富豪竟然会在不起眼的小县城搞了一个地下拍卖。

从他们打算在"小拍卖"上拍出的拍品看，他们就是在针对南宫家的人和"水心斋"古董铺子。因为，他们竟然单方宣布，南宫家寻找的东西就在他们那里，他们的手上有海子下面发掘出土的"青铜锁匙"。

一听到"青铜锁匙"有了下落，二叔公也按捺不住内心的激动和狂热，在二叔公和南宫勇看来，这是到了嘴边上的肉，不管真伪，都要去叼一口的。

当然，这话是三姑娘说的，南宫勇的原话是没有这样粗鄙不堪的。

"他们那边，谁当掌耳？"二叔公这话是问"天狼之刃"的。

"莫无几，一个有很多熟人的惯偷。"

"莫无几？"二叔公笑了。这是一个再熟悉不过了的名字。

第二十一章　不速之客

二叔公和南宫勇并不了解莫无几现在的情况，其实这是骑虎难下之局。这件事的起因，并不是莫无几想做的。他当然知道南宫家的厉害，没事儿是不打算触碰南宫家的霉头的。

"既然'草原之狐'设了这个局，我们就不妨因局成事。"

原本打算离开草原的二叔公和南宫勇，这一回打消了动身的念头，准备去赶赴地下"小拍卖"的局。

草原上的"天狼之刃"带来的消息，马上被二叔公事先埋下的眼线证实了。据说拥有另一半"青铜锁匙"的人，躲在幕后，设立了"小拍卖"。

拍品号称是南宫家重金悬赏的"青铜锁匙"，并且说，来拍的人需要带着"青铜锁匙"的另外一半来拍。过了"武拍"这一关，胜者留下合二为一的"青铜锁匙"，输了的人，则退出寻找"蚩尤残卷"的探险行动。

毫无疑问，这是明显要跟南宫家和"水心斋"古董铺子对抗了。南宫家，不能不接这个挑衅。

走私文物的捎客莫无几并不知道，南宫家已知道了这个地下"小拍卖"，躲在他背后的人仅仅是放出风去，说是有"青铜锁匙"要拍，就一下子引来了不少圈子里的行家和江湖人物出现。

自然，这里面也有幕后的主使者和他们私底下邀请来的海外势力。因为这个地方消息闭塞，这些人从何而来，莫无几这边没有人搞得清楚。

跟莫无几不一样，二叔公倒是摸清了来人的底细，他知道，这就是废家的人，躲在背后指使海外的人找到莫无几而设下的圈套。

一旦"小拍卖"上南宫家不敢露面，那么"水心斋"的名头就算是栽了。倘若出现，这"武拍"和正常的拍卖是大大的不同，需要参与拍卖的各家派出擅长打斗者，进行生死绝杀。输了的一方，还是无权参与拍卖，并且要把自己带去的另外一半的"青铜锁匙"交与对方，拍卖出去。

在南宫家这边看来，这个"小拍卖"的"武拍"，其实就是为了钓鱼，不过这并没有真鱼，而是南宫家手里刚刚得到的一半"青铜锁匙"。能不能避免，这个念头在脑子里一闪后又立马消失。不该这样想的，南宫勇知道，对方既然准备了下好手，这场阵仗就无法避免，这就是针对"水心斋"的。

不过，这早就在两位叔公的意料之中，包括"武拍"该怎样应对，都算计得十分清晰明了。

这些做地下交易的人，近年来大都是靠金钱和四通八达的地下隐秘通道走私贩卖文物的。那种几十年前，靠生死搏杀、打斗独霸江湖的事儿已是越来越少了，没有几个年轻人愿意吃苦习武了。

出于这样的原因，这些年能打的打将明显是越来越少。不过，眼前抽签和南宫勇对阵的这一位，虽然人品不佳，身上的功夫倒是一顶一的。

知道地下"小拍卖"市场的人，都听说过这个人的名号。这个人本来的名字叫秦飞展，在东南亚一带的打将中相当出名。

"打将"是一个极为小众的称呼和叫法，相比起杀手、刺客的悠久历史，打将的称谓出现的时间极短。

一般老百姓对此一无所知，即便是江湖中人，也只是知道，打将比杀手更不容易找。

打将和主人的关系，并不是老大和马仔之间的关系，而是纯粹的雇佣关系。

据说好的打将，雇主都是会给其缴纳重金保险和事后赡养家属的费用的。打将的身份跟杀手比起来，不知道要高级多少倍。

南宫勇知道秦飞展的名头。秦飞展的国籍大概是东南亚一带的，不过看面貌好像是有着华裔血统。

南宫勇从家族档案馆查询的资料上看到，秦飞展的武功是得了北派硬桥硬马的功夫真传，去东南亚打过地下黑市拳，还融入了巴西柔术、以色列短打近身格斗等诸多现代自由搏击的技巧，外加他本人有天赋，这些年，他往来东南亚一带，作为打将，鲜有对手。

不过，和真正的高手相比，秦飞展他最大的毛病是——卑鄙，擅长偷袭。这一次，他又是从偷袭开始的。

一招斜斜的掌劈，既有中国传统的披挂掌的影子，又融合了泰拳后招。一旦南宫勇转身闪让，那么这个打将就会立马跟进一步，转身用肘，拦腰击打。

一旦这两招俱发，南宫勇就会重伤。

不过，当众人惊呼、秦飞展大叫的同时，南宫勇一个侧翻，人居然到了半空，就像杂技团里面玩的空中飞人。这让现场的人都愣了。

连莫无几都认为，南宫勇这样没有名号的新人，在秦飞展这位打将的面前走不过三五个照面，没想到南宫勇竟然以健硕的身材练就了如此轻身功夫，一个轻飘跃起的动作，就化解了秦飞展的暴力攻击。

　　显然，这位打将秦飞展，明显是不适应南宫勇眼前的这路数和打法。好在他反应迅速，回身一个懒龙摆尾，以腿击出。

　　这一招，出自北派的谭腿，秦飞展稍微做了变化，在施展出招后，他改变了腿的方向，加入了他从南美洲丛林的一个部落里学来的"火蚂蚁术"。

　　"火蚂蚁术"是秦飞展赖以成名的绝技，在这个改良时代，秦飞展的功夫不仅仅是北派谭腿、丛林秘术，还有巴西的扭绞腿法，都得到了全面提升，他的脚腿异常灵活，就像手臂一样活动自如。

　　南宫勇此刻好像不屑与其对阵，身形如穿花之鸟一般，在秦飞展的四周来回移动。那样子，用句老话形容，当真如老叟戏顽童一般。

　　现场观战的人都异常紧张。他们知道，秦飞展这一回对阵是遇到硬茬了，地下"小拍卖"的"青铜器"应该归于南宫家了。参加地下"小拍卖"的人，并不知道这"青铜器"具体的用途，他们大多只是热衷于参与血腥的打斗和疯狂的金钱角逐。

　　只是，对阵并没有众人想象的那般结束。

　　要知道，那秦飞展在江湖上能够被公认为打将中的人物，一顶一的人间高手，绝非一般寻常的街头打将可比，南宫勇能够轻易化解，却一时半会儿也无法击倒对方。

　　在众人看来，南宫勇的身手中既有中国的南派咏春、少林虎爪、阴阳互通的拳法，又有戳脚翻子、八极拳中的半步崩拳，这类硬桥硬马的招式一多，体力的消耗就会很大。

"不好！"就在众人的呼声中，莫无几突然忍不住发出了一声惊叫。周围的人听了无不毛骨悚然。

要知道，莫无几作为江湖上最神秘复杂的独行大盗，阅历最是丰富，眼睛很杂。很多神秘的功法与传承，都是在他的脑子中的，他的惊呼绝对不是虚张声势。

因为，莫无几看见了比见鬼更可怕东西。

"僵尸！"秦飞展使出了东南亚邪术"天咒僵尸拳"。

这邪法，即便是在地下黑道中，都是会被全面禁止的一种邪门功法。这功法，有人说是出自明代末叶湘西一带的山野之中，那个地方千年以来，荒僻无人，据说之前是兵家的杀戮战场。

湘西赶尸，江湖上传得沸沸扬扬，这功法则跟赶尸有着极深的渊源。

故老相传：湘西沅江上游一带，地方贫瘠，崇山峻岭，汉人不多，但身死该地之汉人，都会遵照传统的"土缘"观念，运尸还乡埋葬；可是，在那上千里的崎岖山路上，尸体难以用车辆或担架扛抬，于是，民间的祭师就创立了这一奇怪的办法运尸回乡。

南宫勇尚且隐约记得，自己参阅的前人笔记里曾经提及，抗日战争期间，在重庆打铜街一个住家屋檐下挂着一块木招牌，上写"祝由科专治疑难杂症，代办运尸还湘"，赶尸这一门法术归纳于"祝由科"门下，乃湘西的土产巫术。似乎与传说中神秘的"奇门遁甲"有密切关系，用符咒施法之后，尸体一般是不会腐败损坏的。

即使途中险阻无数，会碰上好些个问题，也可以让遇到的一切问题迎刃而解。有了驱赶僵尸的赶尸匠在此，什么事办不了呢？

至于说到赶尸匠与被赶之尸的渊源，也有很多记载。

名满乾隆朝的大学士纪昀在汇聚了自己毕生心血的大作《阅微草堂笔记》里面的卷十中记录有一则逸闻，讲的就是僵尸的故事。纪昀之后，袁枚的《新齐谐》中记载了南昌士人行尸夜见其友之事。

这类故事，给僵尸，确切点儿说是赶尸，找到了理论依据。古人认为，魂聚则为鬼，魄聚则为僵尸，如此一来，为什么尸可以赶，便可以成立了。

当然，还存在着另外一种说法。那种说法认为，湘西赶尸之所以神秘诡异，无外乎是有人故意神化了这种民俗行为。

实际上，赶尸人只是用特殊的药水涂在尸体上，使它们的关节软化，然后用特殊的方法把几根竹子和尸体都连上绑牢，用一两个人在前面拉就可以了，就像是机械一样，拉这根就抬这只脚，拉另外一根就走另外一只脚。

只在夜晚赶尸当然看不出来，就是把毛竹都涂成黑色，在夜里，利用人们害怕不吉利的心态，规避了被发现秘密的因素，人都是站在远处恍惚中看到一眼两眼，当然是看不出个中隐秘的。神化这些，其实都是后来不懂的人猜疑揣测的结果。

真正的湘西巫术与赶尸，绝对是另有蹊跷在里面。

而创建"僵尸拳"这门邪术的东南亚最早的那位掌门，其实是清初跑到南洋避祸的王室后人。他自幼习武，又有皇家宫廷中收藏的秘笈。正因为这样，他才结合湘西巫术和南洋邪法与武功，自创了这种僵尸拳术。

与人对阵打斗之间，他这面会在无形中施展一种无色无味的药粉，在这药粉的催动下，拳法的施展者将对手作为僵尸驱赶。

在施展者的手中，有时候甚至一种器皿、一件乐器都会被带入阴狠的招式。

他这古怪的拳术一出，南宫勇还是有些吃不住劲了。

莫无几应邀来做这次地下"小拍卖"的举办者，是出于迫不得已。他没有想到，南宫家的人竟然真的找上了门来。

做地下"小拍卖"说得过去，他会给自己找出无数个理由。可要是南宫家的人真在这里出了事，他知道，一定是无法交代的。脑子里一直在想这件事的前因后果，莫无几还是不知道自己该不该出手。

对于神偷绝技，莫无几自问，放眼天下，自己绝对不会在这一行里跌出十名之外。但要是论起武功之道，自己可能连三十万名也排不进去。何况，自己的心念刚刚一动，那边就有人瞄了自己一眼。

那一眼极其犀利。像是规劝，但更是一种明显的警告。

眼见打将秦飞展就要得手，南宫勇这边已是气喘吁吁，脸涨得通红，明显是气力不足。

不过，就像所有的故事发生过程中总是有起伏转折、峰回路转一样，莫无几在心里也拿定了主意。两害相权取其轻。

莫无几的手动了一下。三枚青铜制钱，不知道从身上的什么地方一下子就到了他的手上。

他相信，凭他的功力，解决眼前的东南亚打将，还是没有问题的。不过，这光天化日之下还是有些困难。

一旦击伤眼前的人，就等于站队到南宫家，要想继续隐藏这手绝技和自己的身份，难上加难。

并且，刚才那带有警告性质的犀利眼神，究竟是从哪里发出来的，莫无几并不清楚。他一直在暗暗地寻找这个人，可惜没有结果。

如果不是技高一筹，是很难发现刻意隐瞒自己身份的人的一切行为的。

"不要动，千万不要动。"

一个声音，在莫无几的耳边说话，这声音不是很大，但就像是夏天里的蚊子，在他的耳朵边转，让人有一种近乎恐怖的感觉。

这声音发起时，莫无几的身子没敢动，脑袋却转了一圈。尽管他四处张望，小心翼翼，可惜，这一次，他什么也没看明白。

这一场对阵，高下已分。南宫勇已经处于败势。不过好在中场休息的时间到了。

南宫勇满头汗水地从场上下来了。他自己是清楚的，在打将秦飞展的面前，他的对阵斗手的功夫，还欠着不少火候，除非有人伸出援手。

秦飞展没有顾及南宫勇这时候的想法，他不过是别人请来的帮手，除了胜负与他的个人收益有关，别的他是不在乎的。倒是一旁看着对阵的二叔公知道，那件东西不会在拍卖场上出现了。二叔公当机立断，直接跟莫无几挑明了说。

他们暗中跟上莫无几，找到了他住的隐秘之所。二叔公直来直去，对莫无几这样的老相识没有回避。

"那件东西还在吗？"

莫无几有些尴尬，他不知道自己陷入这个南宫家的局是不是明智。

一个月前，有陌生人找到经常往来港澳台的外籍文物鉴定商，希望他能够出面拿下那件老古董，其实就是一块不起眼的青铜绿摆件，在当时，那个东西还只是个图片。

莫无几鉴定文物的本事是专业级的，他觉得那东西多半是出自盗贼之手，因为长期在地下掩埋，上面满是绿锈。而且断定，这物件并不是个能出大钱的东西，自然不想浪费时间。

可是，来人却不死心。几次三番动员莫无几带着手下的人到草原去，鉴定这个物件的年代和来历。

莫无几是贼，却有着他堂而皇之的身份。虽然，他看不出来这个物件有什么特别值钱的地方，不过既然来人有需求，花了重金让他这样操作，看在钱的分儿上，他稍微迟疑了一下，答应了对方，接下了这单活儿。

不过，对于莫无几来说，还是有些放心不下，故意问了一句："这件事幕后会牵扯到谁？或者说是哪一方的势力？"

对方倒是诚恳，告诉莫无几，这个事情牵扯到的是几十年前名头很大的"水心斋"古董铺子，不过，现在的"水心斋"古董铺子已经歇业多年，许久没在江湖行业中出现了。

"水心斋"的字号，莫无几无疑是知道的，他是行业里的"老皮子"，就是大叔公和二叔公他也是朝过面的，不过他并不清楚，大叔公和二叔公两个人和"水心斋"之间有什么关系。

毕竟，这两个人对外的身份，都没有牵扯上"水心斋"这三个字，他们两个人的姓氏，也不是南宫。

不过，似乎是有意无意间，对方还是问了一下莫无几，是不是知道南宫家族的陈年旧事。

莫无几还能够记得起当时他们之间的对话。

"你是不是了解南宫家族的旧日传闻？你们之间，有没有交情？"

对方的问话显得有些小心翼翼。莫无几点了点头回答道："我想在这一行里，没有谁是不知道南宫家的名头的。不过我这个身份，是不配和南宫家的人做朋友的。"

对方一笑，不知道他们是否看明白了莫无几耍的小心机。莫无几说自己不配跟南宫家的人做朋友，可是，没有说自己是否认识南宫家的人。

接下了这个活儿，莫无几才知道，"水心斋"古董铺子已开张重启了。据说，现在的"水心斋"古董铺子换人了，南宫骁、南宫勇这对孪生兄弟，成了京城著名的"水心斋"古董铺子的执掌人。

坊间的说法是，南宫骁和南宫勇兄弟二人各有所长。南宫骁的身份特殊，不只是京城赫赫有名的"水心斋"古董铺子的主人，还是行业内有名的地下"小拍卖"的执掌人，人称"小掌柜的"。

所谓地下"小拍卖"，并非是黑市拍卖，而是合法经营的拍卖行，跟莫无几这种带有血腥的"武拍"根本不是一路事儿。

搞"小拍卖"，是为了有些小众群体的安全和癖好。

相比那些大开门的公司，出于隐蔽和不愿透露身份的原因，一些藏家便有心眼得多，他们选择了小拍卖行，一来身份可以保密，更为安全；二来也可为后代子孙留一丝希望。能进入小拍卖行现场的藏家，非富即贵，个顶个深藏不露。

除了安全之外，还会有一些特殊的藏品，十分小众的器物，在小拍卖行里售卖，比如天珠、地宝、太岁等。

而南宫勇作为京城著名的"水心斋"古董铺子的接班人，除了古董鉴赏技能外，身手了得，更有一些不为人知的本事。

南宫家对接班人的培养十分严格，几近苛刻。作为南宫家的接班人，首先要有一个强健的身体。"冬练三九、夏练三伏"更能磨炼人的意志，增强身体的适应能力。这样经年的苦练之后，方能成为一个合格的继承人。南宫骁天资聪慧，敏而好学，倒是深孚众望。等时机差不多了，叔公便将他爷爷的遗物交给了南宫骁，有些事情也是时候让他知道了。

第二十二章　黄神庙

莫无几得到的这些消息，不乏相互矛盾的地方，这在某种程度上影响了消息的准确度，一时间真伪难辨。不过，箭在弦上不得不发。

他还是来到草原附近的小县城，接了这一单，心底里只是祈祷南宫家的人千万不要来蹚这浑水。

当然，莫无几不是傻子，他带着的人马早就散开，并对周围的生人进行监控。

他是一个聪明人，在看到二叔公、南宫勇和"乌云奶奶"出现的一刹那，莫无几已然明白了这个事情远没有之前想象的那么简单。所以，没等二叔公逼问，也无须南宫勇发狠，他就把事情的经过交代得一清二楚，毫无保留。

莫无几心里全明白了，这件事从头到尾，其实都是有人为了诬陷和引诱南宫家的人上钩，故意编造出来的。

正当莫无几将这些事情的经过说给二叔公和南宫勇他们听之后，二叔公没有生气，反倒是笑了。

"你说的这些，连十分之一的真实性都没有，这一点我可以负责地说，南宫家的'水心斋'古董铺子，到现在也不过百年而已，那是无量老先生为了祖师张本见老人的心愿才创建的。'青铜锁匙'本身并不值钱，我们要找到它，是因为，它是我们去黄神庙'九龙地藏塔'下面的钥匙的一半。

"不过你说给我们了，那就证明我们的关系还是很好的，我们还是朋友，那件东西的下落有了，我还要好好地谢谢你。"

二叔公和莫无几点头道别，他知道莫无几这一番话说得极为明白，对自己也算是真的毫无保留。

"对这个人，我们还有什么要问的吗？"

南宫勇看着自己的二叔公，觉得他近日有些变得温和了许多，没有了以往的凌厉和煞气。

二叔公倒是并不在意，他只是说："果然，这里面确实存在着一个加另外一个伪造的连环局。"

离开了莫无几，南宫勇跟着二叔公重新回到了"小拍卖"的现场，这一次，是另外的一处场地，这些也都是和地下"小拍卖"有关的场子。

地下"小拍卖"，以武力炫技，有赌的成分，也有对金钱财富和血腥的追逐，这会儿看起来，还是有人对阵。

这是地下"小拍卖"的规矩，在众多人盯上的拍品出现时，跟大拍卖行不大一样，大拍卖行是交保证金，拿拍卖号牌，才有资格竞拍。地下"小拍卖"玩的是心惊肉跳，需要各方指派好手，参与地下血腥暴力的对阵。对阵中的胜者才有资格参与拍卖。这一刻众人都在围绕着对阵者，紧盯不放。南宫勇略微环顾一下，就发现，人仍旧还是那些人，重新抽签对阵的双方还是南宫勇和秦飞展，话不多说，不到一炷香的工夫，两个人的打斗也到了最后时刻。谁胜谁负，生死立现。

秦飞展的功力其实是胜过南宫勇的。周围人的呼吸明显变得急促起来，眼看着南宫勇就要败在秦飞展这个东南亚打将的手下，甚至说，还可能要筋断骨折，但四周看热闹的，没有人会出面劝阻。

倒是那几个黑道人中有人用并不流利的中国话说，南宫家，你这一回是输定了，南宫家一百多年的风头，这回该灭了。

"他怎么会露面？"

谁都没有料到，大叔公会在这个时候出现，他自己独自坐在那里，僵化的身子，一副不近人情的样子。看上去，他似乎是心里有数。

不过，在围观参与"小拍卖"的人看来，没有丝毫的迹象表明南宫勇会胜。

这时候的莫无几是异常紧张的，他已经不知道该站在哪一边，是出手助力南宫家的人，还是装作毫不知情，冷漠对待，都是两难的选择。

就在莫无几四顾无暇，不知道如何是好之际，四周围着的人群中，有人发出一声低吼。只这一声，所有在场的人都是心神一震。

没人能够准确地形容这种声音的发出是源于什么力量。如果一定让懂得江湖秘术或者是通晓东方武学的人来说，这应该是近乎佛门狮子吼的一种聚集的能量，在瞬间爆破。尖锐，振聋发聩。

这声音突然冒出来，炸裂开的声音变成了一种可以伤人性命的声波。如果非要说这是什么，可以归结为声波武器。

"符雷咒骨？"

这是传说中，仅仅出现在道家、墨家、佛家的包括雷音寺光明教下的天外天阁楼上传下来的世外神功，这会儿居然在现实中出现了。

南宫勇大吃一惊，因为聚集在四周的所有人，虽然心神产生震动，但是并未有更多的异常，反倒是那正在博斗的双方有了变数。

三姑娘花蕾蕾此刻冷冷地站在场子之外，呆呆地立在原地，好像傻了一样。那位浑身刺青的秦飞展，一个倒栽葱扑倒在地昏迷不醒。

谁都没有想到，这一场激斗，明明是南宫家的人马上就败了，竟然会上演惊天逆转的一幕，"青铜锁匙"最终被"水心斋"古董铺子拍下，地下"小拍卖"，最终在这样的场景下收尾结束。

打将败了，没有人知道他为什么会败，这一场对阵邪门得很。周围人看得全都是目瞪口呆，那些观看的人，都没有说话，像陷入了死亡之水中。

这些外面的人，他们都在那个时间、那个特定的地点。他们自然对这一切要有所反应。

"谁？你究竟是什么人？"

就在南宫勇脑子里面想着"符雷咒骨"这几个字时，秦飞展从昏迷之中醒来。

他的质问，让南宫勇的内心接近惶恐不安，他不敢想象，大叔公居然会出现。

一边的东瀛打将一伙的众人，都把目光投到南宫勇身边的老人，也就是大叔公身上，却没有人敢近前质问，他们谁都没看清楚，这场对阵的最后发生了什么。

"是他，还是她？"

莫无几的眼神里充满了惊恐和猜测，他想到了一个名字"乌云奶奶"。

"符雷咒骨。"

不过，眼下南宫勇顾不得多想这些，他虽然脑子里怀疑"乌云奶奶"的站位和刚才发出"符雷咒骨"的方向正相反，但是并没有刨根问底。

"大叔公，你怎么来了？"

南宫勇的声音有点儿颤抖，因为他的体能消耗得有些大。大叔公没吭声，只是说了一句："你要谢谢三姑娘。"

南宫勇一下子明白了，是三姑娘花蕾蕾出的手。到这一步，三姑娘会"符雷咒骨"这一秘传功法，南宫勇和葛日根才知道。原来花蕾蕾竟然得了"乌云奶奶"的秘传。

大叔公无心和南宫勇他们多讲三姑娘的事儿，他做出的最直接的判断是，既然从莫无几手中拿到了拍得的"青铜锁匙"，那就抓紧时间，去找"蚩尤残卷"的下落。

这一次，众人再次下到"九幽血池"。罗八妹也从乌山被二叔公派人接来。这样一来，下去的人数要比开始多了不少。

海子下面的古建筑里，南宫勇跟着二叔公和三姑娘花蕾蕾，在罗八妹的指引下，终于找到了"九幽血池"。

探险的过程中，南宫勇才更深层次地明白，为什么罗家当年会有好些位死于"下面"，包括"九幽血池"。

原来由于某些特殊年代的原因，"蚩尤残卷"被拆散了，一部分在"九幽血池"，另外一部分，就在"黄神庙"。

当初，"蚩尤残卷"的最初母本出现在古老的岩画中。南宫无量受张本见祖师爷的委派，到了草原之丘，多方寻找，结识了上一代的"乌云奶奶"和罗家的人。

出于对土著罗家守海人身份的信任，他以"南宫纸"的名义和罗家签订了"死契"，作为交换条件，他动用当时官府的力量和巨大的财力，救出了罗家原本该被处决的整个家族。那些人为了躲避祸乱，远走他乡，留下罗老七的先人，长房长子一脉，在"草原之丘"继续"守海"，并且到"下面"探险，寻找南宫无量要找的"青铜锁匙"。

罗家三代死了十多号人，只有罗八妹找到了"九幽血池"的秘密。

原来，这下面确实是古代的一处建筑遗址，是不知名的一个氏族建立的至今未知的王朝的遗址。

"九幽血池"就是古时候王朝的大祭司或者萨满搞出来的。据说，这里是可以跟地下"幽冥之神"对话的地方。跟这处遗址对应的是地面上不远处的"黄神庙"，"黄神庙"的地宫延伸处，是当时王朝和"天神"沟通的神坛，那地方叫"九层地藏塔"。

按照大叔公带来的南宫家档案里的线索，南宫勇他们得出的结论是，"蚩尤残卷"已被拆分，分别藏在这两个地方。并且，根据南宫家档案馆中南宫无量等历代前辈的记述，结合罗八妹的亲身经历，分析出罗家人"下去"死亡的原因。

"九幽血池"几百年前就有古人进入，到了明朝时，永乐帝的帝师黑衣姚广孝撰写的《九州二十七处禁地》中，"九幽血池"也是其中之一。

"九幽血池"属于地下暗河，从地下通向更远处的海子，有人说，这暗河和海子的关系，相当于江河汇海一样。

"九幽血池"的面积并不大，大概在方圆三公里。人的肉眼看上去，是血红色。南宫无量当年带着考古人士亲来勘察，提取了水样进行化学分析，才发现这水里面含有不少矿物质，石灰石中的铁锰和碳酸钙等放到水中，会令水变成红色，看来这水下的巨大河床，极有可能是由这些矿物质组成的岩石构成的。

除此之外，罗八妹的说法也应该被重视起来。她说罗家的人下去时，死在"九幽血池"中的人，至少有三分之二，大多数人的表现是，浑身发痒，皮肤迅速老化，皱成枯树皮状。罗八妹怀疑，这是由于人下水后，水中的毒素会渗透进人的肌肤，并且在呼吸中，罗八妹还嗅到了不一样的气体，她怀疑那是一种未知的植物，散发出令人沉醉甚至出现幻觉的气味。

这些，都是需要众人在勘察之前，重新准备装备防范的。

三天之后，众人采购的装备到了。大叔公坐镇，在"草原之丘"附近，搞了一个临时勘察考古基地。十多个帐篷，依次排列，供给物资十分充裕。

从规模和配置的人员看，南宫勇觉得大叔公应该是动用了某些部门的力量。从配置的装备来看，这里面居然有潜水装置，几个穿着奇特的人，带着夸张的水下遮面眼镜，不停地在帐篷里外出入。

南宫勇则是在一旁的帐篷里，逐一整理"下面"的新旧资料。

从不同时期的文献记载可以看出来，南宫家最初寻找"蚩尤残卷"的起点，就是在"草原之丘"的"下面"。

据大叔公推断，是张本见祖师从京城琉璃厂得到了"蚩尤残卷"的拓本碎片，成功地破解了其中一部分夔纹中透露出的秘密，故此才有了后续南宫无量到"草原之丘"的"下面"，试图寻找"蚩尤残卷"的经过。

遗憾的是，"下面"仅仅是藏着"青铜锁匙"，并没有完整的全本"蚩尤残卷"，而且协助南宫无量到"下面"探险的罗家人，不止一位死于非命，南宫无量只好无功而返。从那以后，受战乱的影响，行动受阻。

这期间，南宫无量托付的废家和罗家又相继出现了变故，寻觅"蚩尤残卷"的探险，不得不中止了几十年。

分析报告南宫勇整理到这里，整个事情的经过已然清晰明了。

"草原之丘"下面的古代建筑，在修建的时候就有了"岩画"，这"岩画"是更加久远的古人留下来的。他们的"岩画"被后来的古代建造者当作"神画"保存了下来，其中一部分留在了"九幽血池"的下面，一部分被整片揭下来，流落在外，一直到明朝时，被宫中内廷行走的宦官得到了，因为能被重新修复，才被供奉到"黄神庙"中。祖师爷张本见拿到的应该就是这部分的残片。虽然，这个母本被拆分了。

一部分被拓本，流传到江湖中，可以算作是"蚩尤残卷"的引子。拓本中记载的一些异物，包括青铜器，随之被诸多势力和江湖人物窥视。

一周之后，这一行人对"下面"的暗河探险成功，他们以暗河的"下面"作为突破口，进而发现了石刻岩画的残缺部分，大叔公和众人研究的结果是，抓紧时间，带着合二为一的"青铜锁匙"，寻找"黄神庙"和"九重地藏塔"。

找到"黄神庙"跟"九重地藏塔"，才有机会找到"蚩尤残卷"残存的另外部分。合二为一，才能够让"蚩尤残卷"恢复原貌。

不过，以南宫勇的知识累积推算，他还是想不出来，草原之上，为什么会有这样一座"黄神庙"。

这个"黄神庙"里，究竟祭祀的是一个什么样的"黄神"呢？对于这个问题，二叔公解释得很到位。

"黄神庙"只是当地人叫俗了的名字，实际上，谁都不知道这座庙里的"黄神"到底是何方神圣。"黄神"并不是传统道教和佛教中的人物，也不是民间传说中皇家封赐的神仙。

在南宫家的档案中，他属于没有进入神仙谱系的一尊另类的"神"，大抵是世俗中人臆想虚构出来的神灵。

确切地说，"黄神"是大明朝的没有留下姓名的太监臆想出来的。

据南宫家族的档案库中的资料记载，这"黄神庙"和当年老北京近郊的"法海寺"的建造时间基本上吻合，都是当年的宫中太监建造的。

不过，这处"黄神庙"已经被淹没在历史的尘垢中，比不得"法海寺"广为人知。

当然，"法海寺"这座以明代壁画闻名于世间的太监庙，也曾经消失在公众的视野中好几百年，一直到了1933年，二十四岁的德国女摄影家赫达·莫里逊来到中国。她发现了一座偏远寺庙里的壁画，并且为之深深地震撼。而这座庙，就是"法海寺"。

建造这座寺庙的人是一位太监，他的墓就埋在法海寺西南山坡上，其碑文是由六朝元老、明初重臣胡濙所写。

太监是李童，字彦贞，号朴菴。这位公公一生伺候了明成祖朱棣、仁宗朱高炽、宣宗朱瞻基、英宗朱祁镇、景帝朱祁钰五位帝王，而法海寺正是在他的主持下修建完成的。

为什么要造这样一座庙宇？那是因为，明朝宦官当权，李童作为御用监太监，受几任帝王重用。他多次随朱棣北征，曾深入蒙古作战。永乐二十二年（1424），朱棣病逝于榆木川，李童便是护送其遗体秘密回京的亲随之一。此后他又随宣宗平定汉王朱高煦的叛乱并随驾出喜峰口，征讨蒙古兀良哈惕部立功；明英宗更是赐其玉带蟒龙，可谓极尽荣耀。

权臣胡濙在其碑文上写："公重念列圣宠锡，洪恩无由补报，遂将所赐缎绢银钞并罄倾己橐，易买木植颜料砖瓦，于都城之西翠微山创建梵刹一所。"说他感念皇恩，无以为报，于是将得到的赏赐和积蓄全部拿出来，集资修建了一座寺庙，即后来的法海寺。结合当时背景，其实不难发现李童的私心。"宫刑施之，绝人生理，老无所养，死无与殡，无罪之鬼，无人除墓草而奠怀染……"

对于没有后嗣，死后也不能归葬祖坟的太监来说，寺庙就成为他们信仰和归宿的所在，所以他们不惜花重金建庙修寺，假借佛宫垂不朽。

寺庙建造成十年之后，花甲又五的李童因病去世，死后如愿葬到了法海寺旁，他也是明朝太监中少有的得以善终的一位。

之所以说了李姓太监的事情，是因为"黄神庙"也是这个时期由一位姓名已然失传的宫中太监捐款建造的，不过他是不是为了传名，令人怀疑。

这样说并不是突发奇想，而是因为建造者本人根本就没有在这座"黄神庙"中留下任何的蛛丝马迹，也就失去了用来给自己留下传名的机会。

这个人隐去了所有跟自己身份相关的信息，即便是当年，也不会找到这处"黄神庙"是和宫中的太监有关的痕迹。

南宫家的人在旧时档案分析说，这个人的动机不明，但是可以看出，他所做的一切都是为了掩盖住这座庙的信息。

后续，南宫无量带着考古堪舆人士对这片草原进行了丈量和测绘，图中标注出这处"黄神庙"跟海子下面的古代建筑物呈三阳开泰之势，途中的另外一处，带着红色印迹的点，就是南宫无量邀请术数大家精心计算出来的，推算起来，红点处就是消失已久的"九层地藏塔"的遗址，可惜，那处现在已经被战乱或地震毁掉，看不见了。

有了测绘图，找起来就容易多了。南宫勇跟着二叔公、"乌云奶奶"、三姑娘和葛日根他们按图索骥，尽管费了一些周折，总算是找到了"黄神庙"的秘密出入口，并且在庙下面的密道里，发现了明代以前的壁画，谁都没有料想到，他们这些准备充分的人竟然在这里出了意外。

原本是美轮美奂的壁画，历经数百年沧桑，沉积掩埋在地下，一露面就出现了众人事先谁都没有预料到的凶险。

原来，"黄神庙"中的壁画绘制者，竟然是出自西域一带的"幻术师"，这类人介于巫师和祭司之间，他们有着对不同绘画颜料的独门掌控技巧，在绘画的过程中，他们会通过视觉差和颜料的辐射性，对观看壁画的人进行视觉的魅惑，观画者倘若禁不住诱惑，就会深受其害。

精通西域"幻术画派"的幻术师，是有着独特的绘画技艺的，他们会在人像的眼睛和鸟兽的羽毛及头顶上，逐一描摹出细密的吉祥纹，这是古时候西域一带流传的"纹咒"，拥有魔鬼一样的视觉差异化吞噬功能，竟然能够让观看过的人，在欣赏过精美的壁画后，脑子里产生巨大的幻觉，幸好这"黄神庙"地底下的壁画上面绘制的组图已残缺。

这种"西域幻术"从表面上看，不过是让人觉得心神不宁，伤害似乎并不是很大，可是到了特定的环境中，倘若有人用特制的"蛊毒"催发，将会令人深陷于深度"幻境之中"。

不过，这些人在壁画前并没有过久地逗留，因为这地方也有跟乌天蝗一样的虫阵组成的袭击。

好在他们事先做了周密的防范，乌天蝗的袭击即便是突如其来，也会被他们带进去的罩天网收纳。不过，危险可不止这一处。颇有经验的他们，虽然避开了乌天蝗的攻击，却又相继掉入腊蛇的重坑中。

说起来腊蛇，一般人都会觉得很陌生，要是说到蜈蚣，一般人立马会恍然大悟。

虽说螣蛇诡异，世人较少见到，可是八爪螣蛇对于南宫家族的人来说并不陌生。二叔公小时候是在江浙一带长大的，自然知道蒋村的龙舟，有龙头龙身龙尾，龙尾巴上还要挂个蜈蚣，这是其他地方没有的习俗。后世研究民俗的学者认为，因为古代人认为蜈蚣是龙的镇物。

二叔公听专门研究民俗的人说，最早提到蜈蚣的是《庄子·齐物论》，说蜈蚣以小蛇为美味，"螣蛇，传说中一种能飞翔的近于龙类的动物，竟被小小的蜈蚣制服了，这其实就是大自然的生物链"。

只是，他从未想到过，在遥远的草原之上的"黄神庙"下，居然有通道，古时候不知道是什么年代建造的通道里竟然会出现密密麻麻的螣蛇。

"叔公，怎么办？"

葛日根的脑子并不慢，他对周围的危险是十分敏感的。

二叔公看了一眼眼前的众人，定了定心神说："你们的大叔公已经及时知会了南宫家的人，包括南宫骁在内的援手也将很快赶来，我们现在要做的是，从这里找出来通往'九重地藏塔'的路径通道。"

"二叔公，这地方'南宫纸'上是怎么写的？"三姑娘花蕾蕾插了一句话。结果被"乌云奶奶"狠狠地瞪了一眼，像弯刀子割肉。二叔公倒是没介意，他只是说："这地方的螣蛇并不可怕，解毒药剂'水心斋'这边已经给大家配备齐全了。"

二叔公这段话还没有说完，对面的甬道上突然出现了一道红光，逐渐变得明亮刺眼，看起来这是不知道哪个人无意中触碰了"黄神庙"中的机关。

一旦这样的机关被触动，就不只是螣蛇和乌天蝗这样的袭击带来的伤害了。

"乌云奶奶"的脸上也变了颜色，她是土著，自然是知道这"黄神庙"里的传说的。

传说中，这地下世界，血封煞地，要杀死一个人才能获救。危急之下，二叔公以自己作诱饵，用鲜血赌命，迅速地将鲜血喷射在甬道周围的洞壁上，暂时阻止了那些逐渐刺眼的红光的扩散，算是救下了南宫勇和三姑娘花蕾蕾、葛日根等众人。

不过隐约间，还是有另外的危险在不停地逼近，只是众人都不知道，那些黑黑的、密密麻麻的东西，是不是膣蛇复活了。

要知道，刚才乌天蝗和膣蛇出现的时候，南宫家的人和"乌云奶奶"用了特制的药粉，对"黄神庙"内有可能隐藏着这些危险生物的地方进行了统一的消杀，这会儿陡然出现的膣蛇让正打算逃出生天的他们心生疑窦，就在这时，封闭的地下黑暗世界中发生了更为诡异的事情。谁都没有想到这地底世界，凭空之中竟然多出来一个人。

这个人就是罗老七。不过，罗老七的名字，是他对外的身份。他见了大叔公和"乌云奶奶"之后，在这些真神面前，他终于露出了自己的真实身份。

原来，他不仅是罗老七，还是废家唯一的外姓徒弟。"我是捎信人，虽然我是罗家的人，但是废家的大通老人是我的救命恩人，这个恩我不能不报。当年下到了'九幽血池'，是废家的人救了我一条命，要不我早就跟我那六位哥哥去了。"

说到这儿，罗老七的眼睛有些湿润。

"乌云奶奶"是当地的老人，她了解罗家几十年来的遭遇，很是同情。不过她夹在南宫家和废家中间，不好发表自己的看法。

"乌云奶奶"自己深有体会，她这一脉跟罗家一样，也是祖上和南宫家的先人打过交道，不打不相识，最终才结为盟友。

草原上的人心实诚，一旦结盟，这些人就会成为一辈辈延续下来的朋友，是能够传代的。

罗家，肯定也是有着这样的经历，想不明白的是，罗家的人死了十多位，他们和南宫家是否已经从朋友变成了敌人。

"祖上的契约不会过期，永远有效！"

罗老七出手了，他用出手证明了自己的态度。"九行满天花雨针"配合着独有的药粉激射而出，这些看上去让人有着密集恐惧症的螣蛇，在很短的工夫，悉数被细如牛毛的针钉在地上。

罗老七的行动迅速，很快就搞定了眼前的这一切。然后，他一个人束手背对着众人，站在壁画之前，久久地凝神注目，像是要到壁画里面去。

他的身上，没有穿二叔公他们特地定制的防护衣，而是穿了一种特质的、颜色漆黑的雨衣。

这些发生得极为迅疾，以至于很多人都没有看清楚罗老七的动作。就连同为罗家后人的罗八妹，也都一样处于困惑的状态。

奇怪的倒是二叔公和南宫勇，他们俩谁都没吭声，好像这样的结果，他们早就知道了一般。

"我们罗家的事情，承诺的都做到了，剩下的就看南宫家你们怎么做了，我想要一个交代。"

罗老七说完这句话，斜着眼睛看了一眼罗八妹，他对眼前的众人轻轻地点了点头，眼睛从青铜面具的背后，闪烁着不知道是忧郁还是悲伤的光。

"罗家，果然是言而有信的。我告诉你们一个我才知道的秘密。我已经找到了罗家在地下被伤害的原因了。你和八妹想不想知道？"

"想！"

不仅仅是罗老七、罗八妹，在场的众人几乎异口同声不约而同地说出一个字"想"。看来，好奇在这些人的身上也不能够免俗。

二叔公说出来的秘密，涉及南宫家，也涉及罗家和废家。

"南宫无量是小朝奉张本见的衣钵弟子，不过，张祖师却将南宫无量先生视为忘年交。他们之间的渊源，我们后来的人是不大清楚的。不过，寻找'蚩尤残卷'是南宫家和'水心斋'一直要做的事情。张本见祖师爷的下落到现在都没有人知道。尽管南宫无量前辈和不少人都在寻找他，尽管也会有说他羽化登仙的传说，其实那些都是无稽之谈。南宫无量前辈和罗家订下来的'死契'，其实是因为本见祖师。他老人家怀疑，本见祖师最后是消失在'草原之丘'这个方位。最有可能的三个点，是在'下面''黄神庙''九重地藏塔'。这个判断是有依据的，当年老人家连续几次到草原上寻找'蚩尤残卷'都没有下落。现在看，他老人家在这里出现意外的概率十分大。其实，无量老人和罗家上辈人签了约，是为了寻找'蚩尤残卷'，更是为了找寻本见祖师爷。可惜到后来，罗家因为上一辈人都不在了，他们仅仅记住了'憋宝'。并且，这'九幽血池'的凶险，当年无量老人曾经做过预判，罗家后人的暴亡也说明了，这里面有着常人无法理解的致命陷阱。陷阱一部分是天然形成的，也有一部分是后天人为设置的。设置的人除了最初的祭司和萨满一类的人物，也有另外一些居心叵测的人。我来的时候，用军用水壶装了这里面的湖水，也找出来周围岩石的样品，并且收纳采集了空气植被的标本，安排人用最快的速度送到了省城检测。省城那里，我也事先请来了国际上最知名的各学科的专家，虽然最后的结果还没有出来，可是，我以已经出来的检测报告来分析判断，这个‘下面’，是借助天然基础后天人为设置出来的凶险禁地。不光水中有毒，植被和空气里，也有强烈的致幻麻醉成分。罗家的人，就是死于这些个不明毒素的。和这些毒素的危害相比，乌天蝗的凶险指数简直就是小巫见大巫。大家看到罗八妹身体没有受到伤害，那都是表面现象。专家们分析，那是因为她从小就接触这些有毒的东西，身上血液里已然含有轻微的毒素，长期下去也会对身体造成致命危害。我今天在这里郑重宣布，解除南宫家和罗家的‘死契’，从此以后，罗家不必再参与寻找。"

说到这里，二叔公停下来，看了一眼在场的众人。

这下子，南宫勇终于知道了自己这一宗门，为啥要千里迢迢来草原上寻找当年"蚩尤残卷"的真相。罗家和南宫家的渊源，竟然如此之深。

"那废家呢？"

问这话的是满眼泪水的罗老七，他不知道是想起来什么。

"这一段，我来说，我是当年的亲历者。""乌云奶奶"开口了。

原来，废大通废家的人，当初从京城逃离，也是因为当年战乱年月的困扰，当年的南宫无量老人在川西寻找"青铜面具人"之后，受了重伤，他将"水心斋"内收藏的部分青铜器和古董托付给了废大通。并且将草原上的各种关系告诉给了废家。没有想到的是，重宝迷人眼，财帛动人心。废家人不仅吞下了这些，还窥视起失落多年的"蚩尤残卷"。这才在草原之上，掀起了种种诡异的波澜。

了解清楚眼前发生的这一切的由来，二叔公等人重新计划后，下了决心，打算从"黄神庙"这里作为突破口。

这一次准备好了应用之物，包括随身携带的氧气面罩等，一行人就开始通过"黄神庙"地下的通道,并穿过了壁画。这期间,他们还发现了赝品,还有不知道谁制作的"蚩尤残卷"的"伪本",从周围的环境和动土的方式看,大概是盗墓贼得到了伪本赝品,所以才跑到这地底世界,试图挖掘出文物至宝。

"江湖中出现过'蚩尤残卷'的伪本,也就是赝品,做伪本的那个人一直在做欺诈这一行当,我们管他们那一行叫'诈门'。"

说到这儿,二叔公和南宫勇的目光对视了一下,他知道南宫勇对出现"伪本"的事情,事先是没有心理准备的。

"你哥哥他们见到了有人戴着'青铜面具'去'水心斋'盗宝,十有八九要盗的就是这种伪本的复制品。"

说到这儿,二叔公的脑袋摇晃了一下。

"他们的手中怎么会有伪本?"南宫勇有些不解。

"水心斋"的牌子一挂出来,自然会有人传递信息,都是为了一个"利"字。

二叔公说这话的时候,语气里略微有些失落。

"蚩尤残卷"的伪本出现,有人向"水心斋"报了信,大叔公不信。结果,才引发来人夜入"水心斋",试图盗走"南宫纸"。

"南宫纸"并不值钱,为什么会有人要盗走?并且盗窃的人很大程度上是废家的人,不过没有表明身份而已。

事后大叔公和南宫骁分析,那或许是因为,废家的人已然找到了"青铜锁匙"的另一半。他们要在南宫家的档案里,找到"青铜锁匙"另一半的下落。

由此可以看得出来,盯着"水心斋"的人大有人在,废家首先行动了。事实上,废家对南宫家的窥视,从南宫无量老人故去后就开始了。

当年那个在南宫家胡同口，大雨中消失在半空中的怪物，其实就是废大通乔装改扮的。他在当时是一直盯着南宫家的动向的。

看到南宫家的人离开了京城，他才独自一个人带着"蚩尤残卷"的残留信物，跑到千里之外的"草原之丘"附近的村子里。

一度，废大通的踪迹皆无，南宫家动用了不少资源，也没有找到他们的下落。到了20世纪80年代后，废家扶植的后人和弟子，逐渐在"草原之丘"附近发展开来，势力范围越来越大。

"人老奸，马老猾"，几十年后，老江湖废大通受了弟子们的鼓动，试图独自吞下跟"蚩尤残卷"有关的宝物，这倒并非是因为财富价值，而是人到了一定的年纪，他开始迷信一些神奇诡异的信仰，他觉得"蚩尤残卷"中极有可能遗传着"长生"的终极秘密。

得知这些隐秘旧时之事后，大叔公指派南宫骁和南宫勇会合一处，他们在"黄神庙"的不远处，发现了"九重地藏塔"的线索。

为了避免更多的危险人物的窥视，众人迅速地离开了"草原之丘"和"黄神庙"。

当葛日根将这一行人带到了安全所在，与先出来的"乌云奶奶"的人会合，"乌云奶奶"带来的最新消息却让二叔公和南宫勇大吃一惊。

原本约定的是"草原之行"后，就去寻找废大通，有了"蚩尤残卷"的下落后，再去寻找"九重地藏塔"。

但民间的传说不可不信，但也不可全信。江湖上对"九重地藏塔"的了解知之甚少，只听说过传闻，说那地方是出现过一些稀奇古怪的超自然现象，恐怕得破解后，才能够找到真正的"蚩尤残卷"。

江湖上传言，几乎没有人能从那里面安然无恙地逃出来。不过，大叔公可不是这样认为的，他认为，这里面是有人脱身而出过的，要不这里面的情形是谁传递出来的呢？

"水心斋"找到现在国际上最有经验的探险家和各个学科的人，深度研究分析了这里面的情况。

他们认为，极有可能是有些人人为设置了机关和影像虚幻装置，就像"大变活人"一样，古代的人在某种程度上，是聪明得让我们无法想象的。

知道了这个地方有着古怪和凶险，大叔公自然要慎重对待。他倒是事先给南宫骁安排了一些人，并没有急于探险，没想到的是，身在京城的南宫骁竟然提前实施了。

"谁和骁掌柜去的？"大叔公的神色略显紧张。

京城来通知的信息，是送到葛日根所在县城中的货运站里的，他倒是有一说一，说出了几个连南宫勇都没听说过的名字。

"九如道人、种北山、丁孩儿，还有几个都是配角了。"

葛日根显然是没记住那么些个古怪的名字。大叔公这个时候的脸上却恢复了平静。

在南宫勇看来，这是因为大叔公显然是对这几个人的能耐有了解，才能略微地放下心来。

只是，探险这个事，不是谁能耐大就一定会安全的，还需要几分运气的。

"需不需要我们去助阵？"

二叔公想来是看透了南宫勇和众人的心思，他沉默了一下说："我还在等一个人，到了这个节骨眼儿，不管他心里是怎么想的，他是应该出现了。要知道，现在'青铜锁匙'已然合二为一，他要想得到'蚩尤残卷'，自然会露面，探听虚实也好，动手巧取豪夺也罢，他既然惦记了，就不会松手。"

"他是谁？"

三姑娘花蕾蕾不解地问了一句。

"南宫骁。"说这话的，是南宫勇。

第二十三章　南宫骁来了

众人虽然半信半疑，却没有向大叔公询问这里面的原因。抱着走着瞧的态度，这些人继续向前推进。

没想到，竟然在距离"黄神庙"不远处的丘陵地带就碰上了南宫骁一行人，才知道他们也是刚从地底下的镜像迷宫中脱身出来。

这事儿听起来蹊跷，实际上是因为大叔公事先留有后手。

原来这之前，南宫骁接到大叔公草原上的"飞鹰传讯"，为了加快探险进程，避免二叔公、南宫勇和"乌云奶奶"这一行探险者劳累过度，当即带着南宫骁，还有大叔公事先联络的"水心斋"品牌多年累积下的高人奇士，也来到了和"黄神庙"形成掎角之势的"九重地藏塔"附近。

这一天，恰逢冬至。

天气说不上好也说不上坏，不冷不热，不阴不晴。远处的土包与昏暗的天混为一色，刮过的风裹挟着细沙，即便戴着围巾，还是将南宫骁的脸吹得干枯爆皮。总之像这样奔波的日子里，只要不是极端天气，对于所有人来说都是好的。很难想象，传说中的"九重地藏塔"会在这么一个荒芜的地方。若是没有密图，只怕他们再找上三年、三十年，也很难找到这里。

南宫骁拿出罗盘看着四周的地势。有些不解地说,这里难找,主要是这里地势十分平常,根本不符合古人寻龙点穴的规律,可是倘若仔细盘查,却似乎又有迹可循。

这地方用人的肉眼看去,可以看到远处隐隐有地脉走势起伏跌宕,好像是一条地龙潜伏于黄土之下,是难得的潜龙格局。

从地质构造上看,这里肯定是有着一个泉眼的,应对的是卧龙戏泉的风水。卧龙是潜龙,不适合做墓穴和庙宇,却是很少见的聚阳之地,很适合建造古塔。

古人建造古塔,一般为了存放圣物圣器,如高僧的佛骨舍利、佛经孤本,抑或是镇压邪祟。而这"九重地藏塔",听上去应是供奉着地藏王菩萨,但无据可查,也不知道最初建造的目的。

"我说,咱们是不是找错地方了?"大叔公给南宫骁找来的助手,年轻好斗的丁孩儿一屁股坐在了地上,看着远处灰蒙蒙的天,感觉自己的嗓子眼儿里都快冒烟了。

"我说南宫大哥,这地方你确定没有找错?这里一眼望得到头,根本就没有塔啊。我看这密图八成是弄错了。塔没看到,大石头磁子倒是有一个。"

"那可说不好,这地方是潜渊之地,说不出的诡异凶险。"

说这话的是种北山。他是地质大学的教授,也是搜寻矿脉的高人,这几年靠着给人看矿,很是赚钱。

听到种北山这话,丁孩儿倒是不再吭声,他知道自己吃几碗干饭,不是自己擅长的打斗之事,尽量少掺和,抱怨几句,也就是发泄一下对阴冷干燥天气的牢骚。

看见周围同行来的几个人都不说话,种北山扶了扶围巾,露出一双精明的眼睛，粗着嗓子说道："是啊，小掌柜的，你看这里不但没塔，就连建过塔的痕迹都没有。这要是有个残砖断瓦的，也能让我们看出曾经有过古塔，兴许是被谁给哭倒了。"

"非也。"倒是那九如道人气定神闲，他一甩拂尘说道，"这里地势藏头伏身，倒是个极为难得的地格。贫道倒是觉得这密图是真的，没准那地藏宝塔，本就建于虚空之中，只有地基，并无塔身，且那塔身需得有些法门方能进入。"

南宫骁收起手中的望远镜，回头看向刚才丁孩儿说的那个石头礅子。若他没有猜错，这石头礅子就是那密图中标记的中心位置，也正是"九重地藏塔"的位置所在了。

这一次南宫骁出来得匆忙，许多人手并未腾出空，只有特种兵出身的丁孩儿跟来了。丁孩儿虽是粗人，但粗中有细，他的养父也算是北京老古董行的人。

一同来的还有教授种北山，这是位专家级的大学教授，科班出身，还是厨行金九的同门师兄弟，也算是个练家子。

做道家打扮的人是九如道人，他与南宫家有着千丝万缕的关系。

此前南宫骁便对这地藏宝塔多有揣测，却没有想到如今这地方并没有想象中的实物出现。

现在看来，倒是欠考虑了些。南宫骁叹了口气，心道："既来之则安之吧！"

塔没见到，石礅子却有一个。这石礅子人眼看上去，虽是普通料石，却也是年代久远的老物，从边缘上看，依稀可以看到锉印，可见千百年前曾经被仔细打磨过。想必这石墩子确实是宝塔的地基，只是此地基并非彼地基。

"咋了，小掌柜的，可是看出门道了？"种北山问道。

南宫骁回道："种教授，你看这石头，粗糙的一面向上，而光滑的一面却是嵌入了地里，你可知是为何？"种北山从腰间拿出玄铁筷子，由轻到重在石礅子上不停地敲打，侧耳听着这声音。南宫骁知道，这玄铁筷子既是种北山勘察矿石的工具，也是他擅长使用的搏击兵刃。其实他善用菜刀，可他是教授身份，自认使用菜刀跟自己的身份有些不匹配，便不肯用刀。只挑了这师娘送的玄铁筷子，作为趁手的武器。敲了一会儿后，众人就见他用那个玄铁筷子奋力一撬，石礅子的下边已然露出了光滑的一面。

种北山看了众人一眼，开口说道："若是平常之人看了，定会说这石礅子有人动过，这是被人翻了个面。在我看来，这石头自打被立在这里，便一直是倒着放的，难道说这便是入那宝塔的法门？"

第二十四章　九重地藏塔

丁孩儿这节骨眼也凑了过来，他虽是个粗人，但也跟着南宫骁走过几个地方，更是知道他们所做之事本就是玄乎其玄，所遇之事情无不十分诡秘，皆非用常理所能推断。便道："难道说那塔就在这下头？"

九如道人点了点头，他这人虽然健谈，却不多言，虽然自己业已猜出个七七八八，却不动声色等着南宫骁说出答案。

南宫骁也不打哑谜，直接说道："我们都理解错了，以为这'九重地藏塔'是供奉着地藏王菩萨的佛塔。但这九重宝塔非是地藏（zàng），而是地藏（cáng），是九重宝塔藏身于地下的意思。这石磴子，便是这宝塔的第一层，更是塔基。"

几人恍然大悟。

九如道人更是胸有成竹地解说："上为阳，下为阴，这塔入地下，只怕非普通宝塔之格局，看起来，这一趟我们定要万分小心。我对这一带陌生得很，不知小掌柜的对下边的了解有多少？"

南宫骁摇了摇脑袋，一无所知。

九如道人瞪大了双眼："我说小掌柜的，你好歹要骗一骗大家，怎么把实话说出来了，你这样让贫道很有压力啊。"

丁孩儿是个混人，不懂宝塔为何会建于地下，但从老辈的人嘴里没少听说过，但凡建在下边的东西，多少都带些邪乎气。

不过，混人就是混人，根本不在乎这些。

"管它呢，下去不就知道了。说吧，这地方的入口在哪？"

南宫骁左右环顾，看了看四周，说道："按道理说，这石头下边是入口。但这密图之下还有另外一处标记，想必是当年祖师爷来此地时，在这宝塔的中间打通了一个地道，可直接进入这宝塔的第四层。这往北走，定会有一个土坡，那土坡之下便是地道入口。"

几人背起行囊，继续向北而行，一番挖掘翻腾，还真在那土坡之下找到了一个被隐藏起来的入口。

入口现在已经坍塌，几人拿出工兵铲，很快便打通了入口，接着几人鱼贯而入。那地道逼仄难行，光是那地道的进口，便是反着的门，上直下弧，还是一道月亮门，这正是那九重地藏宝塔的第四层入口了。

丁孩儿举着荧光棒走在前边，这东西是南宫家的人从海外带回来的，用于登山和涵洞探险中的照明，效果显著。

因为塔中的情况不明，这会儿南宫骁等几个人都没有打开头灯，只等进去后再做打算。南宫骁说道："当年本见祖师爷之所以会选择第四层来做切入口，想必是有他的道理的。可惜，他留下的笔记中却没有关于这一段的记录。我也不知这塔中是不是有'蚩尤残卷'。我们这次来，是给南宫勇他们打前站，要是真像传说中说的那样，这地下藏着'蚩尤残卷'，我们也要等到他们带来'青铜锁匙'才能开启。"

几个人听了这话都面色一沉，心里多少都有些犯嘀咕，觉得没有"青铜锁匙"在，这一趟估摸着要白跑了。

众人下到塔中，进来后便见一个青砖的正殿，青砖已然斑驳，有的甚至已经脱落，虽不复之前的辉煌，却也带着肃穆威严之气，让人立于其中，却不敢造次。

几人查看四周，就见这塔的正中间有一天井，此时上下幽暗，隐隐有风声传来，带着极重的戾气。几人只得打开头灯。

可惜，这四周太过幽暗，头灯的光亮有限，几个人还是看不清楚。

南宫骁拿出一个荧光棒用力向中间扔去，就见这天井的正中央，悬浮着一个九层宝塔，那宝塔呈六角形，下粗上细，中间每一层皆有神兽浮雕，惟妙惟肖，只匆匆看上一眼，就知其内别有乾坤。

而那整个九层的宝塔，下无根基，是名副其实的悬塔，让人感觉匪夷所思。

九如道人却在此刻啧啧称奇道："这塔中有塔，还真是对得起这藏字。只是这外塔是倒立于地下，这中间的塔却是正立于塔中。这岂不是一阴一阳，阴外阳内，阴将阳包裹于其中。再观此地是潜龙之格局，可见这地藏宝塔并非是寻常用途，还得亏了本见老祖和南宫无量老店主能想到在中间开个口子，若不是有这捷径，只怕我们今天进来定会触动了上边的机关。"

种北山没在意九如道人的感叹，他说道："我说小掌柜的，这塔真有些邪乎。这地上为阳，地下为阴。可还有另外的一个说法，阳中带阴那是风水，阴中带阳那是明器。这塔倒立于地下，该不会是什么东西的坟冢吧？莫非'蚩尤残卷'就藏在这里？"

南宫骁没搭茬，他也想不通，为何会有人在这地下建了这么个倒立的宝塔。而这宝塔之中，又悬浮了另外一个宝塔。

他对丁孩儿说道："丁子，给我一根绳子，我要荡过去，一探究竟。"

丁孩儿看了一眼南宫骁："还是我过去吧。"

南宫骁摇了摇头道："不成，我太爷爷从中间进入这九重塔中，想必是有他的用意。这里太过昏暗，但你向下看，那下边可有荧光棒的踪迹？由此可见，这下边是无底深渊。而我们现在所在的位置，虽说是塔的第四层，却也正好看到中间的悬塔。也就是说，太爷爷他们进来之前，便知道了这里边的情况。他们走后，并没有将入口封死，而是在密图上留下标记，这说明他们此行的目的并没有完成。他们原本是打算再来一次的，可不知为何没能成行，我想'蚩尤残卷'还没离开这里。所以，我必须亲自过去看看。"

两人配合，南宫骁荡着绳子，到了中间的宝塔之上，就见这塔中亦有一个悬浮的宝塔，却是倒立着的。南宫骁蹙眉，这世上还真有如此神乎其神的东西，倒是让人看不清用途。料想那几百上千年前，古人也不会闲得无事儿，弄出来这么个古怪的东西。所以这东西一定是有什么用途，若没有实用，那便是祭祀所用。许是那时的人认为这古塔可以通灵也未可知。

只是那塔中的宝塔有些油脂味道，倒像是千年地宫中的蛇油。南宫骁掏出火折子，将那蛇油点燃。只见一道幽蓝火焰将整个宝塔点亮。接着他的四周也如同被点亮了一般，亮起了幽蓝色的火光。那火光盈动，却是没有温度，只是能让人将整个塔中的场景看得一清二楚。可再仔细一看，又不是火焰，这塔中四壁皆是镜面，这里只有一个光源，那就是塔中倒立的悬塔所发出来的，其余光亮，则是那塔壁上的镜子反射出来的。

再观那塔壁上的镜子，却是一面面被打磨得光亮的铜镜，也不知是如何铸造的，历经千年，依旧亮洁。这些铜镜反射的火焰却是如同从镜子中点燃的萤火，并不是浮于表面，而是如同在镜中燃烧，其反射的光也十分诡异，特别是那光照到人身上时，有些寒气逼人。

再看那宝塔，倒立于中间天井之中，上下无根无基，看似悬浮，可又不像是悬浮其中，有点儿像是镜像。可既然是镜像，又是如何点燃的？南宫骁百思不得其解，却在不经意间发现那倒立的悬塔之中，仿佛有什么在动，黑芝麻大小，若不仔细看，却是看不出在动。南宫骁凑近一看，顿感毛骨悚然，他立马回头望向塔外几人，就见丁孩儿等人此刻正用疑惑的目光，看着四周反射出火焰的铜镜。南宫骁再将目光调转，看向塔内那几个黑点，没错了，没错了！那芝麻大的小点的位置，正是外边三人的站位。那塔中的小点不是别人，正是丁孩儿他们三人自己。

意识到了这一点后，南宫骁整个人都不好了。他再向那倒立的塔中望去，那塔中亦有一个正立着的悬塔，其样子与他所在的塔并无两样，只是等比例缩小，而那塔中也有一个小小的黑点，却是比那头发丝还要细些，按位置看，正是他。他小时练目，特地在这方面修持过多年，因此眼神要比常人好，再细看之下，那塔中亦有一倒立的悬塔。这本是塔中悬塔，悬塔中再立悬塔，如此反复，无穷无尽，仿佛是个无限的循环。南宫骁终于明白，之前他太爷爷并非想再探此洞，所以才会没有记录，而是根本无法将这里的一切记录在笔记上。即便他记下了这里的诡异之处，又有几人会相信这世上会有如此诡异的地方出现。皆说找到这地藏宝塔方能解开"蚩尤残卷"的秘密，如今他已经置身宝塔之中，却感觉如梦如幻，根本不知其中法门。

南宫骁怕丁孩儿几人等得焦急，所以他快速荡出塔外，又将塔中光景告诉给外边的人。众人听了无不大惊，只道这塔中果然奇妙。那九如道人开口说道："这一阴一阳，一倒一立。里边却又是一阴一阳，阴阳交替反复，岂不是鬼妖之界？"这鬼妖之界是九如道人的说法，在佛门中人却是把这样的地方叫作"修罗道"。入得修罗道中，亦可通天，也可入地。是成佛还是成鬼，皆看造化修行。也有人说，修罗道便是镜像之界，能反射出人的前世今生，亦能看到六道轮回。几人面面相觑，皆知这里非比寻常。

南宫骁又道："现在我们的位置是塔的第四层。这整个塔是什么样，我们并不知道，但我想应该与中间那悬塔一模一样。只是我们的塔是倒立的。那悬塔有九层，应该对应着九重天。而我们在第四层，应该是四重天。"九如道人也说道："没错，这重天是灵慧所在的位置，也是凡人唯一能窥探的天机，所以当初南宫老店主才会将这洞直接打到了第四层。其他大道若天，有天力仙力，皆非寻常之人可窥得一二之处，唯有这更天的灵慧，凡人可参悟一二。只是这九重天并非入天，而是入地，倒是颠倒乾坤，只怕也是祭祀之用，或是想将什么东西送入地狱之中。"

南宫骁点头："若按风水所说，这里本应有一个泉眼，如今地壳变迁，那泉眼兴许早就干涸了，既而也影响到了这里的风水。如今不知过去了多少年，只怕这里边已经滋养出什么诡异的东西来，所以大家还是要万分小心。我们一直向下，便能到塔顶，也就是第九重天，相信那里边便有关于'蚩尤残卷'的信息。不过，这里绝非我们看到的这么简单，你们看那悬塔，它是如何悬浮在这天井之中的？而且那悬塔上雕刻有上古神兽，可我们这里却不得见。"众人皆点头，一脸正色地看向四周。

按照南宫骁的说法，这塔的东侧便是下去的楼梯，到时候他们可进入第五层。几人向东侧而行，一路上万分小心。可到了东侧，却不见向下的石头台阶，只见一个石头水池，那水池之中有铜制碧莲，莲花含苞待放，下边莲叶在水中浮动，使得水池之中黑影浮动，看着十分诡异。

"这里的铜都不生锈，好生的怪异，就跟有了生命似的。"种北山说道。丁孩儿将背着的猎枪握在手中，这是他们此次下来唯一的重型武器，是丁孩儿从当地猎户手中重金借来的，另外还有几根雷管，威力不小，也是乡民们用来炸山炸鱼用的，这些都是违禁品，除了山民们偷偷在用，其他人都比较回避，所以轻易不能使用。他说道："这水池之中有杀气。"这里没人会质疑丁孩儿的话，因为他们同样也感受到了那水池中的杀气。

南宫骁略微退后一步，就见那九如道人一甩拂尘，那拂尘掠水而过，再见那水中碧莲转动，带起一阵漩涡。那漩涡之中，有机关牵动的声音，不多时便见一四脚小兽从水中冉冉升起。那小兽倒是长得活泼可爱，看着好不喜人。几人互看一眼，总觉这小兽有些怪异，可又说不上哪里不对。

"这里没有楼梯，恐怕这机关就在这小兽身上。"南宫骁说道。种北山也说道："这小兽看着有几分眼熟，有点儿像麒麟，又有点儿像穷奇，这到底是什么神兽？可有什么说法？"南宫骁也想不出这小兽的来历，只知道这颠倒的宝塔中，本是属阴，水亦为阴，在这阴水之中，藏有一四脚小兽，只怕这小兽并非看上去那么人畜无害。他说道："退后。"又问九如道人："道长，这东西你可曾见过？"那九如道人回道："贫道没有见过，但觉得这小兽应该叫更天，便是四重天的镇界之兽。且这小兽说不上来的活灵活现，你们好好看看，可像是活的一般？"

几人仔细一看，就见那小兽通体灰黑色，而头上的鬃毛却是蓝色的，且身后还长着金色鳞片。虽眼睛闭着，鼻孔也未出气，可观其周身纹理，却没有一寸是完全相同的。若是人为雕刻，很难做得如此精细，还真的如同活的一般。几人不敢上前，可如今这小兽很有可能是进入下层的机关所在，动也不是，不动也不是。最后九如道人一甩拂尘，那拂尘轻扫而过，落到那小兽身上，却发出嗡鸣之声，似磬似钵，那声音是一声比一声响，直听得人耳朵嗡嗡作响，连五脏六腑都为之一颤，好似击打铜器时发出的声音。而那九如道人不等收回拂尘，却被一股未知力量弹飞了老远。他立刻运功抵挡，可还是退后数步，堪堪站稳，差一点儿喷出一口老血。看得众人唏嘘不已，心生警惕。

九如道人大骂一声："糟糕，这东西是铜心的，却长着一个肉做的外身，也不知是何东西，总之邪性得很。我说小掌柜的，贫道这一趟，只怕是蹚了一道浑水，早知如此，贫道还不如留在京城，喝茶听曲，怎得不比来此受罪得好！"种北山玄铁筷子在手，眼中满是紧张神色，嘴上却说："我说你个花老道，你这身上无有几毛钱，还想喝茶听曲？那城门楼子九丈九，哪一丈是不要钱来的？再则，这次可没人让你来，还不是你硬要来，说白了就是道门清净，你又耐不住寂寞，非要来，谁又能拦得住你？不过话又说回来，我就知道有你这花老道在，就准没好事儿。有你在的时候，哪一次不是浑水？不就是个实心的畜生嘛，至于把你弹得那么老远，可见你这花老道平时也鲜少练功，才会如此丢人现眼。"

九如道人冷哼一声："你个连刀都不配使的假教授假厨子，还好意思说我？瞧瞧你手里那玄铁筷子，知道的你是做菜的，不知道的以为你是喂猪的。道爷我出门在外，一抖拂尘那也是仙风道骨，可不像你，一甩筷子，那叫一个鸡犬升天。"两人好像神仙打架，丁孩儿年轻，不便插嘴，就只有扑哧一笑的份儿。

可笑过之后，也必须正色起来。他们几个之前曾合作过，知道两人越是到危急时刻方才会斗嘴，两人斗的不是嘴，而是在缓解心中紧张的气氛。越是两人嘴下不留情面的时候，越是大难临头之时。刚才那股神秘的力量如此霸道强横，只怕是万分凶险。

南宫骁退后一步，看向那四脚小兽，只见那小兽的睫毛扇密，虽不动，却真似活的一般。他又看向四周的铜镜，最后说道："有没有一种可能，这东西确实是铜做的，也确实是活的，这里的铜都是活的。"此话一出，众人大骇，丁孩儿瞪大了眼睛："这怎么可能，那破铜烂铁也能是活物？"种北山却说："丁子兄弟，这天下之大，无奇不有，万物皆有灵，你怎知这是铜，却不是其他物什？没准是什么上古生物，只是长得像铜罢了，就跟海底的珊瑚一样，看着是死的，其实却是活的。"丁孩儿点头，觉得种北山说的有几分道理。

那九如道人也说："天道阴阳，这里的东西看似死的，实则为活的，这便是阴中带阳，反其道而行之，贫道还真是长见识了。"说罢，一道黄符飞了出去，只见那天师符印飞至小兽的天灵盖上。那小兽突然睁开了双眼，就见那一对金色瞳仁爆出一道金光，刺得人炫目。在那道金光之中，出现了一道金门，那门上写着上古文字，南宫骁认得，那是"更天"二字。那道门金碧辉煌，那小兽却越变越大，不多时却是一分为二，一左一右护于金门之前。而那金门四周便是飘渺云雾，如同仙境一般。

那一左一右两只更天，一只睁着左眼，一只睁着右眼，两只皆是半睡半醒。众人不敢惊扰，便直接推门而入，在那金门合上的时候，就听门外两声嘶吼，震耳欲聋，想必那两只更天已然苏醒。

"这两个东西醒了，如今这门算是好进不好出了。"九如道人说道。种北山又冷哼了一声："怎么，你个花老道是尿了，进都进了，管它出不出得去。"说罢迈腿向前走去。

自从进了那道金门之后，众人就感觉是脚踏虚幻世界，整个人都仿佛飘在空中，虽脚下是地，却没有实感，那感觉让人心里毛毛的。众人也不再多言，可环顾四周，只见四周一片荒凉之色，残阳枯树，杂草断溪，仿佛末日般的景象。

南宫骁长叹一声："不想这更天竟然是如此情景！"种北山却说："如今别说是九重天了，就算是有一百单八重天，也皆是如此残破不堪。都说成仙好，还真没看出有多好，不过是一片萧瑟，还是咱们那什刹海更好看些。"九如道人却一副高深莫测的样子说道："你懂个屁，这里满是灵慧，只有大智慧的人才能看到其中繁华盛景，才能领悟到神界仙乐。你个厨子能看懂个啥！"种北山瞪大了眼睛："怎么着，难不成你个花老道看到的不是一片荒凉景色，而是西湖美景、画舫美人？"

"不好，我们中毒了。"九如道人一声惊呼，众人都有些奇怪。

中毒？怎么从来都没有发现？这中毒的感觉很奇怪，人没有倒下，眼睛里却看出来五彩斑斓的景象。

幻象，绝对是幻象！南宫骁脑子里虽然想到了，可是眼睛里看见的是他从未见过的画面。

天上一阵嘶鸣之声，接着一只朱雀飞身而过，另有一个青龙紧随其后，那青龙之上坐着一只龇牙咧嘴的白虎，而那不远处的天上，还悬着一只玄武。四只神兽飞过天际，消失在了四重天的尽头。

"那个方向，应该就是通往五重天的入口。"南宫骁指着四神兽消失的方向说道。众人继续向前走去，不想望山跑死马，那几个神兽御风而去，众人却只能靠双足而行，自然要走上很久。走着走着，前边便出现了一个巍峨宫殿，只是那宫殿上满是枯枝烂叶，看上去好不荒凉。

不多时，那宫殿门被打开，里边颤颤巍巍走出一个长发老者，那老者长发如白绢，脸上却看不清面容。

那老者缓缓开口，问道："尔等从何而来，怎敢闯这第四重天？"说罢，那老者的身上蹿出一团幽蓝烈焰，很快那烈焰就将老者包围其中，接着周围的空气开始凝结成霜，不只模糊了所有人的视线，也让众人感觉冰寒刺骨。接着那老者化成了一个凶兽，仰天长啸，直叫得山崩地裂、地动山摇。

众人皆不断地倒退，唯有南宫骁在地动山摇中看到了天际的裂缝。他方才想起，这里并非真的九重天中的更天，而是倒立于地下的九重地藏宝塔的第四层。也就是说，眼前的景象并非真的，而是人为构建出来的景象。到底是谁会拥有这样的能力，能在这倒立的古塔之中构建出九重天来？难道说这里的一切，皆是由那"蚩尤残卷"暗藏的秘笈构建而成？所以这里就是通往"蚩尤残卷"册页储藏之处的密钥之门？如果是这样的话，那传说中得了"蚩尤残卷"，便能与天神通灵，这所谓的"天"和"神"，也非大家所说的广义的天神，而是由"蚩尤残卷"所构建出来的天地。所谓神界，也不过是古塔中的幻象。

"在下南宫骁，误入这更天之中，只为寻找那'蚩尤残卷'的秘密，不知道老先生可否告之一二？"南宫骁对那燃烧着的老者说道。那老者冷哼一声："好个误入，老夫在这里守了几千年，所来之人，皆是为窥探天机，皆是主动前往，无一是误入。你们当老夫活得太久，便好诓骗，所以来糊弄老夫，实在可恨。"说罢，一道气浪打了过来，直接将几人弹飞了老远。

这时众人方才知道，刚才弹飞九如道人的神秘力量，便是出自于这更天中的老者。刚才他不过是敲山震虎，希望几人能知难而退，如今几人已然进入了这更天之中，就只得与之鏖战了。

种北山稳住身形，将手中筷子抡得虎虎生威，虽气势不够大开大合，却带着一道劲风，将那气浪一分为二。九如道人也甩着拂尘，两人可都不是普通练武之人，身上皆有绝技。相比之下，南宫骁的功夫却是有些不够用，但他受过秘密训练，自是有保命的本事。他口中念念有词，便是那失传已久的驱兽经。虽然只是残经，却也发挥了超乎想象的威力。就见天边一只玄武飞了回来，直奔那白发老者。那老者大骇道："你个畜生，几千年来，你我井水不犯河水，如今你怎能袭击于我？"说罢一道气浪打向了玄武。

那玄武一声长啸，一道赤红烈焰就打了过去。那长发老者闪身躲避，却随手将一道幽蓝火焰打向了南宫骁。丁孩儿一个旋风腿将那火焰踢开，并用身体护在了南宫骁的面前。他说道："快撤，此地不宜久留。"

第二十五章　残卷幻境

南宫骁摇了摇头说道："这一关只能硬闯。我们早已没了退路，门外的两只更天可不是吃素的。"九如道人一甩拂尘，说道："说的没错，刚才我们能进来，不过是走了狗屎运，现在可是好进不好出了。"

趁着那长发老者与玄武缠斗的时候，几个人冲进了宫殿之中，可里面居然有两只巨大的更天，一左一右立于大殿之中，凶神恶煞，足有十几层楼那么高，看着好不吓人。见了有人闯进殿中，就见其中一只抬着前爪，直接拍了过去，只听得那更天身上的鳞片沙沙作响，完美地诠释了什么叫会咬人的狗不叫。几人刚一进殿，不待稳住身形，便要迎接那劈头盖脸的重击。几人迅速躲闪，险险躲过了一击，却不想另外一只更天也动了起来。几人左闪右避，那两只更天却是不急于杀了几人，只是有一下没一下地逗弄着几人，可在这惊天巨兽的面前，人类是如此渺小，根本不堪一击。

九如道人被打得来了脾气："这两个长毛的畜生到底想要干啥，要是想要了我们的命，那就来个痛快。这有一下没一下的，是跟谁俩呢。难不成是故意羞辱我们？"那种北山也啐了一口，恶狠狠地骂道："可不是嘛，难不成这东西在这宫殿里待得久了，所以动作迟缓，方才戏弄于我们？"丁孩儿却不这么想，他的血气上涌，说道："我看它俩八成是在这里待太久了，闲着无聊，好不容易见着几个人，就把我们当成老鼠逗弄。依我看，再这么下去，我们不被拍死，也得累死，不如我们杀过去，管他死活，来个痛快的。"

九如道人和种北山觉得丁孩儿说得在理儿，正要冲过去，却被南宫骁制止了。他对着那两个更天说道："在下南宫骁，有眼不识泰山，刚才见了真神不知是真神，所以多有冒犯，那玄武虽是我驱使过来，可它又不听我的驱使，只怕那玄武也是真神老先生幻化出来解闷的。如今我们已经知道错了，还求您高抬贵手，放了我们。"南宫骁的几句话，说得几人一愣。

就在这时，那两只更天的身后传来一阵笑声。"哈哈哈哈哈，这几千年来，进来这里，却能这么快就想到这一点的人不多啊。小伙子你算可以啦，既然已被你识破，那老夫也不再躲了。"说罢从空中飘来了一只红漆木棺。那木棺无盖，里边坐起了一个长发老者，只见那老者挤眉弄眼地看向下边几人，他说道："让大家见笑了，我做的这两个畜生，虽然有其形，却没有开灵，所以只会一些唬人的招式，不过再唬人的招式，拍死你们也是轻而易举的事情。只是老夫在这里几千年了，好不容易见着几个喘气的，自然不想你们死得太过痛快了。你们要是死得痛快了，又不知要过上多久才会再有人进来。"说罢老者跳出棺材，落到了其中一只更天的手中。只见那更天双眼微眯，像极了一只撒娇的大猫。

"哈哈哈，这东西看似巨大，也不过是老夫依照着那天边的更天所复刻出来的东西。不只他们俩，还有那金门外的两只小的。虽是分身，可也能杀人于无形。不过既然你们来了这里，便是有高人指点，就是不知道那指点了你们的人是谁。"众人方才明白，原来刚才外边的老者，和金门外的更天皆是分身。那眼前的老者，居然有如此大的神通，只怕也非等闲之辈。这就难怪南宫骁会称呼其为真神了。南宫骁如实答道："我们是按照一张密图方才来到了这里，那密图上所指之处，皆是与'蚩尤残卷'有关。我们无心冒犯真神，只是想来此寻找那'蚩尤残卷'的信息。"

那老者扫了南宫骁一眼，十分不屑地说道："何为'蚩尤残卷'？那东西又岂会跟这里有关？不过你们既然来了这里，便别想轻易地出去，要么留下来给老夫解闷，要么死于老夫做的更天手中。横着你们就算是不同意，跑了出去，也只会被真的更天所杀。除非你们能答出我几个问题。"几人互看了一眼，这老头委实古怪，可如今他们来到的是人家的地盘，自然一切都要听人家的。南宫骁拱了拱手，说道："请问真神，是何问题？"那老者回道："第一个问题，这里是何处？第二个问题，我是何人？第三个问题，你们在这里看到了什么？"

这三个问题直接把众人问住了。这三个看似不经意的问题，根本就不是什么好问题。这又让他们如何作答？那老者又说道："想好了再答，答错了就得去喂更天。"说话间，他一道气浪打到了一旁，就见一旁出现了一道铜镜，那铜镜之中便出现了一只更天神兽，正与一众凶兽厮杀。就见那只被更天咬断腿的是饕餮，而被撞飞出去的是穷奇。就连那玄武和朱雀，皆不是更天的对手。一阵厮杀之后，更天方才成了这四重天的主宰。

丁孩儿小声问南宫骁："小掌柜的，这三个问题我看怎么都无解，想必谁也不知道这里究竟是哪里，还有这老头儿是谁。我看这三个问题，就是故意在刁难我们，我们是甭想轻易出去了，不如打过去，拼出一条生路来。"九如道人一甩拂尘，却道："非也，这三个问题，看似问得没有章法，却内藏玄机。你们可别忘了这里是灵慧之地。这三个问题，定是包含着极大的智慧，想必答案就在问题之中，这便是道家天机之法，玄妙得很。"

南宫骁也知道其中道理，可这三个问题确实不好回答。于是他说道："我想再去那殿外看看，然后再回答真神这三个问题可好？"那老者点了点头："可以，你可以出去，但他们必须留下来。我给你们一天的时间，如果一天后，你们不能答出这三个问题，那你们的命就是我的了。"说罢，一道气浪打了过去，直接将南宫骁打到了宫殿之外。

南宫骁的身体飘浮，他看到了大殿外的四季，春、夏、秋、冬。那大殿从金碧辉煌又到凄凉一片。而远处的更天从幼年到了壮年。春日里更天在百花之中酣睡，他头上的蓝色鬃毛，便是春天的颜色。夏天的更天在溪流之中沐浴，它红色的爪子便是花朵的颜色。秋天的更天仰望着一片金黄麦田，太阳与秋色相得益彰，最后变成了它背上的金色鳞片。冬天，更天被冻成了冰雕，更天的嘴里含有一片冰霜，可以在他愤怒的时候将一切冻成寒冰。最后，南宫骁重重地落到地上，吐出了一口老血。他暗道，那老头儿的气浪果然了得，一击之下，若不是收了力道，只怕会直接将他打成齑粉。下一秒，地上不知有什么东西破土而出，似乎是一条黑色的藤蔓，那藤蔓越来越粗，很快就长成了碗口粗细，接着那藤蔓将南宫骁慢慢包围，南宫骁感觉随时都要窒息了。

南宫骁奋力拿出身上短刀，想要划开藤蔓，却不想那藤蔓也是铜制的，将他越缠越紧，直缠得他透不过气来。他用力劈砍，那藤蔓却刀枪不入。情急之中，南宫骁再次念出了驱兽经，就见一白虎飞将过来，咬向那藤蔓。想他这驱兽残经练习了这么久，在平时却只能驱使一些阿猫、阿狗、飞鸟小兽，却不想如今能驱使上古神兽，那感觉怎是一种"我真牛"能形容得了的。可又一想，越是这样就越不对。这里的一切太过反常，反常即为妖。他不能沉迷于自己那点儿微不足道的进步中。这也难怪所有人都要觊觎那"蚩尤残卷"。谁不想拥有这样至高无上的能力，谁不想成为这世间的强者、王者，甚至主宰？那种能够控制一切的感觉，就足够使所有人的心智迷失。就如同这突然出现的藤蔓，将人缠绕其中。

那白虎将藤蔓咬断，又让南宫骁骑于背上，然后直向着东方残阳而去。南宫骁坐在白虎之上，感觉着四周的风声，这种逐风的感觉真好。刚刚他就警告过自己，不要沉迷于这种虚幻的主宰之中。可下一秒，他又被这种感觉所吸引，他不想沉沦，却很难控制住自己的想法。他很想留在这里，继续享受那种凌驾于一切之上的感觉。白虎越跑越快，像是一道光影，向着残阳冲去。南宫骁在风中慢慢找回了自己。他终于喊出了一声："停，停下来。我要回到那大殿中去。"此时那白虎却开了口，说出了人言："主人，难道你不想去找'蚩尤残卷'了吗？你要知道，有了那'蚩尤残卷'，便能主宰这里的一切，不只是这第四重天，是整个九重天。你就是这里的真神、永远的王者、所有神兽膜拜的对象。"南宫骁承认，自己有那么一点儿心动，无疑，谁都想成为那样的人，可是他不能。他必须回到那大殿之中，那里还有他的三位朋友。

那白虎又说道："那我带你去见更天吧，那宫殿的人也怕更天。其实你不知道，更天原本是那宫殿里的人豢养的宠物，可是那更天越来越大，就在这里称王称霸，就连那宫殿里的人都惧怕它三分。"南宫骁觉得，这白虎在这里多年，应该知道那宫殿里的老者是何人，不如问它一问。"那你可知那宫殿里的人是何来历，这里究竟是何地方？"那白虎回道："这里，当然是第四重天了。之前这里没有名字，但自从那宫殿里的人养了那只更天之后，这里便被叫作'更天'了。至于那个宫殿，打从这里有太阳、月云、雾时起便有了，后来就又有了更天，这里就成了更天。而那宫殿里的人究竟是谁，没人知道。"

南宫骁又问道："那你知道如何去第五重天吗？"白虎答道："这个我知道，就在那更天的身边的天界，便是去第五重天的入口。"南宫骁点点头，白虎的回答与他之前想的一样。他又对白虎说道："那我们回去吧，我现在还不想去见更天，我要回去找我的同伴。"那白虎却阻拦他道："那宫殿里的人很是神秘，只要你回去，就再也出不了那宫殿了，之前进了那宫殿的人都没能出来，想必是被那人吃了。"

南宫骁蹙眉，果然之前来到这里的人都被杀了，不过应该有过例外，至少祖师爷张本见和南宫无量老祖进来这里之后却是活着出去了。"对了，你可见过一个人，长得俊眉星眸，与我有几分相像？他在很多年前也来到过这里，他最后全身而退了。"那白虎摇了摇头道："不对，你说得不对，来这里的人都长得一个样，没有谁与谁相像这一说。而且所有来这里的人，都会进入那个宫殿，最后死在那宫殿里，连骨头渣子都不剩，所以没有人能离开这里，没有，也不可能有。"白虎说得十分肯定，这倒是让南宫骁有些疑惑了，要是没有人能活着走出这里，那他太爷爷又是如何出去的。

"我再问你一次，你真的要回那宫殿吗？"白虎再次问道。南宫骁笃定地说："没错，我必须回去。""即便你会死在那里，你也要回去吗？""是的，我必须回去，那里有我的同伴，我们是一起来的，就必须一同回去。""倔强的凡人，都说了，不会有人活着离开那个宫殿。好了，我也不再劝你了，既然你执意留下，那我来送你最后一程。"说罢白虎调转方向，向着那宫殿而去。白虎一路狂奔，南宫骁又想到了什么，于是又问道："白虎老兄，我念过的那驱兽残经是否能驱使那更天。"

白虎摇了摇头："那驱兽经为蚩尤神力所成，只有念力强的人方才有用。而你的念力不足，若不是我今天闲着无事，也懒得管你的闲事。可那更天虽是兽，可又并非兽，所以你根本驱使不了它。"南宫骁频频点头。这白虎好生怪异，白虎所想皆与他相通。表面上看，他是与白虎对话，实际上，他如同自问自答，这种感觉很是玄妙，难道这才是这第四重天更天的法门？

不多时，那白虎便将南宫骁驮回了宫殿外。它将南宫骁放下后，便一个猛虎下山，瞬间消失得无影无踪。南宫骁摇头轻笑，这白虎不过是他生活中的一个过客，来去匆匆，却跟他说了一番玄妙的话，虽然那白虎的回答皆如他所料，可他还是感觉受益良多。也许这便是人生，有的人与你相遇，不过是为了启发你的灵慧，就如这白虎。等它目的达成，就会在你的生命中消失得无影无踪。

望着白虎消失的方向，南宫骁突然陷入了沉思。倒立的九重宝塔，自己的祖师爷他们从第四重天打通的密道，青水池中的铜制碧莲，碧莲之下的更天小兽，还有这荒凉诡异的四重天。难道说，这一切正是祖师爷留给后人的启示？这里果然是灵慧之地，若不入其中，万不能想到这些。南宫骁抬头望着宫殿外的残阳，以及殿墙上的枯藤。此时天边的残阳即将落下，太阳东升西落，可这残阳落下的方向不是西方而是东本，与此同时，东方又有一轮红日冉冉升起，却依旧萧瑟。好像这里的太阳，并非是用来让万物受阳光普照，只是象征性地出来照照明。而那宫殿外的黄叶又干枯了几分，这日落日出，皆是反影，这里的荒凉却是一日胜过一日。就连天边不时掠过的飞鸟，也相比之前叫得寂寥许多。此情此景，怎能不让人心生悲凉？可又一想，为何这里会是如此模样，难道说构建这里的人，就是为了让来这里的人都感受到他心境的悲凉？这好像也说不通。不对，不是这样的。既然那宫殿里的老者可以做出更天和自己的分身，还能让自己的分身变成猛兽，这就说明了那老者有大灵通。且那白虎说过，就连那真正的更天也是那人所养，而这里也因那只更天才得名为更天。是不是就可以说明，这里的一切，本就是老者所构建的？可那老者究竟是谁呢，怎会有开天的本事？神话中说盘古开天，可南宫骁确认那老者并非盘古。

这时南宫骁突然想到了那白虎也说过，来这里的人都不可能活着离开。这又是何意？一阵阴风吹来，让南宫骁混沌的头脑突然清醒了起来。他一拍脑门，原来如此。他想，他应该有了那三个问题的答案了。

于是他迈步进了宫殿，就见丁孩儿等人这会儿已经坐在地上睡着了，不但如此，还打起了均匀的鼾。听到有人进来的声音，种北山最先醒来，他睡眼蒙眬地看向南宫骁，还不忘擦了擦嘴边的口水。"小掌柜的，你可回来了。"九如道人也睁开了眼，说道："小掌柜的，你可是有答案了？若没有，我们已经商量好了，就用丁孩儿的雷管，将这里炸成平地，看那老头还能拦你不。甭管他是人是鬼，是妖是魔，还是神仙高人，都得怕这个。他若明枪能躲，咱就给他来上一个暗箭难防。"丁孩儿在一旁点头如捣蒜，双手作势已经摸向了身上的雷管。南宫骁有些哭笑不得，他按住了丁孩儿的手说："不至于，不至于，我已经有答案了。"

说罢看向那大殿中的更天，此时那老者正盘膝坐在一只更天的头上。而另外的一只更天，手里正托着那老者之前睡过的红木棺材。那老者眼睛微眯，也没理会九如道人说要让他暗箭难防和要用雷管炸了这里的想法，只是随意地问道："一天的时候已到，你可是有答案了？"

一旁的种北山却指着那老者说道："你好生不要脸，这才过去多一会儿的时间，怎就说过了一天？"那老者却冷哼一声："这里我说了算，我说过去一天了就是过去一天了，你可以不服，但不能不遵守这里的规矩。"丁孩儿听了，手又要往怀里摸。那九如道人也做好了攻击的准备。南宫骁却说道："既然你说过去一天了，那便是过去一天了，谁让这里的时间都是你定的。不过我已经有了这三个问题的答案了。"

"哦？"那老者语气表明了他有些不信，所以他不屑地说道："那好，你说说看。老夫在这里也几千年了，还没有一个人回答出我这几个问题。"南宫骁又说："那些人也包括我们这一宗门的祖师爷吗？"那老者一愣："你那宗门祖师爷又是谁？难道说也曾来过这里？"

南宫骁点了点头："没错，他不但来了，而且还离开了。既然你说，来了这里的人都没能离开，那就说明他们确实没有离开。"老者一听，来了兴趣："你这话说得有些意思，那你就回答我第一个问题吧。"

南宫骁不紧不慢地回道："第一个问题，水池。这宫殿就是那碧莲，而你是水池里的水。我在这里看到的皆是镜像。几千年前，有人借用'蚩尤残卷'建了一个水池，又在里边种上了一池的碧莲。这里是潜龙之格局，本应有个泉眼，之前我以为那泉眼干涸了，其实是我错了，那泉眼被做成了水池，所以才能养出那更天的小兽。根本没有第四重天，这里根本就是镜像中的幻境。而且这里也不是什么九重地藏宝塔。这里本应叫地藏池，可后人许是想要保护这水池，不受坏人惊扰，便将它的名字用了隐喻的方法，改叫成了'九重地藏塔'。"

老者没有表态，示意南宫骁继续说下去。于是南宫骁继续说道："你是那水池，也是那泉眼，所以你有老者身形，却没有人的面容，因为水可化人形，却化不了人的容貌。而来过这里的人为何都没有离开。一部分人是带着仇恨、贪婪、欲望来到了这里，他们没有达到目的，只会在这里继续迷失。而有的人放下了贪婪和欲望，所以他们走的时候是脱胎换骨的，也可以说原来的他们并没有离开。在这里，我们见到的神兽就是贪婪和欲望，是功利和虚荣。我念了驱兽经，就能驱使他们，其实驱使的只是我的妄念。正因为来这里的人都带着劣根，所以那水池中便生出了更天。”

丁孩儿在一旁听得云里雾里，种北山也听得似懂非懂，倒是九如道人听后似乎明白了些什么。他开口直接解释道："也就是说，我们现在待的地方都是幻境，是那铜镜反射水池中的景象。而那镜铜是水中的碧莲。镜子反射出镜子，然后如此反复，所以我们看到了许多的铜镜，其实就只有那水池的几只碧莲。"南宫骁不置可否地点了点头："没错。我想当初构建这里的人，是想用那泉水净化人心，这样方才能感悟到'蚩尤残卷'的终极秘密。但来这里的人贪念太重，所以非但没能净化心灵窥探'蚩尤残卷'的秘密，反而生了更天。"

那老者听后大笑了起来："哈哈哈哈哈，既然你说出了问题的答案，那你便可以离开了。你说得对，离开的是现在的你，而非来时迷茫无知的你。你留下了恐惧和迷茫，走的则是勇敢和智慧。所以，你留下了之前的你，离开的却是崭新的你。不错，现在的你，是可以离开这大殿的。"

南宫骁却也笑了起来："你说得的确是没错，来之前我确实带着恐惧和迷茫，我害怕我担负不起南宫家的重任，更无法寻找到那些蚩尤铜器，无法解开'蚩尤残卷'的秘密，辜负了所有人对我的期望，愧对祖先。可现在我明白了，这一切都是我的责任，所以我只能从容地去面对。我家祖师爷留了一道门给我，就是想用这道门启发吾辈，若迷失自己，定走不出这更天。至于你，是水池没错，却是水池中我的倒影。之所以我看不清你的长相，因为我无法面对当时的自己。现在我看你，就是我老去的模样。还有这里的荒凉，就是我的心景。那缠绕着我的藤蔓就是我的恐惧，而来救我的白虎是我内心里的果敢。现在我的心中是烈日轻风、鱼戏溪中、百花齐放。那此时的外边，就应该是我现在的心景。而这宫殿也将化成山川。"

南宫骁的话音刚落，就见整个宫殿慢慢地消失在陡然升起的云雾之中，一点点变成巍峨的重山，而那山上有瀑布清泉，溪中几尾鱼儿嬉戏，四周百花盛开，残阳成了烈日，阴风变得柔和。整个世界变得充满了朝气。南宫骁看向四周，丁孩儿、九如道人、种北山等人还在。他有些愣神，他之前想着，他应该是进入了幻境，所以其他人等皆是幻象，不想九如、种北山等人却真的入了他的幻境，此时那三人正用询问的目光看向他。这有点儿出乎他的意料，他本以为他参透了一切，却没离开这幻境，难道是哪里出了问题？他陷入了沉思之中。

这时种北山说道："我说小掌柜的，既然这里是你的幻境，那你倒是幻化一个门出来，好让我们离开这里啊！"

九如道人在一旁也说："没错没错，进来的时候有门，那出去的时候也要有门。小掌柜的，你赶快想道门出来。"

南宫骁倒也是想弄道门出来，可他也无能为力啊。当局者迷，旁观者清，这回反倒是丁孩儿看清了一切，他道："我想，这门怕是不好弄，你看那山上有什么在动？"几人同时抬头，就见那山中一只巨大的更天正伸着懒腰，显然是刚刚睡醒。大家心道不好，这更天如果不是幻境，那可就糟糕了。

几人见势不妙，撒腿就开跑，那更天见了人便开始追。更天身形庞大，所到之处无不地动山摇，树断枝毁，一片狼藉。人力渺小，跑得再快，却也快不过更天。很快那更天就追到了几人的身后，一个巴掌拍了过来，带着一道劲风，直接将几人拍倒在地。南宫骁吐出一口老血，却不敢耽搁，直喊道："丁子，赶紧扔雷管。"

丁孩儿忙乱中对着更天放了一枪，可惜，那老式猎枪倘若是打个兔子、山鸡什么的还成，这会儿，那枪子儿落到更天的身上，就跟个蚊子落到牛身上，是一点儿波澜都没起。丁孩儿听南宫骁说扔雷管，便掏出了雷管点燃，向着更天扔了过去。那更天张开血盆大口，将那雷管吞了下去，就听到一声闷响，原以为那更天会肚子开火，结果只是打了一个喷嚏。这喷嚏十分了得，就见四周山川瞬间凝结成了冰，很快便千里冰封，视力所及之处，无不白雪皑皑。所有人被冻得瑟瑟发抖。

几人见雷管不管用，便继续向前逃去。此时那河水已然结成了冰，刚才还在水中嬉戏的几尾鱼，很是不甘地被冰封于其中。冰面很滑，几个人边跑边摔跟头，丁孩儿在第十次摔倒之后，决定不再逃了。

他大吼了一声："老子何时如此窝囊过，今天老子跟你个死更天拼了。"说罢举起猎枪，就要与那更天拼个你死我活。种北山玄铁筷子在手，也是不打算逃了，主要是想逃也没个方向，不知道何处才能逃出生天。

九如道人一甩拂尘说道："小掌柜的，你倒是说说，这又是什么情况。"

九如道人的话刚一说完，那更天已经到了近前，此前它跑的速度极快，此时见人停了，他却刹不住，一个俯冲，直接将几个人压在了身下。几人的五脏被挤压到没了空间，真真地要生生不成，要死死不能。种北山身不由己地哀叹一声："想我一代地质学家，又有承袭的武功异术在身，家值万贯，死得如此憋屈，也不知道我们死在了这个幻境之中，尸体可会被后人发现，送回京城，好好安葬。"那九如道人被压在最下边，最是难熬，却依旧说道："人死成灰，留个皮囊安不安葬又如何，还不如留在这里当肥料，也叫死得其所。"

第二十六章　终极序章

南宫骁没有认输，他用力将丁孩儿推出了更天的身下，喊道："丁子，用雷管炸开冰面。"丁孩儿听后立马行动，他是当兵的出身，熟知雷管的习性。他先向冰面打了一枪，打出了一个冰窟窿，再将那点燃的雷管扔到了刚才打出的冰窟窿里。只听一声闷响，整个冰面炸裂开来。接着那冰面四分五裂。几人连同那更天一同掉到了冰冷的河水之中。几个人奋力向岸上游去，那更天身体庞大，在水里并不灵活，等它上岸时，那几个人已经向远处逃去。那更天爬上了岸，用力地一抖身上的鳞片，发出沙沙的响声。它身上的水溅落，很快就结成了冰珠，砸向了几人。

几人被砸得打了一个趔趄，却也没忘继续逃命。南宫骁边跑边想着，看来之前是他推测错了，这里并非只有水池，还真的是第四重天。这第四重天便是灵慧之天，祖师爷张本见和南宫无量老先人都曾经在此留下暗门，为的就是引后人来这里启智开慧。之前，南宫骁学会了面对责任，那之后便是要磨炼他的意志。这便是更天的最终意义。他来到这里，想要走出幻境，就得战胜自己，更得战胜更天。可他们都是凡人，怎能轻易打败一只更天神兽？除非用驱兽经。

对了，那白虎说过，他的念力不足，所以他的驱兽经不能驱使更天，可他现在的念力够了吗？他想他可以一试。之前他迷茫，不知该如何面对眼前的困境，可现在他不但有了面对困难的勇气，亦有了坚持下去的信念。想到了这里，他停下了脚步，口中念念有词，试图驯服大兽，却见那更天也停下了追逐的脚步。正当众人以为南宫骁成功了的时候，没想到，那更天抬手就是一掌，直接将南宫骁拍飞了出去。

南宫骁的身体在空中划出一道完美的弧线，最后重重地落回了水里。几口冰冷的河水倒灌其口，挤压着他的胸肺，他感觉自己都快要爆炸了。就在这时，一个身影跳入了水中向着他游了过来，是丁孩儿。丁孩儿两三下将他拖出了水面。

新鲜的空气并没有让南宫骁感觉更舒服些，反而因内伤咳嗽了起来。在丁孩儿的帮助下，他好不容易爬上了岸。此时岸上九如道人和种北山已经与那更天打了起来。那更天大开杀戒，是招招带着杀气。种北山和九如道人皆受了伤，却依旧没有退让，显然是在为丁孩儿救人赢得宝贵时间。

南宫骁心中感激万分，却想着自己万不该就此颓废。他盘膝而坐，心中所想皆是让那更天停下攻击。他念力所动，将那驱兽经念出。那更天停下了手中的动作，回头看向南宫骁。众人心道不好，那更天恐怕是一根筋，记仇了，认准了谁便穷追不舍。

果不其然，那更天直奔南宫骁而去。九如道人和种北山上去阻拦，都被更天拍飞了出去。那更天已然到了南宫骁的身前。接着便是一声嘶吼，震耳欲聋，直震得南宫骁身上的水凝结成了冰。那冰慢慢将他冰封于其中。可他没有停下口中的驱兽经。他感觉身体越来越冷，越来越沉，最后他听不到任何声音，也看不清任何东西，因为他的耳朵和眼睛都已被冰封住，可他的心里，却有着一股巨大的力量，正驱使着他不断地念出驱兽经。

不知念了多久，南宫骁一个用力，击碎了身上的冰块，那冰很快化成了水珠落到了地上，那只更天却跪坐在他的身前，像是一只傲娇的大猫，倒是不再袭击人了。

那画面要多违和就有多违和，看得众人面面相觑。南宫骁却是不敢松懈，他此时方才知道，那驱兽经不只可以驱兽，还有让自我放松的功效，可让人增加念力。

南宫骁问更天："这里到底是什么地方？"更天未开口，可南宫骁能听到它在回答，想来是驱兽经起了作用。

更天回道："这里确是地下幻境，是人心魔中的世界。我则是镇守这里的神兽，名叫更天。负责看守这里的灵慧，不被外人所觊觎窥探。要想离开这里，需得灵慧通达，到达下一个境界才行。"

南宫骁心中微动，原来自己一直想着眼前的世界过于虚幻神奇，都不是现实。只是该如何打破这一层，却很难做到。

南宫骁再次发问："如何才能到达那个境界？"那更天回道："只要能打败镇守的神兽。"

说罢更天摊开手掌，里边竟然是那口红木棺材。更天道，秘密就在这口红木棺材里，只有南宫骁进到棺材中，打败了里面的神兽，方能进入下一个境界。

南宫骁跳入那棺材之中。里面却是另外一番景象。那里十分幽暗，却也有一个水池，那水池中是青铜的碧莲和一个小兽更天。他站在水池前，看着水中的倒影。这时那倒影幻化出了许多奇花异草、灵鱼异兽，皆是青铜所制，上边还有繁复的夔文，一时间奇花芬芳，异兽浮动，看着他眼花缭乱，心中却是越来越浮躁。他很想让眼前的事物都停下，他才好喘息片刻，可他越是浮躁，那水中的东西动得就越快，根本无法捕捉。

就在这时，一股轻风袭来，正是他刚刚所想的那道微风。这里是幻境，那风正是他心中之风，自是随他心而吹动，倒是让他静下心来。是镜像，亦是幻象。白发的老人，凶猛的更天，水中的东西，皆为虚幻的衍化，那些东西动得越快，就说明他的心中越急躁。他之前有些急于求成，想着早点儿找到"蚩尤残卷"，却不想物极必反，中了躲在暗处的人的算计，他越是着急，就越难达到最初的目的。所以那红木的棺材，里边躺着的是他的潜力和他的毅力。他要打败里边的更天，才能挣脱药力的幻觉，找回原本的自己。

一想到这里，南宫骁用尽力气，打向水池中的更天，却见那更天在水中一动，却躲过他这一击。南宫骁深深吐出了一口浊气："看来刚才这一掌，我还是有些急于求成了。"

说罢，他再次运气，却是盯着水中的波光，见那水波成细鳞状时方才出掌。这一掌虽打到了更天，却也只是打掉了它身上的几个金色鳞片。这一掌让南宫骁明白，他本就不擅武功，若是用蛮力，恐怕很难得手，倒是要想想其他的办法。这时那水中暗影微动，南宫骁这才发现，那更天居然没有影子。不只那更天，就连水中的碧莲也是没有影子的。确切地说，那水中的黑影并没有什么形状，皆是一团团黑色的存在。

镜像亦是幻象。所以这碧莲和更天都是幻象。既然是幻象，那便不是用眼睛看得到的，而是在大脑中的景象。南宫骁嘴角上扬，他懂了，想要打败这更天，就得控制住自己的思想。于是他盘膝而坐，又念起了驱兽经，这一次他不知念了多久，终是念得眼前的一切化为了泡影，而他和众人都坐在了满天的星斗之下。

此时那更天已然变成了浩瀚的宇宙，满是大大小小的星辰，时而划过天际，时而连成一线。而他便是这浩瀚宇宙中的小小尘埃，虽渺小，却能感受到宇宙的玄妙之处。

南宫骁抬头看向星空，那星空有一道裂缝，想必那便是进入下一个境界的大门。可这里除了他，其余的几人皆是紧闭着双眼，想必这些人并未看到这浩瀚宇宙，更看不见那大门。这说明，只有他的念力能够开启那道门。

南宫骁不急不缓地起身，向着裂缝走去。

到了这会儿，他才感觉到了四周磁场的变化，和那道裂缝对他的吸引力。这种感觉很奇妙，是那种他不必太用力就直接向着裂缝而去的感觉。身边的星辰慢慢划向他的身后，裂缝就在眼前，里面隐约有一部青铜铸造的大书，这一刻，南宫骁感觉到，自己很快就要打开"蚩尤残卷"了。

可就在这个时候，一个人从裂缝里走了出来，那人看向南宫骁，微微一笑："你是我的后人，所以我来拦你一拦，告诉你现在不能进到这里。你与这里的机缘未到。此时你若强行进入，只怕会粉身碎骨，所以你还是快些回去吧！"

南宫骁看着眼前这位与自己有几分相似的眉眼，觉得这人定没有说谎，恐怕正是南宫家族的人。可此人并非画像中南宫无量的样子，思来想去，觉得这人倒是有几分像小朝奉，他刚要拜见祖师爷，却没料到，老人竟然一掌将他推了下去。

南宫骁眼前一阵眩晕，他感觉自己在不断地坠落，飞速坠落。

很快，丁孩儿、种北山和九如道人也跟着他一起坠落。也不知道过去了多久，众人方不再眩晕，缓缓睁开了眼。此时他们已然回到了土坡之上，那石头磴子的前边。众人面面相觑，仿佛刚才那荒凉的九重天，以及那宫殿及老者，还有那对凶神恶煞的更天皆是幻觉。

就连"九重地藏宝塔"也是幻觉。可再一想，刚才所经历之事，无一不刻在那宝塔中的悬塔之上。所有人也搞不清楚，刚才他们是真真切切地进入了"九重地藏宝塔"的第四层，还是产生了幻觉。

"夔纹，一定是夔纹。"

塔中塔的奇景，石磴子上的浮雕夔纹，翻动石块，触动的下面的机关，让这一行人幻想出自己进入更天的经历。

一切皆是梦，可这一切又不是梦。一切皆是幻，可这一切又如此真实。

南宫骁终于明白，当年他祖师爷爷为何没在笔记中写明白这些，只恐怕当年的南宫无量在这里的经历，也与他刚才一样，根本分不清现实和虚化，所以也无从下手。

总不能说自己做了黄粱一梦，梦到更天和祖师爷吧？祖师爷，在最关键的时刻将他驱逐出来，想必也是人心对自我最后的一层保护。

第二十七章　吉月之鹰

"九重地藏宝塔"没有打开。"蚩尤残卷"的下落仍旧是谜。一番接续不断、匪夷所思的经历之后，"水心斋"的人返回了京城。

事情却十分奇怪，回了京城之后几人大睡了几天，待再醒来，南宫骁发现，除了他之外，其余的人似乎忘了那日在幻境中的经历。这使得他也在怀疑自己，是真的打破了瓶颈，还是这一切皆是梦境？

不过他可以肯定，最后小朝奉没有让他进入最后的境界，是在告诉他，那最后的境界凶险万分，现在的他还没有那个能力。

当南宫骁把自己所经历的这一切都讲述给大叔公、二叔公和南宫勇的时候，他们都被南宫骁所讲的一切震惊了。

回到京城之后，他们逆推了南宫勇、南宫骁两个人在"草原之丘"和"黄神庙"外的种种探险经历，众人得出来的结论是完全一致的。

南宫勇在"黄神庙"、南宫骁在"九重地藏宝塔"下的奇幻经历，都是他们在现实中受了"蛊毒"和"幻术师"的致幻纹咒所致，人的神志，在那个时间节点上，整体变得模糊不堪。

至于说是不是有谁事先掌控了这一切秘法，有意向外来的人攻击，南宫家的人认为，极有可能是废家的人主使的。

这并不新奇，要知道"蛊毒"之事，并非后世才有的诡异事件，两千年之前的大汉王朝的汉武帝也曾亲历过"巫蛊之祸"。

"蚩尤残卷"引动南宫家族的人所承受的幻境，其实跟汉武帝时期的"巫蛊木俑"那类邪门妖法是一脉相承下来的。

要知道，文治武功在历史上，秦皇汉武是相当的霸气，不过，晚年的汉武帝却一直深陷于"巫蛊之术"的困扰。

一日，汉武帝在白天小睡时梦见有好几千个木头人手持棍棒想要袭击他，霍然惊醒，从此他感到身体不舒服。水衡都尉江充自以为与太子刘据、卫皇后有嫌隙，又见汉武帝年纪已老，担心自己在汉武帝去世后被刘据诛杀，便定下奸谋，说汉武帝的病是因为有巫蛊作祟造成的。于是汉武帝派江充为使者，负责查巫蛊案，江充趁机陷害太子，在四处搜查后告诉武帝："于太子宫得木人尤多，又有帛书。"趁机诬告太子行巫蛊诅咒武帝。

那之后的事情很惨。汉武帝动用军队与太子战，最终卫皇后和太子都自杀身亡。这便是历史上著名的"巫蛊之术"。

后世的研究者分析说，这"巫蛊"其实就是有方士用了特制的"药粉"和幻术，对汉武帝进行了心理精神上的攻击。打那以后，历代皇帝和后宫对"巫蛊之术"都噤若寒蝉，没有人敢轻易提及。

南宫勇、二叔公、三姑娘和后来身处幻境中的南宫骁众人，屡屡出现幻境、幻觉、幻听，都是因为在特定的小环境中，受地磁、镜像等超自然因素的影响减弱了人体大脑的活跃度，继而又被"蛊毒"所侵袭，才形成了种种幻境。

最终，还多亏了"天狼之刃"送来的"寄魂罐"。

大叔公这一句话，还真是提醒了南宫骁，要是没有后来"天狼之刃"送来的"寄魂罐"，他们这些人也不会恢复得这样快。

南宫勇到这个时候才想起来，他跟着二叔公和葛日根刚到"草原之丘"的时候，"天狼之刃"也是第一时间就送来了"寄魂罐"，显然，"天狼之刃"的家族是知道这里面的一些内幕的。

"我们现在整理出了之前行动的分析报告，不知道大家看了有什么想法。"

说这个话的是大叔公，他在掌控着"水心斋"古董铺子目前的这些工作，对于"蚩尤残卷"的寻找，虽然有进展，得到了"青铜锁匙"，可是最终的探险却是失败的。

南宫骁代表南宫勇表了态。

"我们想明白了，祖师爷和无量前辈其实是以'蚩尤残卷'的名义，做了一个局。"

"蚩尤残卷"是一部被宗门神化了的书。"蚩尤残卷"的出现，是在特定的年代里诞生的。

为避免青铜国宝流失，南宫家在祖师爷的指点下，神化了宗门，将"蚩尤残卷"渲染成神书。

理解了这些，南宫家和"水心斋"古董铺子今后的愿望就是，重新收集整理保护好这些国之重器秘宝。

"黄神庙"大探险时代的到来，标志着"蚩尤残卷"重现江湖，结合了"黄神庙"里壁画中留下来的夔纹符号。

"水心斋"重启，其实就是为了颁布悬赏天下的"南宫纸"。而"草原之丘"和"黄神庙"的探险，这是为了"水心斋"的名头重新在憋宝鉴宝收藏这个行业和江湖上能被叫响。

这之后，"水心斋"的名头在江湖市面上又响亮了起来。

距离上一次出京的五个月后，南宫家的人又悉数出行草原。

春天来了。草原上的草，绿了一大片。

"水心斋"古董铺子的四位当家人，重新回到了"草原之丘"的附近，这一次，他们不是为了探险寻宝，也不是为了江湖上的旧事而来。

"这可能是我们最后一次来'草原之丘'了。"大叔公说这话的原因是，南宫家已然放弃了寻找"蚩尤残卷"。

大叔公和二叔公、南宫骁和南宫勇，像四座雕像，静静地伫立在草原之上，他们的目光，一直望向远处旭日东升处。

老大的日头，热乎乎地晒在草原上，人在没有遮挡的大地上，像是顶着个火球。

越是这样，人越变得渺小起来，显得出那日头的硕大和异常突出。

来的时候，大叔公跟二叔公有意识地没有惊动"乌云奶奶"那边的人，就连"天狼之刃"也是在他们到了草原之后，才接到大叔公的"飞信"。

到了草原，南宫勇算是才搞明白，上次来的时候，陡逢奇遇，为什么"天狼之刃"会几次倏忽出现，还能够卡在那样精准的时间节点上，"乌云奶奶"和三姑娘她们出现得也都是恰到好处。原来都是得力于"飞信"。

"飞信"不仅仅是"飞鹰传书"这样简单，还涵盖了不同的古今传输信息的方式，有些手段、形式，过于诡异，已经接近妖异的边缘，不可仔细琢磨。

这也是远在京城的"水心斋"，会第一时间掌控着草原上发生事情的经过的原因。

当然，那些妖诡之事，大叔公是不会当众解释的。倘若要问，大叔公只会拿他手臂上悬停的"吉鹰"说事儿。

"我们已然放弃了寻找'蚩尤残卷'的下落，这个地方，没有了我们想要探寻的东西，为什么我们还要一起来到这里？"

　　这句话并不是南宫骁、南宫勇两个年轻人问的，而是白发苍苍的大叔公一个人的自言自语。

　　大叔公说完这几句话的时候，他的目光变得柔和而清澈，就像一个年少纯真的少年一样，紧紧地盯着远方的朝阳。

　　"你们看，从这个角度和方位看去，朝阳的升起和落下的地方，都会将'草原之丘'带入金色的梦幻之中，这也是当年南宫无量先生的视角，他因为寻找本见祖师爷，找到了海子的下面，找到了'蚩尤残卷'残留在世上的信息。他知道，'蚩尤残卷'的完整内容已然不会在这世上出现了。可是，他还是对外宣称'蚩尤残卷'的下落在'草原之丘'附近，其实，这等同于做了一个局。事实上，是要将那些窥视青铜国宝的文物贩子送到危险的禁地，那些死在'下面'的人，那些"千尸迎客"中的干尸，很多都是因为贪婪和欲望。罗家现在的人已经不知道他们祖上为何签了'死契'，也不知道南宫家和他们签约的内容是继续守护这一处地下海子，因为不知道从什么时候起，他们那些人也动了贪念。眼下，虽然'水心斋'现在已忙了起来，我们还是要到这里看一看，祭奠一下我们共同的先人和师尊。"

　　大叔公的这一番话，让他周围这三个人都有些肃然起敬的感觉，南宫这一宗门最是重视仪式感。他们没有谁觉得，大叔公这样做是小题大做，在他们看来，这些都是应该和必然要做的事情。

　　"我和你二叔公从今以后不会再来这里了，我们和这里的缘分已尽。骁勇兄弟，你们兄弟二人还是会和草原上的这些人打交道的，有的是情义，有的是利益使然，也有的亦敌亦友，要看当时的情形和具体的利害关系。我想我是无法说出来这些所有的过程的，我毕竟不是预言家，也没有祖师爷的修为和无量老人的做局能力。不过我要在这里说上一句你们终生都不要忘记的话，那就是，千万不要小看了废家的人，他们在这个地方只要存在一天，都会是'水心斋'不安稳的干扰因素。"

南宫骁和南宫勇都有些莫名其妙，在此之前，废家已然低头了的事情，他们是亲身经历的，怎么还会有这些后续的麻烦事呢？

"这是一个局，或者说是一个套，套连接着另外一个套，最少也是九连环。不过，我们也不用过于紧张。古人说：兵来将挡，水来土掩。应对就好了。"

说完这句话，大叔公的手朝向天空一挥动，不知什么时候，一只鹰从低矮的云层中陡然现身，长啸一声后飞过了"草原之丘"。

"我们走吧。"

南宫骁和南宫勇兄弟二人都瞪大着眼睛看着大叔公，人却不出声。他们兄弟俩都知道，大叔公平日里很少有长篇累牍讲话的时候，这些，毫无疑问是因为眼前的事情太重要。

草原之上，又一个陌生人去拜会了废大通。

他要做什么，没有外人可以知道。

不过，从废大通的脸上，他竟然看不出任何有价值的信息。废大通多年的江湖生涯已然让他有了极深的城府和心机。不过，要离开的时候，这个人还是在废大通枯干的脸上，看出一丝邪恶的笑意。

这令前来拜访的人，有些疑惑和恍惚，废大通莫非真的不知道，"蚩尤残卷"失落的册页里，竟然真的是南宫家布的一个局吗？

尾声　连环套

大叔公和南宫兄弟的对话，令兄弟二人都有些疑惑不解。

因为，在大叔公的口中，"蚩尤残卷"仅仅是南宫无量在祖师爷身后布下的一个大局。

这是一个连环套，一个衔接着另外一个的连环套。

原始的一个套，是出自"蚩尤残卷"的最初发现者张本见。本见老祖开始设的套，不管是有意或者是无意，都是出自对"蚩尤残卷"的保护之意。

到了后来，套全都是围绕"蚩尤残卷"隐藏的青铜国宝衍生的，"蚩尤残卷"的名声越来越大，这个套的布局也越来越大，环环相扣。

"蚩尤残卷"是虚实相间的局。

这里说的虚实之局，是三分实、七分假，相互掺和，半真半假，即便是明眼人，也未必能够凭借有限的线索分辨出真伪。

到了南宫无量创立、执掌"水心斋"古董铺子的时候，"蚩尤残卷"的局有了重启和更新，也就有了新的套。这个时期的套至少也是三个。

"你们这一代，也有至少三个局，还会引发什么样的连环套，真的没有人能够说得清楚。"大叔公的语气显得阴郁和深沉。

朝阳已然生起来。昨夜不知名的人燃尽的篝火竟然重新燃烧了。

诡异迷离。

一下子就烧起来的火焰，令周围的人脸上都映衬出诡异的色彩。这是蓝色，谁都不知道的莫名的蓝色，在蓝色的火焰深处，是一个一个诡异跳舞的小人。这个小人跳舞的姿态狂放热烈，犹如上古岩画中的那些神秘的生物种群。

"燃烧的火焰里，释放着罗老七带来的药粉，有罗家的，也有废家的。你们看，这火焰里是不是幻境？"

"知道这是幻境，能够走出来的，才能够有资格得到'蚩尤残卷'，终有一日，'水心斋'的执掌者面对的不只是自己的心魔与梦魇。"

"水心斋"这些后人，终于猜测出当年的人的真实意图。

"蚩尤残卷"是不是真实存在，是可以判定的。"蚩尤残卷"古时遗留下来的版本，绝对不是一本从上古流传下来一直未变的纸质图书，这一点是可以肯定的。

"蚩尤残卷"传说中成书的年代，纸张尚未出现，字符成书的可能性值得商榷，现在推算看来，那时候智慧秘密地累积，大致的留存方式就是在青铜器物、竹简、岩画这类物体和材质上呈现。

青铜器物、岩画拓本、竹简和石雕、壁画等，都有遗留出现的可能，后世传说中的"蚩尤残卷"极有可能就是拓本。

寻找异物宝藏的过程，其实就是在不断地探险发掘"蚩尤残卷"的踪迹。当然，未来的青铜夔纹中显示的一些东西尚且有诸多未解之谜没有被完全揭开，神秘的青铜面具人的身份，应该就是罗老七这一门。

罗老七的家族大排行上面，是有六个哥哥，还有一位姐姐，现在分析，极有可能并没有全都死在"下面"的"九幽血池"里。

后来查找干尸的时候，有人发现，她并不在千尸迎客中，想必也是被他人救了。极有可能也是废家的人。废家从废舍开始跟张本见祖师爷打交道，到了后来的废大通，他的年纪要比南宫无量老祖小很多。

南宫家猜测，从青铜面具人身上的香味推断，这人是女子的可能性极大，极有可能是罗老七的姐姐，他们家这一门远走草原，后来是不是被废家吸收了，尚且无法知晓，这是南宫兄弟暂时能够想到的。还有一个跟废家有关的事，那就是小县城中，布局地下"小拍卖"，派出打将秦飞展的人，据说是来自海外，却不知是何方势力，他躲藏在幕后，雇佣莫无几等人的目的到底是啥，没有人了解。出现得很突然，消失得也同样突然。

从后续的发展来看，这个幕后人和废家是勾连着的，废大通音信皆无的两个儿子已经被大叔公的人调查过，罗老七和小矮胖子就是他们俩指派过来探听虚实的，罗老七说自己现在是废家的徒弟，其实并不是拜了废大通，而是拜了废家的枝叶，废家儿子中的一位。

不知道为什么，罗老七陡然出现救了众人，在那之后，他从众人的视野里又悄然消失。更为蹊跷的是，废家的两个儿子怎么会甘于悄无声息？他们从未露面的具体原因到底是什么？

"这是一盘大棋，不知道最初的做局人是不是想到了眼下这些衍生出来的局。"

废家的人，肯定是不会善罢甘休的。

虽然，那老怪物到了现在，碍于一大把年纪，勉强算是认输了。

可是，他没亮底。

到最后也没有说出来，串通他设置县城"小拍卖"的海外势力是何许人也，究竟是出于什么目的，竟然把江湖上的"狠人"打将秦飞展都请来了。

眼下，废家的人还不断地在私底下做小动作。据大叔公请来的世外高人分析，那座"九重地藏塔"里面出现的幻境，十有八九能够牵扯上废家的人，而最后出现的自称在塔中生活了很久很久的白胡子老头，更像是废大通用了幻术制造的镜像反射。这样看来，事情的发展，还会有无数个发展的方向和可能。

　　未来的未知，才是最可怕的诱惑。

　　南宫家的新老一代，久久伫立在"草原之丘"，阳光照到他们身上的时候，光是亮的，人在光里，亦是亮的。